I0602338

MERITARE LARA

Il Rifugio, Libro 5

SUSAN STOKER

Trovare Carly
Trovare Ashlyn
Trovare Jodelle

Delta Duo
La forza di Gillian
La forza di Kinley
La forza di Aspen
La forza di Jayme
La forza di Riley
La forza di Devyn
La forza di Ember
La forza di Sierra

Armi & Amori: verso il futuro
Soccorrere Caite
Soccorrere Brenae
Soccorrere Sidney
Soccorrere Piper
Soccorrere Zoey
Soccorrere Avery
Soccorrere Kalee
Soccorrere Jane

Mercenari di Montagna
Difendere Allye
Difendere Chloe
Difendere Morgan
Difendere Harlow
Difendere Everly
Difendere Zara
Difendere Raven

<u>Delta Force Heroes</u>

Salvare Rayne

Salvare Emily

Salvare Harley

Il Matrimonio di Emily

Salvare Kassie

Salvare Bryn

Salvare Casey

Salvare Sadie

Salvare Wendy

Salvare Mary

Salvare Macie

Salvare Annie

<u>Armi e Amori</u>

Proteggere Caroline

Proteggere Alabama

Proteggere Fiona

Il Matrimonio di Caroline

Proteggere Summer

Proteggere Cheyenne

Proteggere Jessyka

Proteggere Julie

Proteggere Melody

Proteggere il Futuro

Proteggere Kiera

Proteggere i figli di Alabama

Proteggere Dakota

<u>Ace Security</u>

Il riscatto di Grace

Il riscatto di Alexis

Il riscatto di Bailey
Il riscatto di Felicity
Il riscatto di Sarah

<u>Una raccolta di storie brevi</u>

Un momento nel tempo

CAPITOLO UNO

CALLEN "OWL" Kaufman si passò una mano tra i capelli, frustrato. Erano trascorsi più di tre mesi da quando lui, Stone e Pipe erano andati in Arizona per sbrogliare la faccenda della scomparsa di Lara, l'amica di Cora... trovando più di quanto avessero previsto.

Sì, avevano trovato Lara Osler, ma nel tentativo di allontanarla dal suo pericoloso fidanzato, erano stati narcotizzati, trattenuti contro la loro volontà, avevano rischiato di morire per mano di un serial killer e dovuto rubare un elicottero per fuggire dalla tenuta dove lei era stata segregata.

Se non fosse stato così concentrato a proteggere Lara in quel caos, Owl avrebbe potuto ritrovarsi risucchiato negli orribili ricordi di quando era stato tenuto in ostaggio lui stesso mentre lavorava nell'esercito. Con la differenza che in quel seminterrato non era stato torturato, non era stato filmato per il piacere malato dei terroristi, e il suo compagno di squadra Stone, che in passato aveva subito la sua stessa sorte, era stato l'eroe del giorno; era riuscito ad appropriarsi dell'elicottero di proprietà del ricco stronzo che aveva convinto Lara ad andare in Arizona, e a portarli in salvo.

Ma era un'illusione pensare che fossero al sicuro.

Lo sapeva.

Lo sapevano i suoi amici.

E purtroppo lo sapeva anche Lara Osler.

Carter Grant era un serial killer che era riuscito a passare inosservato. Mentre lavorava come guardia del corpo per Michaels, l'ex di Lara, aveva rapito e torturato donne praticamente sotto gli occhi di tutti. Poi aveva sparato in testa all'uomo e si era dileguato nel caos di quel terribile giorno.

Era ancora in giro.

E voleva Lara.

Owl digrignò i denti. Quel bastardo non l'avrebbe più toccata. L'aveva promesso a lei e a Cora, la sua migliore amica. Il solo pensiero di ciò che aveva subito per mano di quello psicopatico era sufficiente a fargli accapponare la pelle.

Ma sapeva meglio di chiunque altro che le cose spiacevoli purtroppo succedevano. Bastava un attimo di disattenzione e avrebbe potuto portargliela via da sotto il naso. Era terrorizzata, e non la biasimava.

Da quando erano fuggiti dall'Arizona, si era rintanata al Rifugio per cercare di guarire. Molte persone avrebbero potuto dire che non era migliorata rispetto alle prime settimane, ma si sarebbero sbagliate. Aveva fatto parecchi progressi da quando era stata salvata.

Ma aveva ancora molta strada da fare, e Owl si era ripromesso di stare al suo fianco a ogni passo.

Cora pensava che la sua amica fosse ancora l'ombra

della donna che era stata, ma lui non ne era così sicuro. Sì, esteriormente Lara era ancora diffidente, parlava poco e non era molto disposta a lasciare lo chalet. Ma quando erano solo loro due, chiusi in casa al sicuro e al caldo, cominciava ad aprirsi... rivelando una donna divertente, premurosa e incredibilmente perspicace.

E Owl era follemente innamorato di lei.

Sapeva che tra loro non sarebbe nata una relazione. Lara lo vedeva come un protettore. Si era aggrappata a lui dal momento in cui erano arrivati al Rifugio. Per settimane, ogni volta che si era allontanato dal suo campo visivo, era andata nel panico. Persino in quel seminterrato in Arizona dove l'avevano trovata, nonostante fosse stordita, si era aggrappata a lui come se fosse stato il suo posto sicuro, e lui non aveva fatto nulla per dissuaderla da quell'idea.

Ultimamente era migliorata. Molto. Owl poteva andare al lodge e lasciarla nello chalet con Cora per un paio d'ore senza che lei avesse un attacco di panico. Ma se si assentava troppo a lungo, iniziava a tremare e a respirare affannosamente, costringendo Cora a chiamarlo. E ogni volta, Lara non riusciva a calmarsi finché non lo rivedeva.

Ciò gli spezzava il cuore, perché voleva che lei ritrovasse la fiducia in se stessa. La sua indipendenza. E il fatto che facesse troppo affidamento su di lui, non era una buona base per una relazione romantica.

Ma avrebbe fatto qualsiasi cosa per lei, anche sopprimere i propri sentimenti. Sarebbe stato suo amico. La sua roccia. Il suo protettore finché ne avesse avuto bisogno. Poi l'avrebbe lasciata andare. L'avrebbe guardata allontanarsi, spiegare le sue ali e volare di nuovo.

«Owl?»

La sua voce sommessa e incerta lo fece riscuotere da quei pensieri tormentati. Si voltò e la vide sulla soglia della stanza degli ospiti. Per i primi due mesi Owl aveva dormito su una sedia accanto al suo letto, perché lei aveva avuto paura di stare da sola. Negli ultimi tempi riusciva a superare la notte senza svegliarsi urlando, ma di tanto in tanto succedeva, e aveva bisogno della rassicurazione di non essere tornata lì, rinchiusa in un seminterrato alla mercé di un pazzo.

«Ehi, tesoro. Hai fatto un brutto sogno?» le chiese, alzandosi subito per andare al suo fianco. Era notte fonda e, come al solito, l'insonnia aveva avuto la meglio su di lui. Non dormiva più bene. Non lo faceva da quando era stato prigioniero di guerra.

Lara scosse la testa mentre lui si avvicinava. «No. Ma mi sono svegliata e mi sono spaventata.»

«Vieni» le disse, tendendole la mano.

Sentì come delle piccole scosse quando gliela prese, proprio come succedeva sempre quando si toccavano, ma nascose la sua reazione. L'ultima cosa di cui lei aveva bisogno era di dover affrontare delle avances indesiderate, oltre a tutto il resto.

La condusse sul divano, dove era seduto un attimo prima, e la incoraggiò dolcemente a rilassarsi. Le sistemò una coperta sul corpo, poi disse: «Mettiti comoda. Torno tra un attimo con la cioccolata calda.»

Owl sentì il suo sguardo su di lui mentre si dirigeva verso la piccola cucina. Non era un cuoco provetto, ma grazie alla vita da scapolo condotta al Rifugio aveva imparato abbastanza cose per non morire di fame. Sì, lui e i suoi amici comproprietari potevano salire al lodge e mangiare con gli ospiti, se lo preferivano. Per loro, Robert era il miglior cuoco di quel lato del Mississippi, ma Owl, essendo un introverso, a volte voleva solo la pace e la tranquillità della sua casa.

Premette il pulsante del bollitore elettrico sul ripiano per scaldare l'acqua e prese una tazza grande. Vi versò dentro la miscela di cioccolato fondente, aggiunse alcuni marshmallow e si appoggiò al bancone mentre aspettava che l'acqua bollisse.

Gli ci volle ogni grammo del suo autocontrollo per non tornare sul divano e prenderla tra le braccia. Ogni singolo senso era in sintonia con lei. Sentì il fruscio della coperta e capì che si era mossa. Gli fremevano le dita al ricordo della sensazione provata poco prima al contatto con la sua pelle, quando le aveva tenuto la mano. Poteva giurare di sentire anche il profumo della lozione alla pesca che usava.

Senza girare la testa, la guardò con la coda dell'occhio. I capelli biondi lunghi fino alle spalle erano stati scompigliati dal cuscino. I suoi occhi azzurro scuro erano un po' annebbiati, come se fosse ancora mezza addormentata. Indossava un paio di leggings neri e una maglia larga che nascondeva le forme del suo corpo, ma dato che aveva trascorso molto tempo con lei, Owl sapeva che era ancora un po' troppo esile, che stava ancora recuperando parte del peso che aveva perso durante il suo calvario.

Aveva il naso un po' all'insù ed era incline ad arrossire alla minima provocazione. Era alta per essere una donna, più o meno come lui, intorno al metro e ottanta, e aveva trentacinque anni, quindi due più di lui. Era un po' impacciata e sembrava non fosse minimamente presuntuosa... e Owl la amava ancora di più per quello.

Averla in casa sua era una tortura, ma avrebbe sofferto in silenzio purché lei si sentisse al sicuro.

Nessuno sapeva dei sentimenti che provava per la sua coinquilina, e se fosse stato per lui, nessuno l'avrebbe mai saputo. Lara aveva una vita lontano da lì. Era la direttrice esecutiva di una scuola materna a Washington. I bambini sentivano la sua mancanza, tutti i genitori le volevano bene e la sua titolare le aveva detto che le avrebbe tenuto il posto per tutto il tempo che le sarebbe servito.

Prima o poi se ne sarebbe andata. Owl lo sapeva. Cora lo sapeva. Accidenti, lo sapevano tutti. L'avrebbe lasciata andare proprio perché l'amava. Non l'avrebbe mai trattenuta. Avrebbe fatto qualsiasi cosa per quella donna. Spassionatamente. Perché se lo meritava. Perché dopo quello che aveva passato, meritava il mondo. Glielo avrebbe dato se avesse potuto, ma tutto ciò che poteva fare era assicurarsi che alla fine potesse tornare alla sua vita senza rischi. Senza guardarsi sempre alle spalle.

Tex, il genio del computer che anni prima aveva riunito lui e i suoi amici per creare il Rifugio, stava cercando di rintracciare Carter Grant, l'uomo più ricercato del Paese in quel momento. La polizia non riusciva a trovarlo. L'FBI aveva perso le sue tracce. Ma il serial killer non poteva nascondersi a lungo da Tex.

Owl sognava di essere lui a catturare Grant una volta scovato, di essere lui a porre fine alla minaccia per la donna che amava. Probabilmente sarebbe morto nel farlo, perché non era un ex soldato delle forze speciali come i suoi amici. Aveva una formazione di base nel combattimento corpo a corpo, ma non era stato addestrato come un SEAL o un operatore della Delta Force. Tuttavia, aveva qualcosa che loro non avevano: la motivazione. Amava Lara al punto di sacrificarsi per assicurarsi che lei potesse vivere una vita lunga e felice, libera dalla minaccia di Carter Grant che incombeva sulla sua testa.

I suoi amici gli avrebbero dato il tormento se avessero saputo che era disposto a sacrificarsi per salvarla, ma dato che le possibilità che Tex *non* dicesse loro di aver trovato il serial killer lasciando che Owl andasse ad affrontarlo da solo erano scarse o nulle, la questione della sua probabile morte non si poneva proprio. Sapeva solo con totale certezza che, se necessario, avrebbe dato la sua vita per quella di Lara.

Il rumore del bollitore lo riscosse dai suoi pensieri. Versò l'acqua nella tazza, sorridendo all'intenso profumo che gli arrivò alle narici. Aveva usato molta più cioccolata del normale, perché a lei piaceva così.

Mescolò la bevanda, poi si voltò e tornò verso il divano. Owl poteva percepire il suo sguardo su di lui e ciò lo pervase di un senso di calore. Le si sedette accanto e le porse la tazza. «Attenta, è calda.»

«Certo che lo è, è cioccolata calda» disse, con un piccolo sorriso.

Owl viveva per quei sorrisi. Erano rari e li apprezzava tutti.

«Giusto. Fammi sapere se il sapore è intenso come piace a te, altrimenti posso aggiungere altra miscela.»

Lei soffiò sulla bevanda, poi con cautela ne bevve un sorso. Sollevò gli occhi azzurri per incontrare i suoi. «È perfetta.»

«Bene» ribatté, appoggiandosi allo schienale del divano.

Non parlarono per un lungo momento, un'altra cosa che amava di lei: non sentiva il bisogno di chiacchierare inutilmente. Come lui, era contenta di stare in silenzio. Una volta gli aveva detto che era per via del suo lavoro.

Ascoltava tutto il giorno i bambini parlare in continuazione e, sebbene le piacesse, era altrettanto contenta di salire in macchina alla fine della giornata lavorativa e godersi il silenzio.

«Non riuscivi a dormire?» gli chiese.

Owl scrollò le spalle. «No.»

«Dovresti proprio prendere le pillole che ti ha prescritto il dottore» lo rimproverò dolcemente.

Nessuno dei suoi amici conosceva la portata della sua insonnia. Non sapevano che si considerava fortunato se riusciva a dormire tre o quattro ore. Il suo cervello non si spegneva abbastanza a lungo da permettergli di riposare una notte intera. E da quando era arrivata Lara, la preoccupazione per lei e il bisogno di essere presente quando si svegliava dagli incubi facevano sì che non dormisse proprio.

«Va bene così.»

Lara si accigliò. «Non è vero. Non dormi abbastanza, Owl.»

«Ci sono abituato.»

Le sue sopracciglia si aggrottarono ancora di più.

La sua apprensione per lui gli piaceva. Molto. «Davvero, sto bene. È per te che sono preoccupato. Perché ti sei svegliata stanotte?»

Lei riportò lo sguardo sulla tazza che aveva tra le mani e scrollò le spalle.

«Dimmelo, Lara.»

Sospirò. «È che... sono un tale peso.»

«Cosa? Non è vero» sostenne Owl.

Gli rivolse un sorriso triste. «È così. Vedo la preoccupazione negli occhi di Cora quando viene a trovarmi. Sono tutti in ansia, temono che Carter si intrufoli nella proprietà nel cuore della notte e faccia chissà quali danni. E tu...» Si interruppe. «So che non ti aspettavi che restassi appiccicata a te per così tanto tempo.»

Le prese la mano e la strinse. «Per quanto mi riguarda, puoi restare con me quanto vuoi.»

«Non dici sul serio» protestò.

«Col cavolo che non dico sul serio. Senti, lo capisco, ci sono passato anch'io. Quando io e Stone siamo stati salvati, ero un figlio di puttana paranoico. Non mi fidavo di *nessuno*. Non potevo nemmeno andare a fare la spesa senza avere qualcuno con me a guardarmi le spalle. È passato poco tempo. Non essere troppo severa con te stessa.»

«Ho letto quello che dice la gente online» sussurrò.

Owl imprecò tra sé e sé. Anche lui aveva letto quello che dicevano gli stronzi sui social. Quando era uscita la notizia, alcuni avevano incolpato *lei*. Insistevano che doveva aver combinato qualcosa di terribile per *meritarsi* quello che aveva fatto Carter. Leggere che colpevolizzavano la vittima era orribile e brutale. E dato che Grant era in realtà un uomo di bell'aspetto, sulla trentina, alto e muscoloso, con i capelli biondo scuro e gli occhi nocciola, alcune persone, stronze e malate, avevano persino detto che non sarebbe poi stato così spiacevole essere al posto di Lara.

Erano tutti dei maledetti idioti. Non avevano idea di cosa stavano parlando. Era facile starsene seduti in casa, al sicuro e al caldo, e giudicare lei e tutte le donne che si erano trovate nelle grinfie di Carter.

«Che si fottano.»

«Ma hanno ragione. Sono andata in Arizona di mia spontanea volontà. Non sono stata rapita.»

«Ok, ma questo non vuol dire che sia stato giusto che

Michaels ti abbia chiusa nel seminterrato, e di certo non ha dato a Grant il diritto di abusare di te in quel modo. Non puoi leggere quella merda, Lara. Finirà per distruggerti, e quelle persone online non sanno ciò che dicono. Credimi, quando io e Stone siamo tornati a casa, hanno fatto la stessa cosa. Hanno giudicato e criticato qualsiasi cosa riguardo alla nostra situazione. Dicevano che eravamo delle femminucce. Che avremmo dovuto lottare per liberarci. Che non eravamo "veri" soldati. Se avessi preso a cuore tutto ciò che dicevano, mi sarei piantato una pallottola in testa molto tempo fa.»

«Owl» sussurrò lei con uno sguardo addolorato.

«Sto solo dicendo che non puoi leggere quella roba. Sul serio. Non vuoi parlare di quello che è successo con Henley, che potrebbe aiutarti molto meglio di me, e scambi a malapena due parole con Cora. Visto che sono l'unico con cui ti sei aperta, devi ascoltarmi. Smettila. Di. Leggere. Quelle. Odiose. Critiche. Al. Vetriolo. Mi hai sentito?»

Owl desiderava ardentemente che Lara facesse una sessione con la psicologa del Rifugio. Sarebbe stata in grado di aiutarla molto più di lui. Ma dato che si rifiutava di parlare dell'accaduto con chiunque altro, Henley gli aveva dato alcuni consigli che sperava potessero essere utili. Ma in momenti come quello, sentiva che era qualcosa completamente fuori dalla sua portata. Pregava solo di non rovinarla ancora di più.

«Ti ho sentito» replicò.

«Bene. Le uniche opinioni che contano sono la tua, la mia, quella di Cora e di tutti gli altri qui al Rifugio. Le persone che sanno davvero cosa hai passato. Tutti gli altri possono andare a fanculo.»

Accennò un sorriso e Owl si sentì gonfiare il cuore. Ogni volta che riusciva a farla sorridere, per lui era un miracolo. Soprattutto durante il primo mese dopo il suo arrivo al Rifugio, quando era molto distrutta emotivamente.

«Ora, vuoi restare qui con me o tornare a letto?»

«Qui» rispose lei senza esitare.

«TV o libro?» le chiese.

«TV.»

«Vuoi continuare con quel documentario che abbiamo iniziato ieri o qualcos'altro?»

«Possiamo guardare *Cenerentola?*»

«Certo.» Owl prese il telecomando e cercò il cartone animato. Non gli dispiaceva affatto vederlo per la centesima volta. Se era ciò che voleva guardare, lo avrebbero fatto.

A dire il vero, era sollevato per quella scelta. Cora gli aveva detto più di una volta che Lara era una romantica, che credeva nelle anime gemelle e nel vero amore. O almeno, ci credeva prima che le accadesse quell'orribile esperienza. Ma il fatto che le piacesse ancora, che le desse conforto, gli fece pensare che la donna che era stata un tempo fosse ancora lì, dentro di lei. Poteva essere malconcia e ammaccata, ma c'era.

Lara si accoccolò nell'angolo del divano, con lo sguardo incollato alla televisione. Owl non riusciva a toglierle gli occhi di dosso. Non era affatto stanco, ma fu contento quando lei si appisolò dopo nemmeno quindici minuti di film. Amava che si sentisse abbastanza sicura con lui da abbassare la guardia e dormire.

Owl ormai aveva visto quel cartone tantissime volte da quando Lara era lì, ma non spense la TV. Lo lasciò continuare. E pregò che un giorno lei potesse trovare il suo principe azzurro. Un uomo che l'avrebbe amata e apprezzata quanto faceva *lui*. Sapeva di non poter essere quell'uomo, ma desiderava che le succedesse più di quanto avesse mai desiderato qualcosa in vita sua.

CAPITOLO DUE

Lara si svegliò e rimase immobile, cercando di orientarsi. Sapeva per esperienza che fingere di dormire poteva risparmiarle un po' di sofferenza... almeno per qualche istante.

Non le ci volle molto per rendersi conto che non era in quel seminterrato. Non era quasi nuda. Né in balia di Carter Grant.

Era al Rifugio. Nel New Mexico. La sua migliore amica si era rifiutata di credere che non fosse in pericolo e si era fatta in quattro per trovarla. Cora aveva convinto gli ex militari che vivevano e lavoravano lì ad andare in Arizona per riportarla a casa.

Aprì gli occhi e vide Owl addormentato nell'angolo opposto del divano. La sua testa era appoggiata sul cuscino dietro, aveva la bocca leggermente aperta e russava piano. Si prese il tempo di studiarlo dato che lui ne era ignaro.

Callen Kaufman, Owl per gli amici, non era come tutti gli altri uomini che aveva conosciuto. Assomigliava a Ed Sheeran: aveva i capelli rossicci, gli occhi verde brillante, e teneva la barba e i baffi tagliati corti. Era più giovane di lei di due anni, quindi ne aveva trentatré, e aveva un aspetto un po' distinto. Erano alti uguali, cosa che amava perché non aveva bisogno di guardare in alto o in basso per vedere i suoi occhi. Era in forma e forte, ma non notevolmente muscoloso come gli altri uomini del Rifugio. Non trasudava testosterone. Ma non aveva il minimo dubbio che se fosse stato necessario, avrebbe fatto di tutto per proteggerla da qualsiasi pericolo. In effetti, lo aveva già fatto.

Non aveva un ricordo chiaro del salvataggio avvenuto in quella casa nell'Arizona, ma una cosa che *ricordava* era di avergli fissato la schiena mentre si frapponeva come una sentinella tra lei e Carter Grant. Proteggendola. Inoltre, ricordava di essere stata tra le sue braccia e di non essersi allarmata per il tocco di un altro uomo che non conosceva. Si era semplicemente... abbandonata a lui.

Owl era il suo posto sicuro, lo aveva percepito all'istante, e in qualche modo sapeva che se si fosse allontanato da lei, si sarebbe ritrovata di nuovo nelle grinfie di Carter.

Era irragionevole e irrazionale, ma non riusciva a liberarsi della sensazione che senza di lui sarebbe tornata nell'incubo da cui non riusciva a svegliarsi.

Nelle ultime due settimane circa, era finalmente riuscita a costringersi a non averlo sempre sott'occhio. Si sforzava di fare progressi, di convincerlo che stava migliorando... ma la verità era che si sentiva psicologicamente distrutta proprio come lo era stata in quel seminterrato.

Carter Grant avrebbe messo di nuovo le mani su di lei. Non aveva dubbi. Si era vantato delle altre donne che aveva catturato, delle cose che aveva fatto loro. Soprattutto, aveva amato raccontarle nei dettagli come le aveva uccise... ridendo perché non era mai stato preso.

Ma era ciò che le aveva sussurrato all'orecchio una notte, dopo aver finito di "giocare" con lei, che le risuonava continuamente in testa.

Sei la mia preferita. Non rinuncerò mai a te. Sei mia.

Chiuse gli occhi e fece un respiro profondo.

Non era ancora pronta, ma stava arrivando il momento per lei di andarsene. L'ultima cosa che voleva era condurre Carter al Rifugio. Alla sua migliore amica. Agli uomini e alle donne che vivevano lì.

Il suo piano originale era stato di andare in Alaska e nascondersi in una di quelle baite remote, ma ora non ne era più così sicura. Non sapeva *dove* voleva andare, ma solo che non voleva venisse fatto del male a qualcun altro a causa sua.

Riaprì gli occhi e fissò ancora una volta Owl. All'apparenza quell'uomo era sempre calmo e tranquillo, ma dentro era distrutto proprio come lei. E per qualche motivo, ciò le faceva abbassare le barriere in sua presenza. Aveva passato quello che aveva passato *lei*. Be', non esattamente, ma anche lui era stato trattenuto contro la sua volontà, e torturato. Si era aperto e le aveva raccontato alcune cose che, a quanto pareva, non aveva mai detto a nessun altro.

Era anche l'unica a sapere della sua insonnia. Oltre al suo medico, naturalmente. La faceva sentire speciale il fatto che le avesse confessato qualcosa di così privato, anche se alla fine l'avrebbe scoperto da sola visto il tempo che passavano insieme.

Era stato così paziente con lei, senza lamentarsi di doverla tenere d'occhio ventiquattro ore al giorno per assicurarsi che non andasse fuori di testa. Con lui non aveva mai la sensazione di essere un peso. Di essere pazza. Era gentile e paziente, e si faceva in quattro per farla sentire a suo agio e al sicuro.

Certo, ormai pensava che non si sarebbe mai più sentita veramente al sicuro, ma non aveva intenzione di ammetterlo. Nemmeno con Owl.

Se avesse mai potuto amare un uomo, probabilmente sarebbe stato quello che dormiva dall'altra parte del divano. Ma il suo sogno del "vissero felici e contenti" aveva fatto una morte orribile. Non si fidava più come una volta. Dubitava di ogni singola cosa che qualcuno diceva o faceva. Era diventata cinica e diffidente nei confronti delle motivazioni di tutti. Un tempo poteva anche essere stata romantica, ma Ridge Michaels, l'uomo che aveva pensato l'amasse così tanto da non sopportare il pensiero di tornare in Arizona senza portarla con sé, aveva distrutto quella parte di lei.

Era *contenta* che fosse morto. Non le importava che la sua famiglia avesse passato momenti difficili dopo che era emerso che avevano assunto un vero serial killer e che delle donne erano state torturate e uccise nella loro proprietà a Phoenix.

Lara era più dura ora. Meno ingenua.

Ma Owl la faceva sentire un po' come quella di un tempo. Almeno quando erano solo loro due nello chalet. Poteva rilassarsi con lui, perché le aveva fatto capire chiaramente che non era interessato a lei dal punto di vista sentimentale. La toccava, ma di solito solo la mano, o al massimo le dava un breve abbraccio platonico quando lei aveva dei brutti momenti. Nei suoi occhi non vedeva altro che preoccupazione. Nulla che indicasse che era interessato ad avere una relazione. Nulla che andasse oltre l'amicizia, di cui gli era grata.

Ma... una parte di lei, nel profondo, non poteva fare a meno di chiedersi come sarebbe stato avere Owl per se stessa. Come sarebbe stato fare il possibile per aiutarlo a dormire la notte, o lasciare che la stringesse tra le braccia quando aveva paura.

Scosse la testa, strinse le labbra e fece un respiro profondo. No. Owl era suo amico. Si era praticamente imposta a lui, ed era probabile che sarebbe stato molto sollevato quando se ne fosse andata. Aveva intenzione di dire a tutti che sarebbe tornata a Washington, anche se era l'ultimo posto che avrebbe voluto rivedere, e invece sarebbe andata da qualche altra parte. Forse oltreoceano. Non ne aveva idea.

Sapeva solo che non voleva mai più sentirsi indifesa. Non voleva che Carter Grant la trovasse e la rinchiudesse in un seminterrato buio e inquietante, per poter vivere con lei le sue fantasie malate per il resto della vita.

Doveva impegnarsi di più per convincere tutti che era tornata quella di prima. Doveva andare a mangiare al lodge, interagire con gli altri del Rifugio, anche se era l'ultima cosa che desiderava fare. Perché lei voleva solo rimanere nello chalet. Nascosta. Al sicuro con Owl. Ma nessuno avrebbe creduto che era pronta a tornare a Washington e ad andare avanti con la sua vita se non avesse iniziato a dimostrarlo.

Quindi avrebbe finto. Aveva la sensazione di poter ingannare abbastanza facilmente gli uomini che vivevano lì; non li conosceva e loro non conoscevano lei.

Ma con Cora sarebbe stato molto più difficile.

Pensare alla sua migliore amica le fece riempire gli

occhi di lacrime. Owl l'aveva informata su tutto ciò che aveva fatto per lei. Fino a dove era arrivata per convincere *qualcuno* che la sua amica era in pericolo, e per riuscire ad andare a Phoenix e vedere di persona se stava bene o meno.

Le aveva detto che si era documentata sul Rifugio, delle offerte che aveva fatto per vincere Pipe all'asta degli scapoli, che aveva tenuto testa a quella stronza di Eleanor, che aveva venduto *letteralmente* tutti i suoi averi e si era messa in grave pericolo andando a casa di Ridge.

Lara non sarebbe mai stata in grado di ripagarla, anche se Cora insisteva che ora erano "pari". Ma averle offerto la sua amicizia quando erano al liceo non era per niente *paragonabile* a ciò che lei aveva fatto.

Ciò che non sapeva era che quando si erano incontrate a scuola, Lara aveva avuto altrettanto bisogno di un'amica. I suoi genitori non erano violenti, semplicemente non erano interessati alla figlia. Gli altri studenti avevano pensato che lei fosse una ragazza presuntuosa per via dei soldi della sua famiglia e perché non iniziava mai una conversazione, che si ritenesse troppo intelligente per integrarsi con loro e che non fosse interessata a uscire con nessuno.

Cora era stata la cosa migliore che le fosse mai capitata. Era estroversa e non aveva paura di dire quello che pensava. Era il suo opposto e la adorava.

Qualche anno più tardi, quando Cora era stata sull'orlo di diventare una senzatetto, l'aveva aggiunta sul suo conto corrente e le aveva fatto promettere di usare i suoi soldi se si fosse trovata di nuovo in una situazione del genere. Naturalmente, lei si era rifiutata di toccare un centesimo.

La verità era che Lara aveva bisogno di Cora molto più di quanto la sua amica avesse mai avuto bisogno di lei.

Non passava giorno in cui non si rimproverasse per non averla ascoltata quando aveva cercato di metterla in guardia sulla dubbia sincerità di Ridge Michaels e avevano litigato per il suo cosiddetto fidanzato, così aveva accettato impulsivamente di andare in Arizona con lui. Se l'avesse ascoltata, non sarebbe caduta nelle grinfie di Carter.

Ripensare a tutto ciò che il serial killer le aveva fatto la fece rabbrividire per la paura e la repulsione.

Un attimo dopo sentì Owl muoversi, poi una seconda coperta coprirla.

«Posso alzare il riscaldamento se hai freddo» le disse con dolcezza.

Chiudendo gli occhi, Lara cercò di controllare le sue emozioni instabili. Anche dormendo, l'aveva sentita rabbrividire... e lo aveva interpretato male. Qualcuno era mai stato così premuroso con lei prima d'ora? La risposta era semplice. No.

«Grazie» gli disse.

Lui si alzò, e lo guardò dirigersi verso il bagno in fondo al corridoio. Non aveva idea di che ora fosse, ma fuori non era ancora chiaro. Quando era arrivata lì e Owl aveva scoperto che era terrorizzata dal buio, era andato in città e aveva comprato una dozzina di luci notturne. Le aveva collegate a tutte le prese di corrente disponibili, ed emettevano un bagliore sufficiente a permetterle di vedere, ma non così forte da impedirle di riposare.

I primi giorni aveva dormito sul divano, con Owl seduto vicino ai suoi piedi. Poi si era obbligata ad andare nella stanza degli ospiti, ma non era riuscita ad addormentarsi. Era stato allora che lui aveva cominciato a dormire sulla sedia accanto al letto. Ogni volta che si svegliava e spalancava gli occhi terrorizzata, trovava la sua guardia del corpo personale proprio lì al suo fianco. Il più delle volte era sveglio, pronto a rassicurarla che era tutto a posto. Che era al sicuro nel New Mexico.

Spesso si sentiva in colpa per essere così bisognosa di attenzioni. Così dipendente da Owl. Ma non le aveva mai dato l'impressione che fosse un peso prendersi cura di lei. Non si lamentava mai di non avere un momento per sé perché era terrorizzata se lui si allontanava per più di qualche minuto.

Cora e Owl le avevano salvato la vita, e non sapeva ancora se esserne grata o arrabbiata. A volte aveva la sensazione che tutti – lei compresa – sarebbero stati meglio se fosse morta. Almeno non avrebbe avuto a che fare con la paura e la depressione debilitanti di cui soffriva ora.

Owl rientrò nella stanza portando con sé un'altra coperta. Evidentemente aveva fatto una deviazione dopo essere andato in bagno. Si sistemò di nuovo nell'angolo del divano e la fissò.

Lara si irrigidì di fronte al suo sguardo. Era determinato. Ostinato. Si preparò a qualsiasi cosa stesse per dire.

«Devi parlare con Henley.»

Scosse la testa prima ancora che finisse la frase. «Sto bene» sostenne. L'ultima cosa che voleva era che qualcuno entrasse nella sua testa, che vedesse quanto era *davvero* sconvolta.

E scoprisse che aveva intenzione di andarsene e sparire per sempre.

«Stai bene, ma allo stesso tempo non è così. Fidati, lo so.»

«*Non* puoi saperlo» replicò, con evidente amarezza nella voce.

«Sì, che lo so» insistette.

«Sai cosa vuol dire aver bramato i farmaci che sei stato costretto a prendere perché ti annebbiavano i sensi e così non dovevi sentire ciò che ti veniva fatto? Essere toccati contro la propria volontà? Sentirsi dire che non riuscirai mai a scappare e che sarai il giocattolo di qualcuno per gli anni a venire?»

Non sapeva da dove venissero quelle parole, ma non riuscì a fermarsi.

«Davvero, Owl? Sai cosa vuol dire temere di venire preso, infilato in un bagagliaio e portato via se solo esci di casa? Essere terrorizzato ogni secondo di ogni giorno, sapendo che la persona che ti ha torturato è ancora là fuori in attesa del momento perfetto per catturarti di nuovo, gettarti in un seminterrato, spogliarti e masturbarsi eccitato dal tuo terrore?»

Quando finì ansimava, ogni suo muscolo era teso e la testa le pulsava. Le tremavano le mani per l'adrenalina, mentre i ricordi le affollavano la mente.

«So cosa significa essere toccato contro la mia volontà. Venire picchiato fino a essere ridotto in fin di vita... per divertimento. Guardare una luce rossa lampeggiante e rendermi conto che la mia umiliazione è stata filmata per essere mostrata a milioni di persone su internet. Capisco perfettamente la paura di essere catturato di nuovo e riportato nella situazione da cui ero appena fuggito.

So anche cosa si prova quando torturano il tuo migliore amico solo per farti soffrire di più. Cosa si prova a sentire le sue grida di dolore e sapere che non puoi fare nulla per aiutarlo. E sì, i miei aguzzini sono ancora là fuori. Alcuni sono stati uccisi durante il salvataggio, ma altri no, decine di uomini che hanno goduto di ogni colpo inferto, di ogni squarcio causato dal loro coltello. So, senza ombra di dubbio, che se avessero la possibilità di riavermi tra le loro grinfie, non esiterebbero a farmi di nuovo prigioniero.»

Lo sguardo di Owl era penetrante, ma il suo tono non era accusatorio. Era quasi... gentile. Lara non poté fare a meno di vergognarsi del suo sfogo. Ma lui non aveva finito.

«So anche come ci si sente quando un minuto prima si è felici e quello dopo si è così depressi che è impossibile alzarsi dal letto. Odiavo gli sguardi di commiserazione che ricevevo da chi mi riconosceva per quei maledetti video. Non volevo andare da uno psicologo. Ero un uomo, potevo gestire tutta la merda che avevo in testa senza bisogno di aiuto. Ma una sera, dopo essermi seduto in cucina con un coltello in una mano e una bottiglia di sedativi nell'altra, ho capito che era arrivato il momento. Ho pianto come un bambino durante la prima seduta con il mio psicoterapeuta... ma accidenti se non è servito.

Sono preoccupato per te, Lara. Posso ascoltarti, starti accanto, rassicurarti che farò tutto ciò che è in mio potere per assicurarmi che tu sia al sicuro, ma non ho la preparazione che ha Henley. Ti giuro che è brava nel suo lavoro. E tutto ciò che le dirai sarà tenuto nel massimo riserbo. Almeno provaci. Per favore. Una seduta.»

Lara chiuse gli occhi. Si sentiva destabilizzata... e si vergognava. Quello che le era successo era orribile. Terrificante. Le aveva cambiato la vita. Ma non era l'unica persona che aveva vissuto qualcosa di terribile. Owl ne era la prova. Accidenti, tutti gli uomini che gestivano il Rifugio lo erano. Così come tutti gli ospiti.

Si stava comportando da egoista, e ciò la fece sentire ancora peggio con se stessa.

«Guardami» le ordinò.

Sollevò lo sguardo verso di lui con riluttanza.

«Magari non ho vissuto le tue stesse esperienze, ma so come ti senti. E non vado da nessuna parte. Puoi restare qui quanto vuoi. Se vuoi che ammanetti il mio polso al tuo per farti sentire al sicuro, lo farò. Lui non vincerà, Lara. Te lo prometto. Farò tutto ciò che è necessario per assicurarmi che non possa più farti del male, anche se dovessi impiegare il resto della mia vita. Capito?»

Per la prima volta da quando si era trovata rinchiusa in quel seminterrato, sentì un barlume di... speranza.

Deglutì a fatica, poi annuì quasi impercettibilmente.

«Bene. Ora, devo trovare un paio di manette?»

Le sue labbra ebbero un guizzo. «Sei un po' kinky» disse sommessamente.

Sul volto di Owl si formò un sorriso. «Posso pensare a cose peggiori nella vita che essere ammanettato a te, tesoro»

Quando diceva cose del genere, una parte della vecchia Lara riemergeva. Quella che in passato sarebbe andata in estasi se un uomo le avesse parlato in quel modo. Ma non era più quella donna. Era indurita. Cinica. Terrorizzata.

Ma si ritrovò a rilassarsi lo stesso.

Owl guardò l'orologio. «Sono le cinque. Ti va di alzarti e venire con me a guardare l'alba dalla Table Rock?»

Lo fissò sorpresa. «La Table Rock?» chiese. «Ma è lontana tipo... un sacco di chilometri.»

Lui scrollò le spalle. «È un'escursione facile.»

«Ma fa freddo.»

«Non così tanto. Finalmente è arrivata la primavera.»

Tuttavia, era ancora titubante. Carter avrebbe potuto essere in agguato tra gli alberi. In attesa di catturarla.

«Abbiamo telecamere in tutto il bosco. E non dovrei dirtelo, ma fanculo... ci sono anche dei bunker sotto terra. Se dovesse succedere qualcosa, se dovessi avere la sensazione, anche solo per un secondo, che là fuori ci sia qualcuno che non dovrebbe esserci, ci infiliamo in un bunker e restiamo lì nascosti finché gli altri non perlustrano la zona e si assicurano che è tutto a posto.»

Lara lo fissò. «Davvero? Perché?»

«Perché ci sono dei bunker? Be'... quando abbiamo costruito questo posto, nessuno di noi era in un buono stato mentale. Avevamo bisogno della rassicurazione che ci davano quei rifugi. E ci sono stati utili. Alaska è rimasta rintanata in uno quando un trafficante di esseri umani è venuto a cercarla, e Jasna è stata salvata dalle grinfie di quello stronzo che l'aveva rapita e poi portata in uno dei bunker per assicurarsi che rimanesse protetta.»

«Oh» sussurrò, non trovando altre parole. Aveva sentito ciò che era successo alle altre donne che vivevano al Rifugio e si stupì ancora una volta della loro capacità di recupero.

Dopo un lungo momento di silenzio, fece un respiro profondo e annuì. «Ok.»

«Ok?» le chiese, con un sopracciglio inarcato per la sorpresa.

«Sì. Verrò alla Table Rock con te.»

Le sorrise. E Lara si rese conto di quanto si fosse trattenuto con lei. Vivevano nella stessa casa da mesi e non credeva di aver mai visto un'espressione di piacere così spontanea sul suo volto. Si era trattenuto perché era preoccupato per *lei*.

Ancora una volta, sentì quei lievi fremiti percorrerle il corpo.

«Grande!» disse subito, chiaramente temendo che cambiasse idea. «Vai a cambiarti. Mettiti dei calzini grossi, quei leggings foderati in pile che ti ha comprato Henley, una maglia a maniche lunghe e una felpa. Io prendo il mio parka, nel caso tu abbia freddo.» Si alzò e posò sul divano la coperta che aveva appena portato, poi le tese la mano.

Lara la prese senza pensarci.

Nel momento in cui le strinse le dita fu presa dal panico. Non le piaceva essere toccata. Non le piaceva la sensazione della pelle di un altro sulla sua. Ma, come sempre, la paura svanì quasi all'istante perché quello era Owl. Le sue mani erano calde, callose e delicate. Non fredde e aggressive come quelle di Carter.

Lui la lasciò andare non appena fu in piedi, ma le rimase accanto. Si rese conto che lo faceva sempre. Rimaneva al suo fianco nel caso le fosse girata la testa, avesse barcollato o fosse stata in preda al panico.

Quell'uomo era diventato la sua roccia, e non poteva fare a meno di volerlo accontentare, perché voleva che lui sapesse quanto apprezzava la sua presenza... e i suoi consigli.

Una volta sicuro che fosse stabile, si voltò per dirigersi verso la sua camera.

Lara allungò subito la mano e gli toccò il braccio.

Owl si bloccò, voltando solo la testa per guardarla. Entrambi capirono l'importanza di quel momento.

Da quando era stata salvata, era la prima volta che lo toccava di sua iniziativa... che toccava *qualcuno*.

«Mi dispiace per quello che hai passato» gli disse sommessamente.

La fissò con quegli occhi verdi e penetranti. «Grazie.»

«E... parlerò con Henley.»

Nel suo sguardo vide un profondo sollievo.

«Grazie» ripeté.

«Ti va...» Si interruppe.

«Sì» rispose lui.

Lara sorrise, anche se non c'era nulla di divertente in quella conversazione. «Non sai nemmeno cosa stavo per chiedere.»

«Non importa, tesoro. Se vuoi o hai bisogno di qualcosa da me, mi farò in quattro per dartela.»

E i soliti fremiti tornarono.

«E se ti chiedessi di indossare un costume da Bigfoot e di aggirarti nel bosco facendo in modo di venire ripreso dalle telecamere di cui hai parlato, solo per far impazzire tutti gli altri?»

Sentire la risatina di Owl fu come vincere la lotteria. Era un uomo serio. Non rideva molto. Quindi, aver suscitato in lui quel tipo di reazione, stranamente le diede una sensazione bellissima. Era la prima volta da mesi che provava qualcosa di diverso dalla paura o dalla preoccupazione per la situazione in cui si trovava.

«Lo farò di sicuro. Non vedo l'ora di vedere la faccia di Tonka quando vedrà Bigfoot aggirarsi.»

«Be', ora che è emersa questa idea, anche a me piacerebbe vederlo. Magari potremmo prendere due costumi così potrò venire in giro con te.»

«D'accordo» disse Owl con un sorriso.

Fu un momento intenso. Diverso. Come se fossero stati semplicemente un uomo e una donna, piuttosto che una vittima di violenza sessuale e il suo salvatore. Quel pensiero le fece tornare in mente la domanda che aveva voluto porgli.

«Parlerò con Henley... ma ti andrebbe di essere lì con me quando lo farò?»

L'espressione scherzosa sul suo volto scomparve, sostituita da una accigliata. «Non sono sicuro che sia una buona idea.»

«Capisco se non vuoi sapere tutto quello che è successo» iniziò incerta.

Owl scosse la testa. «Non è questo. Non pensarlo *mai*. Voglio solo che tu ti senta il più possibile a tuo agio ad aprirti con Henley, e potrebbe essere imbarazzante se ci sono io. Potresti non voler essere così sincera.»

«*Senza* di te, probabilmente non sarò molto disposta a dirle qualcosa» ribatté. «Con te mi sento al sicuro. Non conosco Henley. Voglio dire, sono certa che sia meravigliosa, ma raccontare a un'estranea tutto quello che è successo non è... non è... non so se posso farlo.»

«Forse sarebbe meglio se venisse Cora» insistette.

«No, assolutamente no. È la mia migliore amica. Si arrabbierebbe e vorrebbe andare a dare la caccia a Carter da sola. È straordinaria e meravigliosa, e so di essere la donna più fortunata del mondo ad averla come amica, ma non è esattamente la presenza più rassicurante.»

Le labbra di Owl ebbero un guizzo, ma rimase serio mentre la studiava.

Quando il silenzio divenne imbarazzante, Lara si pentì di averglielo chiesto. «Non importa» borbottò.

«Ci sarò» replicò lui in fretta.

«Perfetto. Ora ti ho costretto ad accettare» disse, abbassando lo sguardo.

«Guardami.»

Era la seconda volta che le ordinava di farlo nell'ultima ora, ma non poteva ignorare il suo tono autoritario e preoccupato. Così sollevò lo sguardo.

«Sono onorato e sopraffatto dalla tua fiducia in me, tesoro. Preferirei attraversare a piedi nudi un campo da football pieno di vetri, piuttosto che fare qualcosa che potrebbe metterti a disagio. Non c'è altro posto dove vorrei essere se non al tuo fianco mentre inizi il tuo percorso di guarigione... ma se dovessi cambiare idea, non aver paura di dirlo a me o a Henley. Non mi arrabbierò. Non la prenderò sul personale. Se c'è qualcosa di cui vuoi parlare con lei e che non vuoi che io senta, posso andare a fare una passeggiata o altro. Va bene?»

Lara non riusciva a pensare a nulla che non volesse far sentire a Owl, ma una vocina fastidiosa in un angolo della sua mente le diceva che era una bugiarda.

Non poteva parlare dei sentimenti sempre più profondi che provava per quell'uomo. Non davanti a lui.

Non sarebbero sfociati in nulla. La stava aiutando in quanto amica di Cora, e di Pipe visto che i due un giorno si sarebbero sposati. Inoltre, provava qualcosa per quell'uomo solo perché l'aveva salvata. L'aveva protetta.

«Va bene» acconsentì rapidamente, non volendo che cambiasse idea.

Lo sguardo colmo di tenerezza che le rivolse le fece tremare le ginocchia.

«Vai a cambiarti. Non vorrei ci perdessimo l'alba» le disse, spezzando quell'intenso momento intimo.

Fu solo quando si ritrovò fuori con Owl a camminare sul sentiero verso la Table Rock, che Lara si rese conto di non aver paura.

Era fuori. Al buio. E non era terrorizzata. Le sembrò un miracolo.

Ma non era stupida. Sapeva che era merito dell'uomo al suo fianco. Owl le aveva preso la mano non appena erano usciti dallo chalet e non gliel'aveva più lasciata.

Nonostante per parecchio tempo non avesse più provato emozioni positive, per la seconda volta quella mattina provò speranza.

Speranza che, forse, sarebbe stata in grado di riemergere dalla profonda disperazione in cui era piombata da mesi.

E all'improvviso, il suo progetto di andarsene, di nascondersi in un posto lontano dalla sua migliore amica e dal Rifugio, non le sembrava più una grande idea. Odiava ancora il fatto che la sua presenza mettesse tutti in pericolo, perché senza dubbio Carter avrebbe fatto del male a chiunque si fosse messo in mezzo per impedirgli di prendersi ciò che voleva.

Magari era una cosa stupida, ma Lara non poteva più negare di non voler vivere il resto della vita da sola. E di sicuro non voleva più vivere nella paura. E se si fosse rifugiata da sola in qualche posto, aveva la sensazione che era proprio ciò che sarebbe successo.

Voleva credere che quella piccola speranza significasse che la possibilità di avere di nuovo una vita normale non era irraggiungibile, con l'aiuto di Owl, Henley e Cora.

CAPITOLO TRE

Owl fissò il sole sorgere tenendo la mano guantata di Lara. Era esausto, il che non era una novità, ma in qualche modo l'arrivo di un nuovo giorno lo fece sentire diverso. Più positivo. Come se il sole nascente significasse un cambiamento della situazione.

Era davvero sollevato che Lara avesse accettato di parlare con Henley, ma non era così sicuro del fatto di partecipare alla sessione. Prima di tutto, se avesse sentito ogni dettaglio cruento di ciò che Carter Grant le aveva fatto, non era convinto di non reagire come lei aveva affermato avrebbe potuto fare Cora. Quel poco che sapeva gli faceva già venire voglia di smembrarlo. Ascoltare altri dettagli sulle orribili violenze che le aveva usato, avrebbe potuto fargli perdere il controllo. Il pensiero che qualcuno potesse farla soffrire gli faceva male al cuore. Avrebbe voluto metterla in una bolla per assicurarsi che niente e nessuno le torcesse un capello.

Ma non era così che funzionava il mondo. Lo sapeva

più di chiunque altro. Sarebbe stato molto meglio per lei imparare a gestire la merda che la vita le riservava, ma ciò non significava che lui non volesse evitare che il peggio di quella merda le piovesse addosso.

Lara aveva fatto dei progressi dal giorno in cui l'aveva portata via da quella casa in Arizona. Non dormiva ancora bene, aveva problemi a stare da sola, era paranoica per ogni rumore strano che sentiva e non era minimamente vicina a cominciare a fidarsi di qualcuno. Ma dati i miglioramenti che aveva visto, sapeva che sarebbe riuscita a venirne fuori.

Quella donna... era tutto ciò che lui aveva sempre desiderato nella vita. Gentile, dolce, intelligente. E molto più forte di quanto pensasse. Non che Owl avesse problemi con Cora o con le donne dei suoi amici. Erano esattamente ciò di cui ognuno di loro aveva bisogno. Ma era Lara che calmava l'ansia con cui aveva sempre convissuto.

Quello che stavano facendo in quel momento ne era un ottimo esempio. Quando erano arrivati alla Table Rock si erano seduti sulla coperta che aveva appositamente portato e steso. Nessuno dei due aveva detto una parola mentre il sole saliva lentamente sopra l'orizzonte. La maggior parte delle donne avrebbe sentito il bisogno di riempire il silenzio chiacchierando. Ma non Lara. Si era seduta accanto a lui, con la mano nella sua, limitandosi ad assimilare la meraviglia del momento.

Forse era per via dell'evento traumatico che avevano in comune, perché entrambi avevano rischiato di non vedere mai più uno spettacolo del genere, ma il fatto che potessero goderne in quel momento significava... tutto.

Quando l'arancione e il rosa intensi svanirono dal cielo, Owl la sentì sospirare e si voltò verso di lei.

Aveva un piccolo sorriso sul volto quando lo guardò. «Incantevole» disse dolcemente.

«Sì» replicò lui, riferendosi a qualcos'altro oltre all'alba. I suoi capelli biondi e lisci uscivano da sotto il berretto di lana cadendo intorno alle spalle, e l'elettricità statica ne faceva svolazzare alcune ciocche. Le aveva prestato uno dei suoi vecchi giacconi, che era almeno di due taglie più grande della sua. Cora le aveva comprato dei guanti caldi e un paio di scarponcini.

Le sue guance erano arrossate dall'aria fresca del mattino, e per la prima volta da quando l'aveva portata al Rifugio, Owl vide qualcosa di più della sofferenza nei suoi occhi azzurri come l'oceano. Non riusciva a distogliere lo sguardo.

«Che c'è?» gli chiese un po' a disagio. «Ho qualcosa sulla faccia?» Fece per pulirsi la guancia con la mano che non era intrecciata alla sua.

«No. È solo che... mi piace vederti così.»

«Così come?» domandò, inclinando la testa.

«Calma. Rilassata.»

Lara si voltò a guardare lo splendido paesaggio e Owl si rimproverò per aver rovinato l'atmosfera confortevole. Le sue spalle erano di nuovo incurvate e i muscoli tesi.

«Quando io e Stone siamo stati salvati, ne sono stato felice. Ovvio. Ma ho attraversato una fase, molto lunga, in cui ho provato parecchio risentimento» le disse.

A quel punto lei girò la testa per poterlo guardare di nuovo. Ma lui non aspettò che commentasse e continuò.

«Una parte di me, una parte enorme, ha desiderato morire mentre ero prigioniero. Sarei stato visto come un eroe: un pilota di elicotteri abbattuto in territorio nemico viene torturato e muore servendo il suo Paese. Probabilmente avrebbero dato il mio nome a un'autostrada o qualcosa del genere.» Ridacchiò, ma senza divertimento. «Invece sono tornato a casa distrutto, amareggiato e senza fiducia. È stato orribile sapere che il mondo intero mi aveva visto nel momento peggiore della mia vita. Quei maledetti video sono ancora in circolazione. Una volta che qualcosa è su internet, non sparisce mai del tutto. Chissà quanti stronzi hanno salvato quei filmati per tenerli sui loro hard disk.

Inoltre, mi sembrava impossibile poter tornare a essere l'uomo che ero prima. Ciò che non avevo capito all'epoca, e che ho dovuto imparare dopo molte sessioni di terapia, è che non sarei *mai più* tornato la persona di prima. Quel Callen Kaufman non c'era più. E dovevo capire come essere il nuovo me.»

«Come hai superato quella sensazione? Il desiderio di morire» gli chiese.

«Facendo cose come questa. Stare seduto immobile ad apprezzare le cose che mi circondavano e che mi facevano sentire piccolo. So che sembra strano, ma...»

«Non lo è» lo interruppe Lara. «Stare seduta qui a guardare tutto questo» disse, indicando l'impressionante panorama di fronte a loro, «mi *fa* sentire piccola. Insignificante. Fino a questa mattina riuscivo solo a pensare a quel seminterrato e a ciò che mi è successo lì. Questa alba mi ha ricordato che la vita va avanti, che non le importa di me... di una persona piccolissima nell'immensità del mondo. Sai a cosa ho pensato quando stava sorgendo il sole?»

Owl era così orgoglioso di lei che riuscì a malapena a formulare le parole. «No, a cosa?»

«A Destiny Miller.»

Quando lei non continuò, le chiese: «Chi è?»

«È una bambina che frequentava la scuola materna in cui lavoravo a Washington. Aveva quattro anni quando è successo... stava camminando per la strada mano nella mano con suo padre, che nell'altra teneva il seggiolino con il fratellino di nove mesi. A quanto pare stavano andando al negozio all'angolo per comprare del latte, dato che lo avevano finito. L'uomo aveva voluto concedere alla moglie una piccola pausa dai bambini. Per una volta non aveva dovuto alzarsi presto ed era rimasta a casa a dormire. Qualcuno è corso verso di loro... e ha sparato al padre, uccidendolo. Ma sai cosa?»

«Cosa?» sussurrò Owl, totalmente inorridito per ciò che era accaduto a quella bambina e alla sua famiglia.

«Destiny è venuta a scuola il giorno dopo. Era così devastata, lo vedevano tutti, ma ha finito per consolare *noi*. Quando mi ha vista piangere per lei, mi ha asciugato le lacrime e mi ha detto di non essere triste. Che il suo papà ora era il suo angelo custode e che avrebbe vegliato su di lei e sul fratello per il resto della loro vita.»

Lara si voltò ancora una volta a guardare davanti a sé. «Le cose brutte accadono sempre, e a gente che non se lo merita, come Destiny e la sua famiglia. E lei è solo una delle centinaia, migliaia... milioni di persone a cui sono successe cose ingiuste. Cose come il cancro, gli incidenti d'auto mortali, incendi di case, rapine... la lista è infinita. Ma la *vita* continua. Non si ferma. Il sole sorge ancora ogni mattina e tramonta ogni sera.

Se Destiny, a quattro anni, è riuscita ad avere una mentalità positiva verso ciò che è successo, allora devo capire come fare la stessa cosa.»

Owl era senza parole. Aveva la gola così stretta che non era sicuro di poter parlare in quel momento. Provava già ammirazione per lei, ma ora... si rese conto che era la donna più forte che avesse mai incontrato. Sì, era circondato da donne forti, ma nella sua mente Lara le superava tutte.

«È solo che...» continuò lei. «Non so come fare. Non riesco a trovare una sola cosa positiva riguardo a quello che ho passato.»

Owl deglutì a fatica per eliminare il nodo alla gola. «Ce n'è più di una. Cora ha incontrato Pipe. La tua migliore amica ha dimostrato esattamente quanto sei importante per lei e quanto ti vuole bene. Stamattina sei qui a guardare questa splendida alba. La tua situazione ha reso più concreto il caso contro Grant e ha portato un rinnovato interesse e il desiderio di catturarlo una volta per tutte. Brick ha iniziato delle lezioni di autodifesa qui al Rifugio per aiutare altre donne.»

Lara chiuse gli occhi e gli strinse più forte la mano.

«Non è facile» disse Owl. «Vorrei poterti dire che lo è. Che un giorno ti sveglierai e starai meglio. Che i pensieri negativi e distruttivi che hai in testa – puff! – spariranno. Ma non sarà così. Ci sono giorni in cui fatico ancora a gestire tutto ciò che ho subito.»

«Come lo superi?» gli chiese, senza aprire gli occhi.

«Vengo a guardare l'alba. Aiuto Tonka a spalare il letame delle mucche. Parlo con Stone. Faccio le parole crociate. Mi siedo sul divano in tuta senza preoccuparmi di fare la doccia, e mangio cibo spazzatura tutto il giorno. Mi permetto di avere una giornata no. Non sono Superman, anche se vorrei esserlo. Concediti un po' di tregua, Lara. Nessuno si aspetta che tu torni alla tua vecchia vita. Tranne te.»

Lei sospirò e riaprì gli occhi. «Non si fermerà mai» disse con voce a malapena udibile.

Ogni muscolo del corpo di Owl si irrigidì, ma si costrinse a fare un respiro profondo e a non smentire le sue parole. «Allora dobbiamo solo assicurarci che quando *farà* la sua mossa, noi saremo pronti ad affrontarlo.»

Si voltò a fissarlo a occhi spalancati. «Non hai intenzione di contestare il fatto che verrà a cercarmi? Che qui non sono al sicuro?»

«No» rispose. Il pensiero che Carter Grant si avvicinasse a meno di tre metri da lei lo riempiva di furia omicida, ma Lara aveva bisogno che fosse calmo ed equilibrato in quel momento.

Lei si morse il labbro e aggrottò le sopracciglia, poi disse: «Credo sia la prima volta che qualcuno ammette che sono ancora in pericolo.»

«Carter Grant è pazzo. Ed è intelligente. Era nelle forze speciali, ha le capacità e la pazienza di aspettare che diminuisca il rinnovato interesse a trovarlo. Pipe avrebbe dovuto ucciderlo quando ne ha avuto la possibilità, ma capisco perché non l'abbia fatto. Era più concentrato a farci uscire tutti vivi da quella casa. Però posso farti una promessa.»

«Quale?»

«Se dovessi trovarmi faccia a faccia con quel bastardo, *io* non esiterò a ucciderlo per te.»

Lei accennò un sorriso.

«Lo trovi divertente?» le chiese.

«No» rispose subito. «Sono divertita dalla mia reazione istintiva verso ciò che hai detto. La maggior parte delle donne sarebbe inorridita di sapere che un uomo vuole uccidere qualcuno, ma non io. Mi fa sentire protetta. Più al sicuro di quanto non mi sia sentita da mesi. Dio, sono un disastro.»

«No, non è vero» ribatté Owl. «Sei umana. E onestamente, credo che da quando sei arrivata qui non sei mai stata così bene come oggi.»

«Già» concordò. «Sento di doverti ringraziare per...»

«No» la interruppe.

Lei si accigliò. «Non sai nemmeno cosa stavo per dire.»

«Non importa. Non devi ringraziarmi di nulla.»

«Owl, sono stata incollata a te per mesi. Accidenti, per un periodo praticamente non sei riuscito ad andare a fare pipì senza che io perdessi completamente la testa.»

Le si avvicinò un po' di più. C'erano così tante cose che avrebbe voluto dirle, ma si limitò a sostenere: «Non ho fatto nulla che non *volessi* fare.»

L'aria tra loro era carica e lui avrebbe voluto, più di ogni altra cosa, sporgersi e posare le labbra sulle sue. Ma sarebbe stato sbagliato sotto molti punti di vista. Lei aveva appena iniziato a riacquistare un po' di fiducia in se stessa. Uscendo dallo chalet era passata dall'essere terrorizzata all'iniziare a guarire. Non voleva fare nulla che potesse compromettere la situazione.

Alla fine sarebbe andata avanti. Sarebbe tornata alla sua vita. Probabilmente avrebbe ricordato il periodo trascorso al Rifugio con sentimenti contrastanti. Si sarebbe sentita grata per ciò che aveva fatto per lei, e che lui e i suoi amici le avessero permesso di restare nel New Mexico, ma quel posto le avrebbe anche fatto riaffiorare i brutti ricordi di un periodo in cui si era sentita persa e spaventata.

Quando si leccò le labbra, la forza che gli servì per trattenersi fu quasi sovrumana. «Ho sentito Robert dire a Cora che stamattina avrebbe preparato dei pancake allo sciroppo d'acero. Ti va di salire al lodge per assaggiarli?»

Lara sbatté le palpebre come se fosse stata in trance, ma era probabile che stesse proiettando su di lei i propri sentimenti, nella speranza di vedere qualcosa che semplicemente non c'era.

«Verrai anche tu?» gli chiese.

«Certo.» La passeggiata fino alla Table Rock era già stata un traguardo sufficiente per un giorno. Non l'avrebbe mai fatta andare al lodge da sola.

«Posso guardarti giocare con il simulatore più tardi?»

Owl si alzò... e si rese conto che stava sorridendo. Nel giro di pochi minuti, le cose tra loro si erano fatte molto più serene rispetto agli ultimi mesi. La minaccia di Grant era ancora presente. La sentiva, e non aveva dubbi che la percepisse anche Lara. Ma per il momento poteva fingere che tutto andasse bene.

«Giocare? Donna, devi sapere che il simulatore di volo non è un gioco.»

«Lo sembra. Ha due joystick e anche dei pedali, ti metti la cuffia e puoi fingere di volare nel deserto, sulle città, attraverso le tempeste e in altre situazioni pericolose» disse con uno sguardo ironico.

Qualche anno prima lui e Stone avevano deciso di mantenere aggiornate le loro licenze e avevano acquistato dei simulatori di volo, gli stessi che usava l'esercito per addestrare i piloti Night Stalker e mantenerli allenati tra una missione e l'altra. E ora che Brick e gli altri stavano seriamente considerando l'acquisto di un elicottero per il Rifugio, era ancora più importante mantenere elevate le loro capacità.

«Vuoi provarlo?» le chiese.

«Io? Oh, non potrei mai. Mi schianterei» disse Lara, mentre riprendevano a camminare sul sentiero che portava agli chalet.

«E allora? Non è reale. Potrebbe aiutarti a distrarti dalle altre cose» replicò Owl, con una piccola scrollata di spalle.

«È vero» rifletté lei guardandolo.

Gli piaceva il fatto che fossero della stessa altezza. Non doveva guardare in basso quando parlavano e lei non doveva piegare il collo. Aveva anche sognato più di una volta come i loro corpi si sarebbero adattati benissimo in atteggiamenti più intimi.

«Va bene. Allora puoi insegnarmi a diventare un Night Rider.»

Lui ridacchiò. «Night Stalker.»

«Quello che è» replicò, con un sorriso che non cercò nemmeno di nascondere.

A Owl piaceva quel lato di lei. Il fatto che lo prendesse in giro era un buon segno. Lara non era come la sua amica Cora. Anche prima di essere rapita, a quanto pareva, era stata la più tranquilla delle due. La più riservata. Quindi, che lo prendesse in giro fu una gradita sorpresa.

«Bene, dopo aver fatto colazione ti insegnerò a volare.»

«Non vedo l'ora.»

E sembrava davvero sincera, non che cercasse solo di essere accomodante.

Se anche solo un mese prima qualcuno gli avesse detto che quel giorno avrebbero raggiunto quegli obiettivi, non ci avrebbe creduto. Ma l'aveva sottovalutata. Era più forte di quanto le avesse dato credito, e già la riteneva estremamente forte. Non solo aveva accettato di parlare con Henley, ma aveva fatto un'escursione fuori dallo chalet, si era aperta un po' di più con lui, aveva accettato di mangiare al lodge e aveva sorriso più di una volta.

Era proprio una bella giornata. Una giornata *fantastica*.

E anche se con quei miglioramenti il loro tempo insieme sarebbe finito prima di quanto avrebbe voluto, Owl avrebbe fatto tutto il necessario per mantenerla sul percorso che l'avrebbe portata a riacquistare la fiducia in se stessa e a riprendersi la sua vita.

CAPITOLO QUATTRO

«TIRA SU! Inclina a destra! Più in alto! Oh, merda!»

Lara fece del suo meglio per seguire le indicazioni di Owl, ma non servì a nulla. L'elicottero andò in avvitamento e lei trasalì quando lo schermo diventò rosso.

Si sollevò il visore sulla fronte e si appoggiò allo schienale del divano, lasciando cadere il joystick sul cuscino. «Ammettiamolo. Faccio *schifo* in questo gioco. Non sono abbastanza coordinata per usare i pedali contemporaneamente al joystick e all'altro coso.»

Owl ridacchiò. «È passata solo una settimana. Datti un po' di tempo.»

Erano trascorsi sette giorni dalla loro prima passeggiata alla Table Rock. Da allora, erano cambiate molte cose per Lara.

Aveva ancora una paura folle che Carter Grant apparisse dal nulla e la portasse via, ma ora desiderava più che mai riavere la sua vita. Le mancava la vecchia lei. Non che la vecchia Lara fosse stata poi così eccitante, ma non era stata nemmeno un'eremita che si rifiutava di uscire.

Che cosa dava a Carter il diritto di rovinarle l'esistenza in quel modo? Perché pensava che andasse bene abusare di lei e spaventarla a morte? Non era giusto. E quella settimana, per la prima volta, si era *arrabbiata*. Con la situazione. Con Carter. Per quanto la vita fosse ingiusta.

Oltre ad aver avuto quel primo accesso di rabbia, era andata a passeggiare tutte le mattine con Owl, aveva mangiato almeno un pasto al lodge ogni giorno ed era andata allo chalet di Pipe e Cora per rilassarsi con la sua migliore amica sulla loro terrazza sul tetto, mentre i due uomini restavano all'interno.

Stava facendo dei piccoli passi per riappropriarsi della sua vita.

Aveva anche partecipato a una lezione di autodifesa organizzata da Pipe, ma non era andata molto bene. Era uscita prima, perché i suoi ricordi avevano iniziato a riaffiorare ascoltandolo parlare di combattimenti corpo a corpo. Anche se allora era semicosciente a causa dei farmaci e per la paura, aveva visto il brutale combattimento tra Pipe, Owl e Carter.

Voleva riprovare con quelle lezioni... ma non era ancora il momento.

Nonostante sperasse di liberarsi dalla sua dipendenza da Owl, anche quello stava andando a rilento. Solo pochi giorni prima, lui era andato alla stalla per aiutare Tonka con gli animali, e quando aveva sentito uno strano rumore contro una delle finestre dello chalet, si era rifugiata sotto il letto nella stanza degli ospiti, dove aveva avuto un terribile attacco di panico.

Owl aveva quasi perso la testa quando era tornato e non l'aveva trovata. Era stato a un passo dal chiamare tutti i ragazzi per dire loro che era scomparsa, quando lei era riuscita a trovare il coraggio di strisciare un po' fuori da sotto il letto e chiamarlo. Alla fine a fare quel rumore era stato un ramoscello vagante che aveva colpito la finestra, ma ciò le aveva dimostrato che nonostante i traguardi raggiunti quella settimana, era ancora molto lontana dal totale recupero.

Con suo grande sollievo, ma anche perplessità, Owl non sembrava preoccuparsi del fatto che lei continuasse a usarlo come sostegno. Non la faceva mai sentire in colpa per il suo bisogno di averlo vicino. Più tempo passava con lui, più abbassava le difese in sua presenza. Era tutto ciò che lei desiderava in un uomo: premuroso, paziente, attento... e la viziava davvero tanto.

Dopo l'attacco di panico, era stata costretta ad ammettere a se stessa che si stava innamorando di lui. Ma sapeva che una relazione più profonda era destinata a fallire. Era impossibile che Owl volesse stare con una persona così dipendente da lui. Si meritava una donna che gli stesse accanto quando capitavano degli imprevisti, non una che andava a nascondersi sotto il letto perché un ramo sbatteva contro la finestra. Lui era un vero eroe, mentre lei... no.

Ma decise egoisticamente che finché fosse rimasta lì, avrebbe goduto di ogni briciolo di amicizia e di aiuto che lui era disposto a darle. Alla fine si sarebbe stancato di essere il suo sostegno e lei avrebbe dovuto decidere cosa fare, ma per il momento si sarebbe crogiolata nella sensazione di sicurezza che Owl le offriva.

Be', per quanto *potesse* sentirsi al sicuro con un serial killer che la stava cercando.

Era davvero solo una questione di tempo prima che lui ricomparisse, e anche se non avrebbe voluto vederlo mai più, doveva prepararsi a quell'eventualità. Quale altra scelta aveva? Arrendersi senza combattere? Voleva pensare che avrebbe lottato, ma in realtà non aveva idea di come si sarebbe comportata. Sapeva solo che se le due opzioni che aveva erano che Carter la catturasse o facesse del male ai suoi nuovi amici, avrebbe scelto sempre la prima.

«Fallo tu» disse a Owl, porgendogli i controller e spingendo i pedali verso i suoi piedi. «Mi piace guardarti volare. Lo fai sembrare così facile.»

«*È* facile... quando sai come fare» replicò con un piccolo sorriso.

Lara alzò gli occhi al cielo. Gli aveva creduto la prima volta che aveva provato il simulatore, ma quando si era schiantata due secondi dopo che l'elicottero si era alzato in volo, aveva capito che Owl era semplicemente molto bravo da farlo sembrare facile.

Le consegnò il tablet che aveva un'applicazione che le permetteva di vedere ciò che vedeva lui durante la simulazione, e prese i controller. Si mise il visore e cambiò il livello di difficoltà da principiante ad avanzato, poi l'elicottero si sollevò da terra.

Lara lo guardò sbalordita manovrarlo intorno alle cime delle montagne mentre gli sparavano da terra, riuscire a recuperare una squadra di Navy SEAL bloccata dal fuoco nemico e poi decollare e volare fuori dal canalone come se stesse facendo un giretto di piacere piuttosto che la simulazione di un'operazione pericolosa.

Qualche sera prima, Stone era andato lì con la sua attrezzatura e i due uomini avevano pilotato insieme. Era stato ancora più impressionante di quando Owl lo faceva da solo. I loro rispettivi elicotteri erano stati così vicini l'uno all'altro che aveva temuto che le pale dei rotori si sarebbero urtate, ma avevano volato abilmente fianco a fianco senza problemi.

Avevano parlato un po' del viaggio di ritorno dall'Arizona, dalla casa di Ridge. Delle orribili condizioni causate dal vento e dalla sabbia, ricordando quanto fossero state simili ad alcune delle loro missioni in Medio Oriente... solo che allora non avevano avuto a che fare con un elicottero scadente.

Dopo diversi minuti di conversazione, Owl si era voltato verso di lei con uno sguardo angosciato per dirle: «Scusa. Non ci abbiamo pensato. Non avremmo dovuto parlarne davanti a te.»

Era riuscita a rassicurarli che parlarne non le avrebbe riportato alla mente nessun brutto ricordo, dato che in quel momento del salvataggio era incosciente.

In realtà era rimasta affascinata dai loro dialoghi. Stone e Owl erano chiaramente piloti molto abili, e si sentiva grata che fossero stati lì entrambi per portarla via da quella casa. Senza di loro, l'esito sarebbe stato molto diverso.

Lara osservò le mani di Owl manovrare facilmente il joystick. Aveva delle dita lunghe e le piaceva la sensazione che le dava sentirle intorno alle sue durante le passeggiate mattutine, anche se indossavano i guanti. Secondo lui, quell'anno la primavera sulle montagne del New Mexico si stava rivelando insolitamente fredda.

«Guarda e impara» scherzò, scrollandola dai suoi pensieri.

Abbassò lo sguardo sul tablet e vide che nella simulazione Owl stava pilotando il suo elicottero sopra l'oceano. Le onde avevano un aspetto minaccioso, eppure lui sfiorava la superficie senza alcun problema.

«Il segreto è seguire il movimento delle onde» disse,

manovrando con abilità quel mezzo così grande da farlo sembrare un gioco da ragazzi.

Lara scosse la testa e sorrise. Era ovviamente nel suo elemento. Pur sapendo che doveva essere stato un ottimo pilota di elicotteri e che aveva partecipato a molte missioni pericolose quando era nell'esercito, non aveva realizzato pienamente *quanto* fosse bravo finché non lo aveva visto per la prima volta al simulatore.

Certo, quello non era un vero elicottero, ma la facilità con cui si destreggiava con i controller e il piccolo sorriso sul suo volto mentre "volava", le avevano fatto capire che quell'uomo era nato per farlo. Era evidente che lo rendeva felice e lo aiutava a calmarsi. Non aveva idea di come fosse sopravvissuto senza essere in aria mentre era prigioniero.

Lara non aveva voce in capitolo in ciò che accadeva al Rifugio, ma era molto contenta che i proprietari stessero seriamente pensando di acquistare un elicottero.

«... non credi?»

Sbatté le palpebre e si rese conto di non aver sentito la sua domanda.

«Scusa, cos'hai detto?»

L'elicottero sul tablet si fermò improvvisamente a mezz'aria e cadde come un sasso nell'oceano. Portò lo sguardo su di lui e vide che si era sollevato il visore sulla fronte e aveva un'espressione preoccupata. «Stai bene?» le chiese.

«Ehm... sì? Owl, ti sei schiantato.»

Il sorriso scanzonato che le rivolse le provocò dei fremiti fino alle punte dei piedi. «Meno male che è solo una simulazione, eh?»

Gli rivolse uno sguardo esasperato.

«Stavi pensando alla seduta che avrai oggi con Henley?» le chiese con dolcezza.

A dire il vero non ci aveva pensato molto, ma ora che gliel'aveva ricordata, si acciglió. «Non credo che parlare con lei servirà a qualcosa.»

Lui stava già scuotendo la testa prima ancora che finisse di parlare. «La tua prima seduta è andata molto bene.»

Lara sbuffò, e ignorò il guizzo delle sue labbra. «Certo» replicò con sarcasmo. «Sono stata un disastro. Praticamente ha parlato solo lei.»

«Dopo il salvataggio, la prima volta che ho incontrato uno psicologo all'ospedale in Germania, prima di tutti i pianti che mi sono fatto... ho cercato di tirargli un pugno.»

Lei spalancò gli occhi, ansimando per la sorpresa. «Non è vero!» disse dopo un attimo.

«Sì, invece. Ero arrabbiato con tutto e tutti. Non mi piaceva che mi studiasse, che volesse che gli raccontassi ogni minima cosa che mi era successa.»

«Ti sei messo nei guai?» gli chiese preoccupata.

«No. Ero ancora molto debole a causa della prigionia e mi ha sottomesso in pochi secondi. Anzi, mi ha addirittura elogiato, dicendo che riuscire a sfogare le mie emozioni era un'ottima cosa, anche se solo fisicamente, e che se avessi voluto avere uno scontro con lui, sarebbe stato più che disposto a venire in palestra con me per affrontarmi in un incontro di boxe.»

«Wow.»

«Sì, è stato un grande. Alla fine è stato il catalizzatore della mia guarigione. L'ho visto solo per circa due settimane, poi io e Stone siamo stati autorizzati a tornare negli Stati Uniti, ma ogni tanto gli mando ancora una mail per fargli sapere come sto. Quello che voglio dire è che di solito all'inizio c'è sempre un po' di imbarazzo. Devi imparare a fidarti di Henley, che è dalla tua parte, e questo richiede tempo.»

Lara strinse le labbra. Il suo problema non era temere che Henley non volesse aiutarla; era più che ovvio che quella donna fosse empatica e probabilmente molto brava nel suo lavoro. Ma proprio come Owl, *l'ultima* cosa che voleva fare era ripercorrere ciò che aveva subito. Quello che Carter le aveva detto e fatto mentre lei non era lucida a causa dei farmaci che l'aveva costretta a prendere.

Il solo pensare ai farmaci la metteva a disagio. Fece scorrere i palmi, improvvisamente sudati, su e giù per le cosce.

Owl le prese una mano tra le sue. Fu una delle pochissime volte in cui la toccò senza chiederle prima il permesso o senza lasciarle decidere se accettare o meno quel gesto. E la sensazione delle sue dita la fece calmare subito.

«Cerca di avere pazienza, tesoro. Non è passato poi così tanto tempo. Ma... se davvero non vuoi andare al secondo appuntamento con Henley, non ti costringerò. Nessuno ti obbliga a fare qualcosa che non vuoi.»

Il fatto che le stesse dando una via d'uscita la galvanizzò. Non era mai stata una persona che si arrendeva e non voleva iniziare adesso.

Poi pensò alla sua migliore amica e a quante cose aveva passato Cora nella sua vita... a come continuava imperterrita ad andare avanti. Ciò la incentivò ancora di più a darsi una scrollata. «Voglio... voglio stare meglio.» Sapeva che per Owl quella era già di per sé una rivelazione, perché per un po' di tempo aveva dimostrato di non essere disposta a fare granché, ma solo di rimanere nascosta e non parlare con nessuno.

Però doveva ammettere che più sperimentava la vita al Rifugio, più *voleva* farlo. «Hai ancora intenzione di venire con me, vero?» gli chiese timidamente.

«Certo» rispose, stringendole le dita prima di lasciarle andare.

Lara sentì la mancanza del suo calore fin nel profondo, ma si costrinse ad appoggiarsi allo schienale del divano come se la cosa non le avesse fatto nessun effetto.

«Vuoi riprovarci?» Owl si tolse il visore 3D e glielo porse.

«Non so se riuscirò mai a capirci qualcosa» disse con una smorfia, ma lo prese comunque dalle sue mani.

«Ci riuscirai» replicò con fermezza. «Ci vuole solo un po' di pratica.»

Lo guardò rimettere su principiante il livello di difficoltà, e con un sospiro gli tolse dalle mani i controller.

«Ok, piano e con costanza» disse Owl.

Lara pensò che quello avrebbe potuto essere il motto di tutta la sua vita. Aveva sempre agito con cautela, tranne una volta: con Ridge e il trasferimento in Arizona. E di certo non era andata molto bene.

Obbligandosi a distogliere la mente dalla colossale brutta decisione che aveva preso, si concentrò sul tentativo di non far precipitare l'elicottero.

Non avrebbe dovuto mangiare così tanto a pranzo.

Era l'unica cosa a cui riusciva a pensare Lara mentre era seduta di fronte a Henley.

Dopo che aveva fatto schiantare il finto elicottero un altro paio di volte, Owl aveva deciso che bastava ed erano andati a pranzare al lodge. Si era seduta al tavolo con una donna che era stata perseguitata per mesi da un collega che di recente era rimasto ucciso in uno scontro con la polizia, proprio davanti alla porta di casa sua. Aveva ammesso di non essere ancora in grado di svolgere le normali attività senza guardarsi alle spalle, e che ogni volta che suonava il campanello aveva dei flashback.

C'erano anche due ex militari, e sebbene Lara non conoscesse le loro storie, dato che non avevano minimamente accennato al motivo per cui si trovavano al Rifugio, aveva notato che erano stati estremamente consapevoli di tutto ciò che li circondava e di chiunque entrava nella stanza.

Un po' come Owl e i suoi amici. Non le era sfuggito come girava di qua e di là la testa, come scrutava ogni persona che entrava al lodge. Per qualche motivo, ciò la confortava, perché quando era con lui in pubblico poteva abbassare la guardia, almeno un po'. Era per quello che si era aggrappata a lui così disperatamente quando avevano lasciato quella casa in Arizona. Anche pesantemente sedata, una parte di lei sapeva che Owl non avrebbe mai permesso a nessuno di farle del male.

Henley si schiarì la gola e Lara si accorse di averla ignorata. Le rivolse uno sguardo imbarazzato. «Scusa, cosa stavi dicendo?»

«Se non vuoi farlo, non sei obbligata» disse con un sorriso gentile.

«Non voglio che vinca» si lasciò sfuggire. Non sapeva come mai avesse avuto quel pensiero, ma non appena quelle parole lasciarono le sue labbra, si rese conto di quanto fossero vere.

«Come potrebbe vincere?» le chiese.

«Amava che fossi terrorizzata» ammise per la prima volta ad alta voce. «Ne godeva. All'inizio gli piaceva che lottassi con tutta me stessa. Mi legava i polsi al letto ma mi lasciava le gambe libere. Gli davo calci ogni volta che si avvicinava. Lo *amava* davvero. Si tirava fuori l'uccello e si masturbava, eccitato dai miei sforzi.»

Stava respirando troppo in fretta e sentiva il cuore martellare nel petto. Proprio come succedeva allora.

«Parlava mentre lo faceva?» le domandò, con un tono calmo e controllato.

«Non *smetteva mai* di parlare» sussurrò. «Mi diceva tutto quello che pensava. Quanto la mia paura lo eccitasse. Che adorava come la mia pelle diventava rossa e a chiazze quando mi agitavo sul letto, che gli piaceva vedere i miei seni sollevarsi mentre respiravo in preda al panico, e più le mie pupille si dilatavano per il terrore, più lui si eccitava.»

Chiuse gli occhi, ma li riaprì subito quando i ricordi minacciarono di sopraffarla. Girò la testa, non sapendo bene cosa stesse cercando, ma lo capì nel momento in cui il suo sguardo si posò su Owl. Era seduto con il busto in avanti, lo sguardo fisso sul suo... e Lara si calmò all'istante. Non era in quel seminterrato. Era al sicuro. Owl non avrebbe permesso a nessuno di arrivare a lei.

«Quando ha iniziato a sedarti?» le chiese Henley.

Lara inspirò e si costrinse a studiare l'altra donna. Aveva una mano sulla pancia, la stava accarezzando lentamente, come se non si rendesse nemmeno conto di farlo. Sapeva che era incinta, anche se ancora non si notava. Aveva sentito parlare di quello che era successo a sua figlia, del fatto che era stata rapita da un suo ex paziente, un adolescente del posto. Doveva essere stato estremamente angosciante, eppure era lì, ad aiutare gli altri. Ad andare avanti con la sua vita.

Cora aveva mandato in diretta streaming la cerimonia nuziale di Henley e Tonka, celebrata nella stalla poche settimane prima. All'epoca Lara non era stata pronta a lasciare lo chalet. Ma ricordava l'espressione dello sposo. Aveva guardato Henley come se fosse la persona più importante della sua vita, e aveva rivolto lo stesso sguardo a Jasna, la sua figliastra.

Owl le aveva raccontato qualcosa dell'amico, di ciò che gli era successo mentre era nella Guardia Costiera. Se lui e Henley erano riusciti a voltare pagina dopo le cose orribili che avevano affrontato, sperava di poterlo fare anche lei.

«Non gli è piaciuto quando ho iniziato a sputargli addosso» ammise Lara sommessamente. «O che parlassi sopra di lui per non dover ascoltare quello che diceva. All'inizio i farmaci hanno peggiorato le cose. Ero così apatica, mi toccava mentre...» Si interruppe e con la mano fece il movimento di un uomo che si faceva una sega. Fu un gesto volgare, ma le sembrò meglio che ripeterlo ad alta voce.

«Ti ha violentata?»

La domanda fu diretta e suonò quasi dura, ma apprezzò la sua franchezza.

Abbassò lo sguardo. «No.»

«E ti senti in colpa per questo.»

Lara la guardò sorpresa.

Henley le rivolse un piccolo e tenero sorriso. «Solo perché non ti ha penetrata non significa che tu non sia stata violata. Non gli hai dato il permesso di toccarti.

Quello che ha fatto è perverso e malato. E molte volte le parole possono essere altrettanto dolorose del tocco fisico.»

«Gli piaceva vedere il suo sperma sul mio corpo. Prudeva. Riesco ancora a percepirlo. Si asciugava sulla mia pelle, e sento ancora il suo odore su di me. Sembra che non riuscirò mai a liberarmene. A liberarmi di lui.»

Henley si sporse in avanti. «Lo farai. Te lo prometto, Lara, succederà.»

«Come?»

«Con il tempo. E con l'amore e l'accettazione dei tuoi amici. Pensi che Cora ti giudichi male per ciò che hai subito?»

«Lei non lo sa.»

«Pensi che se lo sapesse, lo farebbe?» incalzò.

Lara si morse il labbro. Se doveva essere sincera con se stessa, sì, pensava proprio di sì.

«Non lo farà» le disse Henley con fermezza.

«Alla fine, quando è venuto con le pillole... le ho volute. Le ho prese volentieri. Mi scherniva anche per quello. Diceva che ero una drogata. Mi chiamava patetica. Ma a me non importava. Se avessi potuto prenderne il doppio, il triplo, il quadruplo di quelle che mi dava, l'avrei fatto. Quando lui faceva... sai... io non ero lì con la testa. Ero da un'altra parte. A Washington, sul mio divano a guardare la TV.»

«È stato un bene che tu abbia trovato un meccanismo di difesa.»

Lara la fissò di nuovo sorpresa.

Henley ridacchiò dolcemente. «Pensavi che ti avrei rimproverata? Assolutamente no. Quello stronzo deve aver pensato che drogandoti, rendendoti compiacente, ti stava torturando di più, ma in realtà ti stava facendo un favore.»

«Ma ciò gli ha reso più facile toccarmi» sostenne.

«Sì, ma ti ha permesso anche di dissociarti. Se avesse saputo che non lo stavi ascoltando, che capivi a malapena cosa stava succedendo, lo avrebbe fatto arrabbiare?»

Annuì senza esitazione. «Ho imparato a gemere quando mi strizzava le tette o mi pizzicava... cosa che faceva spesso perché gli piaceva vedere che mi lasciava i segni. Quando non reagivo affatto, mi faceva ancora più male.»

«Esatto! Ascoltami, Lara. Puoi pensare di essere stata completamente alla sua mercé, ma in realtà stavi controllando la situazione come meglio potevi in quel momento. Hai capito cosa dovevi fare per rimanere viva. L'hai *superato* in astuzia. Spero che ciò non ti faccia andare fuori di testa... ma ho letto il rapporto della polizia sulla tua testimonianza. Hai detto che lui sosteneva che tu fossi la sua preferita, giusto?»

Rabbrividì, ma annuì.

«Allora è un idiota. Perché pensava di averti completamente sotto il suo controllo, ma in realtà stavi recitando una parte. Non ho alcun dubbio che se non fossero arrivati i nostri uomini, alla fine avresti trovato da sola un modo per scappare.»

Lei scosse la testa.

«Sì, lo avresti trovato. Non ti legava più, vero?»

Lara la fissò senza dire nulla.

«Scommetto che anche se eri sedata stavi già pensando a un modo per fuggire, magari anche di afferrargli l'uccello mentre si masturbava e ferirlo.»

Deglutì a fatica. «Mi avrebbe fatto ancora più male se avessi provato a fare qualcosa.»

«È probabile. Ma è ciò che stavi aspettando. Che abbassasse completamente la guardia così saresti stata sicura di poter scappare.»

Il cuore le batteva di nuovo forte, ma non perché era in preda al panico. Come faceva Henley a sapere che cosa aveva avuto in mente di fare? Quando l'avevano trovata era praticamente incosciente a causa delle pillole. Era svenuta prima che arrivassero all'elicottero. E non aveva detto a *nessuno* quello che stava pensando, che stava progettando. Né ai poliziotti, né a Owl. Sicuramente non alla donna seduta di fronte a lei.

«Ti vedo, Lara Osler. Cora dice che nella vostra amicizia tu sei quella buona.» Henley sorrise di nuovo. «Che sei educata e tranquilla. Ma io vedo il fuoco dietro ai tuoi occhi. La determinazione. Essere gentili non significa non essere disposti ad aiutare se stessi quando le cose si mettono male.»

«Una sera mi sono svegliata» disse Lara a bassa voce. «Era in ritardo rispetto all'orario in cui di solito veniva da me. Non so perché. Ma grazie a quello, l'effetto dei farmaci che mi aveva dato all'inizio della giornata stava già diminuendo. Non ero legata, ma ero lì da abbastanza tempo da sapere che non sarei stata in grado di uscire da quel seminterrato. La porta era sempre chiusa a chiave e la finestra era troppo in alto e piccola per poterla usare per fuggire. Ma mi sono alzata dal letto e sono andata un po' in giro.

Sotto il lavandino del bagno ho trovato un pezzo di ferro. Era lungo circa trenta centimetri, affilato a un'estremità e un po' irregolare e ruvido lungo un lato. Non so a cosa servisse o perché fosse lì, ma l'ho preso e l'ho nascosto sotto il materasso. Ho pensato di fare più o meno quello che hai detto tu... magari tagliargli l'uccello mentre si masturbava.

Quando era lì non chiudeva mai la porta. Credo si eccitasse anche all'idea che un membro del personale potesse coglierlo nell'atto di tormentarmi. O che Ridge potesse scendere in qualsiasi momento e vedere esattamente ciò che stava facendo. Voglio dire... Ridge mi ha consegnata a Carter di sua spontanea volontà, quindi dubito che gli importasse. Era troppo impegnato a spendere i miei soldi per preoccuparsi di quello che stavo subendo. Comunque... la porta rimaneva aperta. Ma avevo paura, non ero sicura se sarei riuscita a usare quel pezzo di ferro. Però ci ho pensato molto.»

«Non sei inerme, Lara. Neanche lontanamente. Certo, non eri forte come il tuo rapitore e lui è riuscito a sopraffarti, ma questo non significa che saresti stata la sua vittima per sempre. Aspettare il momento perfetto per fare la tua mossa è una cosa intelligente. Non hai chiesto tu di essere violata. Non hai fatto nulla per meritare di trovarti in quella situazione. A volte la vita è semplicemente ingiusta. Puoi solo sperare di avere la forza di resistere e, al momento giusto, di rialzarti e superare le difficoltà.»

Lara strinse le labbra. Le parole di Henley le risuonarono nella testa.

Non hai chiesto tu di essere violata.

Non hai fatto nulla per meritare di trovarti in quella situazione.

No, non l'aveva fatto. La sua colpa era stata solo quella di voler essere amata. Di voler compiacere Ridge. E ciò non giustificava quello che le era successo.

E... non era rimasta semplicemente sdraiata su quel

letto, rassegnata al suo destino. No, aveva cercato di convincersi a tagliare l'uccello a Carter e a scappare da lì.

«A questo punto, penso che per oggi possiamo fermarci. Non ci sarebbe bisogno di dirlo, ma lo farò lo stesso. Tutto ciò di cui parliamo rimane qui. E voglio essere tua amica, Lara, non solo la tua terapeuta. Ma se non ti senti a tuo agio, non c'è problema.»

Non era stata molto convinta che parlare con uno psicologo sarebbe servito a qualcosa. Di certo non aveva pensato che l'avrebbe fatta sentire più sicura, dopotutto Carter Grant era ancora libero e probabilmente stava facendo piani per catturarla, ma, sorprendentemente, si *sentiva* meglio.

«Vorrei anch'io che fossimo amiche» le disse.

Il sorriso sul volto di Henley le diede una bella sensazione. Molto bella.

«Perfetto. Che ne dici di andare a saccheggiare la scorta di Christmas Tree Cakes di Robert?»

Lara aggrottò la fronte. «Come, scusa?»

«Non lo sai? Oh, cavoli! Il nostro chef è dipendente da quella roba. Sai quei dolcetti super zuccherosi della Little Debbie che di solito si trovano solo a Natale? Be', Ryan, la nostra nuova addetta alle pulizie, anche se direi che non è più nuova, ma non importa, ha un aggancio, ed è in grado di fornire a Robert diverse scatole ogni mese.»

«Stai scherzando? Li *adoro*!» esclamò Lara. «Ogni anno, a Natale, Cora mi regala un mucchio di scatole, ma non riesco mai a farle durare più di qualche mese.»

«Sapevo che ti saresti trovata bene qui. Forza, andiamo a vedere se riusciamo a rubarne una, poi ci sediamo in un angolo e ci ingozziamo.»

Lara ridacchiò, poi chiese: «Non si arrabbierà?»

«Robert? Oh, *farà finta* di essere furioso e potrebbe anche rifiutarsi di darci i suoi biscotti al cioccolato... per un giorno. Ma è un tenerone. E visto che si tratta di te, di certo non riuscirà a rimanere arrabbiato.»

«Stai sfruttando la mia situazione per non finire nei guai?»

«Assolutamente sì» disse Henley con un sorriso.

«Be'... va bene, allora» replicò, scrollando le spalle.

Entrambe le donne si alzarono e si diressero verso la porta, poi Lara si bloccò quando vide Owl. Il pensiero di essersi dimenticata della sua presenza la sconvolse. Non sapeva se sentirsi in colpa o meno.

«Puoi darci un secondo?» chiese Owl a Henley.

«Certo. Sarò fuori a parlare con Alaska.» Le strinse il braccio. «Andrà tutto bene, Lara. Sei molto più forte di quanto pensi. Ed è fantastico. Abbiamo bisogno di altre donne forti qui in giro. Voglio averne vicine il maggior numero possibile come figure di riferimento per Jas e per questo piccolo.» Si accarezzò la pancia con la mano libera, poi uscì dalla porta della sala conferenze che avevano usato per la sessione.

Non era sicura di cosa volesse parlarle Owl, e aprì la bocca per dire qualcosa − non sapeva cosa − quando lui la precedette.

«Stai bene?» le chiese.

Invece di rispondere subito, Lara ci pensò su. Si sentiva un po' destabilizzata per l'ondata di emozioni altalenanti che aveva provato nell'ultima ora. Ma alla fine decise che, sì, stava bene. Più che bene. «Sì.»

Lui la studiò per un lungo momento. Sembrava che potesse vedere dentro di lei, vedere tutte le parti che cercava disperatamente di tenere nascoste agli altri.

«Sì, direi che è così» disse annuendo. «Per la cronaca, ero già orgoglioso di te, ma ora praticamente trabocco di ammirazione.»

Lara sentì le guance infiammarsi e sapeva di essere arrossita.

Owl non le diede la possibilità di replicare. «Forza, ti coprirò le spalle mentre tu e Henley razzierete la scorta di Christmas Tree Cakes di Robert. Ma se dovesse beccarci, negherò di essere a conoscenza di qualsiasi cosa.»

«Alla faccia del coprirmi le spalle» borbottò Lara, ma gli sorrise.

«Ehi, non hai idea di quanto lui sia possessivo verso quei dolci. Fidati, si accorgerà nel giro di poche ore che manca una parte della sua preziosa scorta.»

«Forse non dovremmo...»

«Sì, dovreste. Perché da quando sei arrivata qui non avevo mai visto un sorriso così enorme sul tuo viso. E se è per merito di quei dolci, farò in modo che tu ne abbia quanti ne vuoi per tutta la vita. Anzi, forse dovrò parlare con Ryan per vedere se riesco ad attingere dalla sua fonte segreta di approvvigionamento.»

Si avvicinò alla porta, e quando Lara varcò la soglia sentì la punta delle sue dita sulla schiena. Lasciò cadere subito la mano, ma lei continuò a percepire un formicolio sulla pelle per quello sfioramento.

Owl era sempre stato molto attento a lasciarle spazio... e si sorprese nel rendersi conto di quanto *desiderasse* che lui la toccasse. Dopo tutto quello che aveva passato, era un sollievo sapere che poteva ancora tollerare il tocco di un uomo.

Anzi, il tocco di *Owl*. Era una distinzione importante.

Sembrava che il suo mondo si fosse capovolto negli

ultimi sette giorni, e doveva tutto a lui. Aveva pianificato di fingere di essersi ristabilita, per convincere tutti che stava meglio di quanto stesse in realtà. Ma non aveva dovuto fingere per *nessuno* dei progressi che aveva fatto quella settimana.

Si sentiva una persona nuova, e le piaceva molto.

Era consapevole che in un batter d'occhio tutto sarebbe potuto tornare come prima. La minaccia di Carter Grant era incombente, anche se si sforzava di non ammetterlo. Sarebbe arrivato il momento in cui lui avrebbe fatto la sua mossa e Lara non sapeva ancora come avrebbe reagito.

Ma cominciava a pensare che forse non sarebbe andata del tutto a pezzi, come aveva temuto. Ogni giorno che passava, si sentiva un po' più forte. Come aveva sottolineato Henley, non aveva chiesto di subire degli abusi. Non meritava ciò che le era successo. E dopo quelle parole incoraggianti... voleva di più. Voleva altri amici come lei e Cora.

Voleva quello che aveva la sua migliore amica: un compagno. Non il principe azzurro, ma un vero uomo che le stesse accanto, proprio come lei avrebbe fatto con lui.

Ce n'era solo uno che riusciva a vedere in quel ruolo... ma non era pronta per una cosa del genere. E non aveva idea se lui avrebbe mai voluto una relazione, soprattutto con lei. Non sarebbe più stata come la vecchia Lara, l'ingenua romantica che vedeva sempre il buono nelle persone, ma si rese conto che se a *lei* andava bene così... forse sarebbe stato altrettanto anche per Owl.

———

Carter Grant fece una smorfia quando la testa gli pulsò di nuovo. Da quando quella stronza gli aveva cavato un occhio con il pollice, aveva un'emicrania infernale. Odiava tenere la benda. Gli prudeva, e il dolore fantasma provocato dalla lesione non era uno scherzo.

Niente stava andando come voleva lui. Sapeva con certezza di non potersi avvicinare a meno di trenta chilometri dal Rifugio. Sapeva che tutti i proprietari, ex soldati delle forze speciali, erano in stato di massima allerta. Sapeva che il posto era dotato di sistemi di sicurezza di cui i loro ospiti non avevano idea, incluse telecamere dappertutto. E con la benda sull'occhio era comunque troppo riconoscibile.

Finché la sua proprietà – e Lara Osler era decisamente *sua* – rimaneva nascosta lì, non poteva arrivare a lei.

Quindi doveva farla uscire dal Rifugio. Ma come? Era quello il problema. Doveva fare altre ricerche. Doveva esserci un modo per vendicarsi di quegli stronzi che pensavano di essere intoccabili, ma anche per riportare Lara nel suo letto.

Lei era perfetta sotto ogni aspetto. Adorava vedere i segni che lasciava sulla sua pelle morbida. Il pensiero che i lividi che le aveva inflitto probabilmente erano spariti da tempo, gli fece digrignare i denti dalla rabbia.

Da quando gli era stata portata via da sotto il naso, eccitarsi e venire non era più così piacevole, né facile... e aveva cercato in tutti i modi di trovare una sostituta. Aveva provato con alcune prostitute, ma erano troppo smaliziate. Si erano annoiate a morte quando lui aveva voluto farsi una sega su di loro.

Senza il loro terrore, non riusciva a farselo rizzare.

Solo quando le aveva legate al letto, imbavagliate, e

aveva tirato fuori un coltello, avevano mostrato una paura a *malapena* sufficiente a farglielo diventare duro e procedere. Ma vedere il suo sperma sulla loro pelle non gli aveva fatto lo stesso effetto. Non erano Lara. Avevano cicatrici e lividi provocati da qualcun altro, e le loro tette e i loro corpi erano strausati. Uccidere quelle puttane non aveva avuto alcuna attrattiva. E il fatto che la polizia lo avesse quasi trovato ad Albuquerque, lo faceva incazzare ancora di più. Significava che avrebbe dovuto trasferirsi, lontano da ciò che era *suo*.

Doveva escogitare un piano. Subito.

Grazie a Ridge Michaels aveva un sacco di soldi. Aveva sottratto denaro a lui e ai suoi ricchi genitori dal giorno in cui era stato assunto, quindi i fondi non erano un problema. Ma l'accesso a quel posto e il doversi nascondere dall'FBI lo erano.

In qualche maniera, avrebbe trovato il modo di riprendersi Lara e di far fuori gli stronzi del Rifugio. Se fosse riuscito a rovinare la loro attività, tanto meglio. Aveva imparato un bel po' di cose durante il servizio militare. Al governo piaceva addestrare i propri soldati d'élite in ogni campo.

Non era il miglior hacker del mondo, ma ne sapeva abbastanza da poter trovare una traccia da seguire... che lo avrebbe condotto al suo premio.

CAPITOLO CINQUE

ERANO PASSATI tre giorni dall'ultima volta che Lara aveva parlato con Henley, ma le parole della psicologa risuonavano ancora nella testa di Owl.

Non hai chiesto tu di essere violata.

Non hai fatto nulla per meritare di trovarti in quella situazione.

Non le aveva rivolte a lui, ma si erano insinuate nella sua coscienza. Mai una volta, da quando era stato prigioniero di guerra, qualcuno gli aveva detto quelle parole. Non un solo psicologo. Non gli avevano nemmeno detto che era da biasimare se era precipitato, eppure era quello il senso di colpa che lo logorava da anni.

Ora che ci pensava, lui e Stone avevano fatto tutto il possibile perché non accadesse... senza successo. E il fatto che fosse capitato, non aveva dato agli uomini che li avevano trascinati via dall'elicottero il diritto di torturarli.

Per quanto quelle parole *gli* avessero tolto un peso dalle spalle, avevano fatto lo stesso effetto anche a Lara. Quella mattina lo aveva incoraggiato ad aiutare Tonka a espandere il recinto, un compito che avrebbe richiesto ore. In passato... accidenti, nemmeno due settimane prima, avrebbe avuto un attacco di panico sapendo che sarebbe stato via per così tanto tempo. Ma quel giorno, mentre la informava del progetto, era sembrata del tutto sincera quando gli aveva detto che sarebbe stata bene durante la sua assenza.

Owl le aveva promesso che sarebbe tornato a controllarla ogni ora, ma Lara aveva insistito che non era necessario, che Cora sarebbe rimasta lì con lei per un po', poi sarebbero andate al suo chalet e avrebbero trascorso del tempo con alcune delle donne che vivevano e lavoravano al Rifugio.

Non aveva saputo come replicare. Da un lato era più orgoglioso di quanto avrebbe potuto esprimere per i progressi che stava facendo, ma dall'altro era un po' triste perché non aveva più bisogno di lui. Stava guarendo, quindi si stava avvicinando sempre di più il momento in cui se ne sarebbe andata.

Era una cosa orribile da pensare, e si sentì uno stronzo egoista.

«A cosa stai pensando così intensamente?» gli chiese Tonka, fermandosi per asciugarsi il sudore sulla fronte. L'estate era dietro l'angolo, ma per il momento stavano sperimentando una primavera più fredda della media, quindi il clima non era caldo come al solito, ma finché scavavano buche e faticavano con la nuova recinzione, si aveva la sensazione che fosse quasi mite.

«A Lara.» Non provò nemmeno a mentire. Quello era Tonka. Si fidava ciecamente di lui. Inoltre, quell'uomo aveva passato l'inferno. Diverso da quello che avevano vissuto lui e Stone, ma pur sempre un inferno.

«Sembra che stia meglio.»

«Sì.»

«Tornerà a Washington?» gli chiese.

«Non so quali siano i suoi piani» ammise. «Ma direi di sì... prima o poi.»

«Grant è ancora uccel di bosco.»

Owl strinse le labbra e annuì.

Tonka lo fissò per un lungo momento.

«Che c'è?»

«Vorrei dire una cosa, ma non sono sicuro di come potresti prenderla.»

Si girò a guardarlo. Il suo amico non era il tipo da pettegolezzi, e nemmeno uno che parlava tanto. Era migliorato molto da quando stava con Henley, ma non era comunque qualcuno che dava consigli. In genere stava in disparte e osservava, offrendo la sua opinione solo quando gli veniva chiesta. Quindi, qualsiasi cosa volesse dire, doveva essere importante.

«Dillo e basta.»

«Gli uomini come Grant... non si fermano. Se pensano di aver subito un torto o che sia stato tolto loro qualcosa... Lara non potrà smettere di guardarsi le spalle, ovunque vada. Almeno finché non verrà catturato, e forse nemmeno allora. L'unica cosa che lo fermerà sarà la morte.»

Gli si rimescolò la pancia. Tonka aveva un'espressione triste e suonava serio come non l'aveva mai sentito. Owl non era sicuro che tirare fuori il nome dell'uomo che aveva ucciso il suo partner canino quando era nella Guardia Costiera fosse una buona idea... ma aveva la sensazione che stesse parlando di *lui,* non solo di Carter Grant. «Pablo Garcia è in prigione. Non potrà mai più fare del male a te o a coloro che ami» gli disse con un tono calmo.

Tonka sbuffò. Fu un verso amareggiato. «Sai bene quanto me che è probabile che esca. Ha ucciso due cani, non delle persone, e ciò non giustifica una pena altrettanto severa.»

Owl lo sapeva, ed era uno schifo.

«Garcia ha giurato vendetta a me e a Raiden. Non importa se sono circondato da telecamere e quanti uomini mi coprono le spalle, o quanto tempo passerà, so che un giorno, in qualche modo, tornerà. Non significa che nel frattempo non vivrò la mia vita, ma semplicemente che lui è sempre presente. È nella mia testa; occupa spazio. Non posso e non voglio dimenticare le sue minacce, ma per ora sono abbastanza certo di essere al sicuro. Che Henley e Jas sono al sicuro, così come tutti voi, i miei amici più cari. Che il mio bambino potrà nascere e starà bene... per ora. Ma nel momento in cui verrò a sapere che è stato rilasciato o è fuggito, cambierà tutto.»

Owl si accigliò. Non gli piaceva che il suo amico si trovasse in quella situazione. Non gli piaceva affatto.

«Comunque, almeno il *mio* nemico è dietro le sbarre. Quello di Lara no. È là fuori. Osserva. Aspetta. Farà la sua mossa, non ho alcun dubbio su questo... e nemmeno lei ne ha. Gli uomini come Grant e Garcia... il loro odio è ciò che sono. Sono arrabbiati perché sono come bambini a cui è stato tolto un giocattolo. Non abbassare la guardia. Neanche per un secondo. E Owl... se lei dovesse andarsene, lo farà non perché lo desidera o perché pensa di non correre rischi, ma perché vuole proteggere *te*. E Cora. E tutti gli altri qui. Ed è così che lui la prenderà.»

Owl provò un senso di nausea. Grant sarebbe stato stupido ad andare lì a cercare Lara, ma Tonka aveva ragione. E sì, lei lo sapeva. Era parte del motivo per cui aveva paura di rimanere da sola. Il tempo trascorso al Rifugio l'aveva aiutata a migliorare, così come parlare con Henley, ma in definitiva il rischio era ancora piuttosto elevato.

Se Grant voleva davvero rimettere le mani su di lei, avrebbe trovato un modo per farlo.

«Come posso aiutarla ad andare avanti con la sua vita?» chiese all'amico. «Come posso incoraggiarla a riconquistare la sua indipendenza quando sappiamo tutti che Grant è ancora là fuori in attesa del momento giusto per riprendersela?»

«La prima cosa, e la più ovvia, è farle desiderare di rimanere» rispose Tonka senza esitazione. «Qui, con te. Non è stupida. Sa di essere in pericolo se se ne va. Perché pensi si sia attaccata a te? Trova un modo perché si crei una vita qui. Dalle uno scopo. Può essere indipendente pur vivendo con te.»

Lo fissò. Era davvero così evidente il suo amore per Lara?

Le sue labbra ebbero un guizzo, e come se potesse leggergli nel pensiero, disse: «Se credi di essere riuscito a nascondere quanto tieni a lei, ti sbagli.»

«Merda.»

Tonka rise. *Rise* davvero. Fu così sorpreso di sentir uscire quel suono dalla bocca del suo impassibile amico, che si limitò a continuare a fissarlo.

Lui gli diede una pacca sulla spalla e uno spintone amichevole. «Se pensi che ti darò consigli sulla tua vita sentimentale, scordatelo. Sono l'ultima persona a cui dovresti chiedere consigli sulle relazioni.»

«Ehm... sei tu quello che ha una moglie e un bambino in arrivo» disse Owl in tono ironico. «Pensi che dovrei chiedere a Brick, che non si è ancora sposato con la donna che ama più della vita stessa? O a Stone, che credo sia *allergico* alle donne? O magari a Tiny, che se ne va in giro a guardare tutti con aria imbronciata?»

L'altro ridacchiò di nuovo e Owl cominciò a temere che l'inferno si fosse congelato. Tonka che rideva due volte in meno di un minuto? L'equilibrio del mondo doveva essere decisamente sballato.

«Giusto. Allora forse *ho* un consiglio da darti.»

Owl si rese conto che stava quasi trattenendo il respiro. Aveva bisogno di tutto l'aiuto possibile, perché gli sembrava di affogare da mesi. Voleva Lara per sé, ma sapeva anche che lei poteva avere molto di meglio.

«Fai quello che stai già facendo.»

Sbatté le palpebre. Tutto lì? Era quello il suo saggio consiglio? «Non credo sia utile.»

«La differenza tra quando Lara è arrivata e adesso... ha del miracoloso» disse Tonka serio. «Non poteva perderti di vista. Scommetto che riuscivi a malapena a pisciare senza che lei andasse fuori di testa nell'altra stanza» aggiunse, ripetendo le stesse parole di Lara senza nemmeno saperlo. «E ora sei qui. Mi stai aiutando con questo dannato recinto. E lei dov'è? Con Cora e le altre ragazze? Questo, amico mio, è un miracolo. Quindi, qualsiasi cosa tu stia facendo... continua a farla. E per la cronaca, non ti guarda come guarda me o gli altri ragazzi. È attratta da te. Sii suo amico. Sostienila. Ascoltala quando ha bisogno di parlare. E sii esattamente quello che sei. Perché, Owl, sei un uomo davvero eccezionale.»

Non poté fare altro che continuare a fissare sbalordito il suo amico. Ormai erano anni che lo conosceva, ma non era mai stato così... non sapeva nemmeno che parole usare. Incoraggiante? Intuitivo?

No, era ingiusto. Tonka probabilmente era sempre stato così, aveva solo avuto a che fare con problemi piuttosto pesanti nella sua testa, proprio come tutti gli altri.

«Grazie» disse dopo un attimo.

«Figurati. Ora, questo recinto non si costruirà da solo. E so per certo che alle donne piace quando i loro uomini sono tutti sudati e testosteronici.»

Owl scoppiò a ridere. «Testosteronici? Non esiste questa parola.»

Tonka scrollò le spalle. «E allora? È vero. È quella fantasia sul boscaiolo o qualcosa del genere. Rientra a casa lucido di sudore, magari senza maglia, e Lara non potrà resisterti.»

Alzò gli occhi al cielo. «Oh, sì, puzzare di merda di mucca, essere ricoperti di terra e gocciolare fluidi corporei su tutto il pavimento... è davvero attraente.»

L'altro sorrise. «Hai molto da imparare. Dai, aiutami a montare questo palo e possiamo iniziare sul prossimo buco.»

Mentre afferrava il palo, pensò a ciò che aveva detto il suo amico. A tutto quanto. Non era sicuro di come sarebbero andate le cose con Lara... ma, per una volta, aveva la piccola speranza di poter avere una possibilità con la donna di cui si era follemente innamorato.

Tuttavia, a quei pensieri si aggiunse la consapevolezza che Carter Grant era ancora in libertà, e che finché fosse stato così, avrebbe voluto mettere le mani su di lei.

Per niente al mondo Owl avrebbe lasciato che ciò accadesse. Lara ne aveva già passate abbastanza; sarebbe morto prima di permettere che subisse di nuovo quella tortura e gli orribili abusi.

———

Lara sorrise alla sua amica. Avevano trascorso una mattinata tranquilla e rilassante nello chalet di Owl, chiacchierando di argomenti frivoli che le avevano permesso di far riposare la mente. Ora erano in quello che Cora condivideva con Pipe, dove entro circa quindici minuti sarebbero arrivate Alaska, Reese, Ryan e Luna. Avevano intenzione di rilassarsi sulla terrazza sul tetto per godersi la prima giornata relativamente calda dopo un bel po' di tempo.

«Io e Pipe vogliamo fare una cerimonia semplice qui, di sopra, sulla nostra terrazza. Niente di particolare, solo noi e l'officiante.»

«Mi sembra bellissimo. Non volete fare qualcosa come Henley e Tonka?»

«No. Voglio dire, il loro ricevimento nella stalla è stato fantastico, ma no, essere al centro dell'attenzione in quel modo mi fa venire l'orticaria. Ti ricordi com'ero ridotta quando ho dovuto attraversare il palco il giorno del diploma? Ce l'ho fatta a *malapena*.»

Cora non mentiva. Aveva avuto un terribile caso di ansia da palcoscenico. Anche se doveva solo limitarsi a salire tre gradini, fare cinque passi, stringere la mano al preside e scendere altri gradini per tornare al suo posto. Era stato un miracolo che non fosse inciampata e caduta di faccia.

«È vero» concordò con un gran sorriso, ricordando quel giorno.

«Mi è mancato» disse Cora.

«Cosa?»

«Stare con te, il tuo sorriso spontaneo.»

Lara strinse le labbra desolata. «Mi dispiace.»

«Di cosa?»

«Di essermi arrabbiata con te. Di averti urlato contro. So che non eri gelosa, da quando ci conosciamo non sei mai stata invidiosa di qualcosa che avevo. Sono stata un'amica orribile e non ti merito. Ciò che hai fatto, vendere le tue cose, andare a quell'asta, dare una lavata di capo a Eleanor Vanlandingham, anche se avrei voluto vedere quella parte... non potrò mai ripagarti.»

Cora le si avvicinò e la abbracciò. Era più bassa di lei di circa quindici centimetri, ma la strattonò contro di sé e la strinse con forza. «Non devi scusarti. Avrei dovuto avere più tatto, come sempre. Sapevo che Ridge ti piaceva, ma non mi fidavo di lui.»

«Lo so. Avrei dovuto ascoltarti. E per la cronaca, non che ormai abbia importanza, avevo già dei dubbi sulla nostra relazione. Il mio ottimismo stava scemando. Ho solo pensato che forse, se fossi andata in Arizona con lui, se ci fossimo allontanati da Washington e da tutto lo stress che pensavo stesse affrontando, si sarebbe reso conto di quanto eravamo fantastici insieme. Non ho mai voluto andarmene per sempre. Doveva essere solo per un breve periodo.»

Cora si tirò indietro e la fissò, aggrappandosi alle sue braccia. «Mi dispiace.»

«Di cosa mai dovresti essere dispiaciuta?» le chiese, aggrottando le sopracciglia.

«Che ci sia voluto così tanto tempo per venire da te. Ho parlato con la polizia e con i tuoi genitori, ma non mi hanno creduto. Ho anche contattato alcuni investigatori privati, ma evidentemente non ho le conoscenze giuste perché mi sono sembrati tutti dei truffatori. Volevano un pagamento anticipato, e io non sono così credulona da cascarci. Quando ho letto dei ragazzi del Rifugio e ho fatto delle ricerche su di loro, ho avuto la sensazione che fossero la migliore possibilità che avessimo. C'era sempre il rischio che non volessero essere coinvolti, non è il loro lavoro farsi assumere per rintracciare fidanzate rapite, ma ero disperata.»

«Hai fatto bene. Ma sono comunque arrabbiata con te» disse, in modo più serio possibile.

«Come, scusa? Perché? Per cosa?»

«Il tuo nome è sul mio conto corrente. Perché mai non hai usato i miei soldi per assumerli? Hai venduto tutte le tue cose! È stato stupido.»

Invece di arrabbiarsi, Cora si limitò a sorridere. «Sì, ma ha reso molto più semplice trasferirmi da Pipe. E poi lo sai, non avevo così tanta roba. Credo che alla fine sarebbero stati tipo tre scatoloni da riempire e spedire qui.»

Lei alzò gli occhi al cielo. «Come vuoi.»

«Farei qualsiasi cosa per te. Non hai idea di quanto ti voglio bene.»

«Ti voglio bene anch'io» replicò, cercando di non piangere.

«Bene, allora... abbiamo circa due secondi prima che arrivino le altre e voglio chiederti una cosa.»

«Sì» disse Lara.

Cora sgranò gli occhi. «Non sai nemmeno cosa sto per chiederti.»

«Non importa. Lo farò.»

«Quindi verrai a fare paracadutismo con me?»

Fece una smorfia. «Ehm...» Sapevano entrambe che lei non era una fan delle altezze, e saltare da un aereo era un no deciso.

Per fortuna Cora ridacchiò. «Sto scherzando. Non ti chiederei mai di farlo. Vorresti fare da testimone a me e Pipe quando ci sposeremo?»

Lara la fissò sorpresa. «Pensavo avessi detto che sareste stati solo voi due e l'officiante.»

«È vero. Ma tu sei la mia famiglia. L'unica persona che ho avuto al mio fianco finché non ho incontrato Pipe e mi sono trasferita qui. Non avevo letteralmente nessun altro. Mi hai dato dei soldi, un posto dove vivere e, soprattutto, sei stata mia amica. Non ti importava che fossi scostante quando ci siamo conosciute, o quante volte ho lasciato o perso un lavoro. Mi hai semplicemente amata per quello che ero. Non saprai mai quanto ciò abbia significato per me e quanto significhi ancora. Non posso immaginare di sposarmi senza averti accanto.»

«Ma... cosa ne pensa Pipe? Voglio dire, ci sarà qualcuno dei suoi amici?»

«Chi credi mi abbia suggerito di chiedertelo?»

Lara chiuse gli occhi e fece un respiro profondo.

«Ti prego, di' di sì. Io e Pipe ne abbiamo parlato e se vuoi che ci sia anche Owl, a lui andrebbe più che bene.»

Riaprì gli occhi. «La vostra cerimonia semplice con solo voi due si sta affollando terribilmente in fretta. Prima che te ne accorga saranno presenti anche tutti i ragazzi, Alaska, Henley, Reese e le altre donne che lavorano qui, il ricevimento si terrà al lodge, Robert preparerà una torta nuziale a cinque strati e ci saranno dei boscaioli che danzano o qualcosa del genere.»

Cora rise. «Assolutamente no. Solo l'uomo che amo, la mia migliore amica e l'officiante.»

«Sono confusa. Non hai appena detto che ti andava bene che ci fosse anche Owl?»

«Pipe ha detto che forse Owl potrebbe essere ordinato. O approvato. O come si dice. Che magari avrebbe potuto sposarci. Ha fatto delle ricerche, e nel New Mexico costa solo una cinquantina di dollari e può fare tutto online.»

«Glielo avete chiesto?»

«Non ancora. Volevo prima avere la tua approvazione.»

«La mia approvazione? Cora, è il *tuo* matrimonio!»

«E tu sei la mia migliore amica. E il motivo per cui ho conosciuto Pipe, per cui sono qui. E... so che ti senti più a tuo agio con Owl vicino. Per favore?»

Lara era sopraffatta dalle emozioni. Voleva così tanto bene alla sua amica. Le doveva tantissimo. E il pensiero che la volesse al suo matrimonio significava tutto per lei. Specialmente dopo che era stata così vicina a perderla. A perdere *tutto*. «Certo che ci sarò. Ne sarei onorata.»

«Evviva!» esclamò Cora con un enorme sorriso. Le diede un altro abbraccio, più breve ma non meno sentito, poi corse verso il bancone dove aveva lasciato il telefono.

«Mando un messaggio a Pipe per fargli sapere che si può procedere. Ne sarà entusiasta.»

Lara si sentì travolgere dall'eccitazione. Era una sensazione estranea e allo stesso tempo un enorme sollievo. Era stata tormentata solo da paure e timori per così tanto tempo che ora le sembrava quasi di essere tornata quella di prima. «Quando avete intenzione di farlo?»

Cora sorrise, ma non alzò lo sguardo dal telefono mentre i suoi pollici si muovevano sullo schermo. «Appena possibile. Owl deve ottenere il certificato online e noi dobbiamo richiedere la licenza di matrimonio, poi siamo a posto.»

«Gli altri ragazzi si arrabbieranno? Non si sentiranno esclusi? O le donne?» chiese preoccupata.

«No. Sanno già che vogliamo qualcosa di piccolo e intimo. Per loro non ci sono problemi, a patto che permettiamo a Robert di prepararci una cena speciale al lodge a cui saranno invitati. Ne ho già parlato con Alaska.»

Lara si morse il labbro. «Sei sicura? Non vorrei che qualcuno si offendesse.»

L'improvviso bussare alla porta la fece sobbalzare e girare verso il rumore, sorpresa e spaventata.

«Sono loro. Ma per rassicurarti, chiederemo prima di aprire» le disse, dirigendosi verso l'ingresso. «Pipe ha detto che oggi parlerà con Owl. Penso che lo faremo entro la fine di questa settimana.»

«Così presto?»

Cora fece una pausa prima di aprire la porta, e la guardò. «Quando lo sai, lo sai. Non è quello che mi hai sempre detto? Pipe è l'uomo giusto per me. L'unico che potrò mai amare. È come se tutto il mio essere avesse preso vita quando l'ho incontrato. Andrà tutto bene. Per entrambe, Lara. Me lo sento.»

Rifletté sulle sue parole, mentre la sua amica chiedeva conferma a chi era alla porta, poi apriva per salutare le altre donne. Era piuttosto buffo, Cora era sempre stata la più cinica delle due. Quella che odiava guardare i film romantici. Aveva sempre affermato di essere allergica alle storie d'amore. Ed eccola lì, a sposarsi per prima, cosa che aveva sempre detto di non desiderare. E non poteva essere più felice per lei.

Ora invece era *lei* quella cinica. Quella che forse non

credeva più al lieto fine, nonostante al Rifugio fosse circondata da coppie felici, tra Brick e Alaska, Henley e Tonka, Reese e Spike, e ora Cora e Pipe.

«Lara! È così bello vederti!» disse Alaska felice, avvicinandosi.

Salutò anche le altre, godendo dell'affetto sincero che tutte espressero quando si accorsero della sua presenza.

Nel giro di dieci minuti, tutte e sei si erano sistemate sulla terrazza sul tetto. Lara era seduta con Cora sul divanetto che Pipe aveva comprato per far stare più comoda la sua donna quando passavano il tempo a osservare le stelle. Le chaise longue erano occupate da Ryan e Reese, la quale stava dicendo che non se ne sarebbe mai andata perché erano troppo comode. Alaska e Luna erano sedute per terra su grosse coperte, con la schiena appoggiata al divanetto.

L'atmosfera era intima, non solo perché la terrazza non era grandissima, ma perché se Lara avesse allungato la mano avrebbe potuto toccare non solo Cora, ma anche Alaska e Luna.

«Questo posto è incredibile» disse Alaska circa quindici minuti dopo, quando ci fu una pausa dalle loro chiacchiere incessanti.

«E questa terrazza non si riesce nemmeno a vedere da davanti lo chalet» concordò Reese.

«Mi sposerò qui» sbottò Cora.

«Lo sappiamo, ce l'hai già detto» replicò Alaska con un sorriso.

«Owl ci sposerà e Lara sarà al mio fianco. Dopo andremo al lodge e faremo una grande cena.»

«Mi sembra fantastico.»

«Ottimo piano.»

«Non vedo l'ora di vedere cosa organizzerà mio padre.»

«Forte.»

Guardò la sua amica e dovette sorridere quando le mimò *"Te l'avevo detto"* con la bocca.

«Lara temeva che vi sareste arrabbiate perché le ho chiesto di essere presente.»

Lanciò un'occhiataccia a Cora, ma lei non la stava guardando.

«Non capisco perché. Siete migliori amiche, vi conoscete da sempre» disse Ryan. Avrebbe potuto giurare di aver sentito una nota malinconica nel tono dell'altra donna, ma Reese parlò prima che potesse rifletterci.

«Vi sposerà Owl?» chiese.

«Speriamo. Cioè, Pipe non gliel'ha ancora chiesto, ma lo farà oggi.»

«Che bello!»

E non dissero altro al riguardo. Sembrava che nessuna di loro avesse problemi con il fatto di perdere la cerimonia vera e propria, o che Lara e Owl sarebbero stati presenti e loro no.

La conversazione si spostò su altri argomenti: il Rifugio, che era attualmente tutto prenotato per molti mesi a venire, il rapido avvicinarsi della fine dell'anno scolastico di Jasna, alcune storie divertenti di Ryan su cose capitate durante le sue mansioni.

«Quando è previsto il primo turno di ospiti con bambini?» chiese Reese.

Lara guardò Alaska stupita. Non sapeva che il Rifugio avrebbe iniziato ad accoglierli.

«Abbiamo la prima prova tra due settimane. E sapete cosa? Abbiamo riempito quei posti in *due giorni*. Non che sia una sorpresa, ci sono molte persone con figli che potrebbero beneficiare di un luogo come questo. Capisco perché i ragazzi non abbiano permesso l'accesso ai bambini prima d'ora, ma sono anche curiosa di vedere come andrà» rispose con un sorriso.

«È stato pianificato qualcosa di speciale?»

«Be', non proprio. Come al solito ci sono le escursioni e abbiamo pensato di fare due falò quella settimana invece di uno solo.»

Lara sentì gli occhi di Cora su di sé e si girò a guardarla.

«Oh-oh, che cos'è quello sguardo?» chiese Luna.

«Quale sguardo?» domandò Reese, lanciando un'occhiata all'altra donna.

«Cora ha appena lanciato a Lara uno sguardo come questo...» Luna fece l'imitazione spalancando gli occhi e muovendo su e giù le sopracciglia.

Tutte risero.

«A parte gli scherzi, che c'è? Non pensi che sia una bella cosa?» chiese Alaska.

«Non è quello...» Cora fece una pausa.

«Sputa il rospo. Ora sei una di noi. Se il Rifugio fa una brutta fine, sarai una senzatetto insieme a tutti noi» scherzò Reese.

«È solo che... io e Lara siamo state in mezzo a centinaia di bambini. Certo, erano tutti in età prescolare, ma sono carichi di energia. Abbiamo dovuto programmare attività praticamente per ogni minuto di ogni giorno in cui erano a scuola. Penso che avrete bisogno di qualcosa di più di un'escursione e di un falò per intrattenerli» disse con un certo timore.

Lara era d'accordo al cento per cento con lei. Il primo giorno al Rifugio sarebbe stato una novità, e ai bambini probabilmente sarebbe bastato perlustrare il territorio e far visita agli animali nella stalla. Ma poi avrebbero avuto bisogno di essere intrattenuti. Qualcuno avrebbe dovuto badare a loro, soprattutto se erano figli di genitori single che avrebbero fatto delle sedute di terapia con Henley.

«Cavoli. Suppongo che dovremo inventarci qualcosa» disse Alaska, guardando Reese con un'espressione preoccupata.

«Non guardare me» disse subito l'altra, alzando le mani. «La nausea mattutina è migliorata, ma ora sono super stanca tutto il tempo. È fastidioso. Non vorrei addormentarmi mentre intrattengo i bambini rischiando che si scatenino.»

«Potrei chiedere a mio padre se possiamo organizzare qualcosa tipo preparare i biscotti da decorare» si offrì Luna.

«Io aiuterei, ma credo che insieme a Carly e a Jess saremo molto occupate con tutte le faccende, data la presenza di più persone in ogni chalet. Brick ci ha già avvertite, e ci ha detto che avremmo guadagnato di più all'ora, cosa di cui nessuna si è lamentata» disse Ryan con un'alzata di spalle.

«Merda. D'accordo, stasera parlo con Brick e vediamo cosa riusciamo a combinare» dichiarò Alaska, ma la sua fronte era aggrottata, e sembrava preoccupata.

«Io posso aiutare» disse Cora. «Prima di venire qui lavoravo ogni giorno con i bambini. Se mi mandi le età di chi sarà presente, sono sicura di poter proporre delle attività. Però avrò bisogno di una stanza nel lodge. E potrebbero fare disordine e sporcare. Potrebbe diventare caotico perché, sapete, vorrei che le cose fossero adeguate in base alla fascia d'età. Non posso avere bambini di dieci anni che fanno collane con la pasta o quelli di tre che provano a fare il diamond painting.»

«Ma potremmo modificare le dimensioni dei diamanti!» esclamò Lara. «Potremmo usare perline piccole per i più grandi e bottoni per i più piccoli. Potremmo anche usare le stesse immagini, ma modificarle in modo che siano adatte all'età.»

Lara sentì gli sguardi di tutte e cinque le donne su di lei, ma tenne gli occhi incollati a quelli dell'amica.

«Se Robert volesse aiutarci, potremmo decorare il pan di zenzero. Cioè, non a tema natalizio, solo casette normali» concordò Cora.

«A seconda di quanti bambini ci sono, forse potremmo organizzare un pigiama party al lodge, per dare una pausa ai genitori. Potremmo creare tende e fortini» disse Lara.

«Anche se potrebbe essere un po' complicato se i bambini hanno grandi differenze di età» rifletté Cora.

«Potremmo far scegliere loro il film da guardare. I bambini amano avere voce in capitolo su ciò che fanno.»

«Una caccia al tesoro in cui devono fare cose come trovare una foglia perfetta per poi ricalcarla, trovare un sasso particolare.»

«Disegnare per terra con i gessetti.»

«Mettere in scena una sorta di spettacolo per i genitori.»

«Fare dei segnalibri.»

«Una festa danzante.»

«Costruire barchette con le fette dei tubi galleggianti.»

«Barattoli di vetro luminosi glitterati.»

Le due lanciavano idee a raffica. Tutte cose che avevano già fatto alla scuola materna di Washington.

«Davvero? Sareste disposte ad aiutare?» chiese Alaska quando riuscì a intromettersi.

Lara si rese conto di essere entrata in una sorta di visione a tunnel, e fu sommersa da tanti ricordi. Aveva amato il suo lavoro e i bambini a cui aveva insegnato. Era passato così tanto tempo dall'ultima volta che aveva pensato a loro.

«Lara?» la incalzò Cora sommessamente.

Facendo un respiro profondo, si voltò verso Alaska. «Sì. Sarei felice di dare una mano.»

«Grazie a Dio!» sussurrò Reese.

«Lo farai anche tu, Cora?» la sollecitò Alaska.

Lei socchiuse gli occhi. «Perché ho la sensazione che la tua mente stia andando a mille?» chiese sospettosa.

«Perché è così?» rispose con un sorriso. «Non arrabbiarti, ma qui è come vivere in un piccolo paese. Pipe ha detto qualcosa a Spike, che l'ha detto a Tiny, che l'ha detto a Brick. Gira voce che tu sia inquieta. Non sei sicura di quale sia il tuo posto, di cosa puoi fare per guadagnarti da vivere qui. Ma il fatto è che non devi fare un bel niente. Se vuoi stare seduta ogni giorno su questa fantastica terrazza, puoi farlo. Nessuno si aspetta che lavori. Questo posto è una macchina ben oliata. Sono stata fortunata quando sono arrivata qui, perché l'ultima assistente amministrativa si è licenziata, e guarda caso ciò di cui avevano bisogno era esattamente la mia professione. E Henley, ovviamente, lavorava già qui.»

«Io vado in giro un po' ovunque e do una mano dove posso» disse Reese. «Sto prendendo lezioni di spagnolo così potremmo dare servizio a una comunità più ampia di persone. La moglie di mio fratello mi sta aiutando, mi chiama tutti i giorni e si rifiuta di parlare inglese con me, quindi ho imparato più velocemente di quanto avrei fatto altrimenti.»

«E, naturalmente, abbiamo già addette alle pulizie, giardinieri, una commercialista e Luna che aiuta suo padre in cucina» aggiunse Alaska. «Quindi non è che ci serva molto altro. Ma se stiamo prendendo seriamente in considerazione di aprire questo posto ai bambini per determinate settimane, è chiaro che avremo bisogno di aiuto per trovare delle attività e realizzarle. Mi sembra ovvio che io non ci abbia pensato a sufficienza, quindi ci serve un piano più ben organizzato. Allora... pensavo che potreste provare questa prima volta, e vedere se vi piace. Altrimenti, non c'è problema, possiamo assumere qualcuno come coordinatore dei bambini. Ma se dovesse piacervi...» Si interruppe, guardandole speranzosa.

«Non sono... cioè, sono brava con i bambini, ma non sono brava a essere al comando. Non lo sono mai stata» disse Cora. «Ma Lara...»

Tutte si voltarono a guardarla e lei si irrigidì. Non sapeva cosa dire o fare.

«La stiamo spaventando» disse Ryan con fermezza. «Aiuterà Cora con questo primo gruppo, ma niente di più. Nessuna pressione. Vero, Alaska?»

«Esatto» replicò lei senza esitazione. «E sono sicura che Brick e gli altri vi pagheranno. Qui nessuno si aspetta che si lavori gratis.»

«I ragazzi lo fanno» disse Cora con una risatina.

«No, non è vero» ribatté Reese. «Hanno gli chalet, utenze e cibo inclusi, che sono praticamente il loro compenso. Certo, si fanno in quattro per rendere questo posto una casa, non solo per gli ospiti che vengono ad alloggiare, ma anche per loro stessi e le loro famiglie.»

«Hai ragione» concordò Alaska annuendo.

«Ok, osservazione valida» concesse Cora.

Lara si sentiva un po' sopraffatta. Era eccitata e terrorizzata allo stesso tempo. Amava il Rifugio, era diventato il suo posto sicuro, anche se non aveva mai pensato di rimanerci a lungo.

Ma nel profondo sapeva che era una bugia. Ogni giorno che passava, non riusciva a immaginare di andarsene. Quando era arrivata, non aveva desiderato altro che nascondersi in un luogo remoto. Ora, il pensiero di essere sola e vulnerabile la spaventava a morte. E tornare a Washington non la allettava affatto. Amava il suo lavoro alla scuola materna, ma non abbastanza da tornare in quella città. Nonostante continuasse a non volere che a causa sua succedesse qualcosa di brutto a qualcuno di loro, non poteva negare che fosse un conforto avere altre persone intorno.

E non delle persone qualsiasi... Owl e i suoi amici. Avevano più che dimostrato che quando le cose si mettevano male, facevano tutto il necessario per eliminare il problema. Lo avevano fatto con Alaska e con Jasna, quando Reese era stata portata al confine e con la sua situazione in Arizona.

«Io e Lara pianificheremo qualcosa» disse Cora. «Elaboreremo una sorta di programma delle lezioni per la settimana e lo mostreremo a Brick per avere l'approvazione. Va bene?»

«Assolutamente sì» risposero all'unisono Alaska e Reese.

«Ora possiamo parlare di ciò che volete per la vostra cena di nozze?» chiese Luna. «So che mio padre sarà in preda al panico quando lo scoprirà e vorrà sapere al più presto cosa preparare.»

Lara si isolò mentre parlavano di cibo. Guardò l'orologio e vide che era quasi l'una. Non vedeva Owl da cinque ore... e all'improvviso la sua pelle cominciò a fremere per l'agitazione. Si sentì pervadere dall'inquietudine.

Guardò oltre la ringhiera della terrazza, cercando di recuperare la calma, ma vide solo alberi. Qualcosa si mosse in lontananza e lei si irrigidì. Era un'ombra? Era Carter? La stava osservando? Pianificando?

Dentro di lei l'ansia aumentò, e in un attimo non riuscì a pensare a nient'altro che a trovare Owl. Lui l'avrebbe tenuta al sicuro. Lo aveva fatto in passato. Si era messo tra lei e l'uomo malvagio che le aveva fatto del male.

«Lara?»

Sentì Cora pronunciare il suo nome come se fosse distante, ma sembrava non riuscire a concentrarsi. Chiuse gli occhi, ma quello non la aiutò. Il buio rendeva tutto ancora più spaventoso. Li riaprì e si guardò freneticamente intorno. Era possibile che Carter si stesse muovendo?

Odiava quella sensazione! Sapeva di essere in preda al panico, ma non riusciva a controllarlo. Aveva pensato di essere migliorata molto. Si era sentita così fiduciosa di riuscire a stare a casa di Cora. Ma stava crollando e non sapeva come fermare quella spirale discendente. Un attimo prima stava bene e quello successivo no.

Cora si spostò e le mise una mano sulla coscia. «Va tutto bene, Lara. Te lo prometto. Sei al sicuro.»

Ma non era vero! Ne era certa. Carter era lì in giro. In attesa. E non avrebbe esitato a fare del male a chiunque si fosse messo tra lui e ciò che voleva.

«Sta arrivando.»

Lara sentì Ryan pronunciare quelle parole, ma le interpretò in modo molto diverso da quello che aveva inteso la donna.

Stava arrivando. Carter *stava* arrivando. E l'unica persona che poteva proteggerla era Owl. E lui non era lì! Era sola. *Di nuovo.* Ed era solo questione di tempo prima che quel mostro la toccasse, le facesse quelle cose orribili...

Senza rendersene conto, balzò in piedi e scacciò via freneticamente le mani che cercavano di confortarla, indietreggiò in un angolo della terrazza e si accucciò, mettendosi le braccia sopra la testa, facendo del suo meglio per proteggersi da ciò che sapeva sarebbe successo.

Ma era inutile. Non poteva scappare!

«Merda! Ryan, gli hai mandato un messaggio?»

«Sì. Sarà qui tra due minuti.»

«Cosa facciamo?»

«Lasciamole un po' di spazio.»

«Le avvolgiamo intorno una coperta?»

«No, non toccatela.»

«Vorrei che Henley fosse qui!»

«Anch'io.»

Lara sentiva la conversazione intorno a lei, ma era come se si trovasse alla fine di un tunnel molto lungo e buio. Non riusciva a concentrarsi. Non riusciva a fare altro che aspettare l'inevitabile. Una piccola parte di lei si vergognava di comportarsi in modo così pietoso. Avrebbe voluto alzarsi e combattere. Ma a che scopo? Carter era più forte. L'avrebbe sopraffatta come aveva fatto in precedenza, e nel frattempo l'avrebbe ferita. Era meglio essere sottomessa. Docile.

Un impeto di rabbia divampò dentro di lei. *Perché?* Perché avrebbe dovuto rendergli le cose facili? Doveva combattere! Come aveva fatto Cora. Aveva ferito quell'uomo in modo serio. Gli aveva infilato un dito nell'occhio. Perché non poteva essere come la sua amica?

Quei pensieri le rimbalzavano in testa, provocandole la nausea. Voleva muoversi, fare qualcosa per aiutarsi, ma era bloccata. Paralizzata dalla paura. Dall'indecisione.

«Sono qui.»

Due parole. Ma invece di sentire la *sua* voce... sentì quella di Owl. L'avrebbe riconosciuta ovunque.

«Ci penso io.» Nello stesso momento in cui furono pronunciate quelle parole, si sentì sollevare e poi si ritrovò sulle sue ginocchia. Si accoccolò a lui il più possibile... e non era comunque abbastanza. Voleva perdersi in lui. Diventare un tutt'uno con quell'uomo. Ora che era lì, lei era al sicuro. Si sarebbe assicurato che Carter non le facesse più del male.

«Non sapevamo cosa fare.»

«Sta bene? Devo chiamare Henley?»

«Forse dovremmo chiamare un'ambulanza.»

«Dateci un minuto» disse Owl con calma, la sua voce rimbombò contro di lei. Più parlava, più il buio nei suoi occhi si allontanava, più tornava in sé e prendeva consapevolezza di ciò che la circondava.

«Andiamo di sotto. Ma se hai bisogno di noi, fai un fischio» lo avvertì Cora.

«Lo farò. Grazie.»

«No, grazie a te» ribatté. Poi si rivolse alle altre. «Forza, ragazze, lasciamo loro un po' di spazio.»

Lara avrebbe voluto ringraziare la sua amica. Per aver compreso. Per aver capito che non voleva che tutte la fissassero.

«Va tutto bene» cantilenò Owl, mentre si dondolava

avanti e indietro con lei in braccio. «Sei al sicuro. Sei qui al Rifugio. Ci sono io con te.»

Le sue parole furono come un balsamo per la sua anima, e si sentì sollevata e allo stesso tempo imbarazzata.

«Owl» sussurrò.

«Sì. Sono io e sono qui. È tutto a posto. Fai un respiro profondo. Un altro. Brava.»

Con ogni respiro i suoi muscoli si rilassarono. L'umiliazione sostituì la paura. «Oh, Dio, mi dispiace. Non ho...»

«Cinque ore» disse lui, interrompendola.

«Cosa?» chiese confusa, senza alzare la testa.

«Cinque ore. Sei stata *cinque ore intere* senza aver bisogno di vedermi. È incredibile, tesoro.»

Lei sbuffò. «Cinque ore. Un bel record» borbottò con sarcasmo.

«*È* un bel record» insistette Owl. «Non è passato molto da quando stavi al massimo una ventina di secondi.»

«Ti sei ritrovato con un grosso foruncolo sul sedere e sei stato felice di potertene sbarazzare per cinque misere ore» si lamentò.

Lui ridacchiò e Lara sentì il suo petto muoversi contro di lei. Era seduta di lato sulle sue ginocchia, ma rivolta verso di lui, con le braccia piegate contro il suo busto e la testa nascosta nel suo collo. Pensò che probabilmente sembrava ridicola.

«Ma è il *mio* foruncolo e non mi crea alcun problema» replicò.

Fece un altro respiro profondo per riempirsi ancora di più del profumo di Owl, e si rese conto che non era esattamente fresco di doccia. Non che le dispiacesse il suo odore di sudore, era solo una cosa nuova. Alzò la testa e lo guardò per la prima volta da quando era arrivato. Aveva i capelli bagnati intorno alle tempie, le guance un po' arrossate per aver lavorato al sole... e, se non si sbagliava, la maglia era al contrario e umida di sudore.

Le posò una mano sulla guancia, e lei si appoggiò al suo tocco. «Sei tornata?» le chiese.

«Sì. Mi dispiace.»

«No. Come ho detto prima, cinque ore, tesoro. Henley ti ha detto che non sarà un processo veloce. Non ti sveglierai una mattina decidendo di volerti trasferire in una casa tutta tua. E a me va benissimo così. Non essere troppo severa con te stessa. Ti va di parlare di ciò che è successo? Di cosa lo ha fatto scattare?»

«A essere sincera non lo so. Un attimo prima ero seduta qui a divertirmi a parlare con le altre, e quello dopo ho visto delle ombre tra gli alberi ed è successo.»

Owl annuì solennemente.

«Non volevo distoglierti dal tuo lavoro.»

Le sue labbra ebbero un guizzo. «Vuoi la verità? Sono contento che tu l'abbia fatto. Scavare buche e piantare una recinzione non è esattamente la mia idea di divertimento.»

Lara apprezzò il suo tentativo di farla sentire meglio.

«Cosa ne pensi della cerimonia nuziale di Cora e Pipe?»

Lei lo fissò. «Lo sai già?»

«Scherzi? Cora ha mandato un messaggio a Pipe e lui è venuto alla stalla e mi ha ordinato – non chiesto, intendiamoci, ma *ordinato* – di darmi una mossa, di andare sul sito che mi avrebbe inviato via mail e farmi ordinare officiante, così lui avrebbe potuto mettere l'anello al dito di Cora il prima possibile.»

Era difficile credere che stesse sorridendo dopo tutte le cose orribili che aveva immaginato, ma se c'era qualcuno che poteva farglielo fare, era quell'uomo.

«E lo farai?»

«Certo che sì.» Poi si accigliò. «A cosa stavi pensando?»

«Lo sai che parli come Henley, vero?»

Ma la sua espressione non cambiò. «Non mi interessa. Cosa ti ha fatto venire quello sguardo preoccupato?»

«È solo... lo fai perché pensi che darò di nuovo di matto se non ci sarai? Che potrei rovinare la loro cerimonia?»

L'espressione di Owl sembrò più feroce dopo quella domanda. «Non rovinerai nulla. Celebrerò il matrimonio di uno dei miei migliori amici perché non sono mai stato così onorato di fare qualcosa in vita mia. Mi sono sempre sentito un po' un emarginato qui. Anche Stone. Siamo tutti legati, ma i piloti di elicottero sono una specie diversa dai SEAL e dai Delta. Siamo come i fratellini sfigati. Sapere che Pipe mi rispetta tanto da volere che sia presente, è un onore. E avere te lì è la ciliegina sulla torta. Per me *e* per Cora.»

«Non so cosa indossare.» Fu la prima cosa che le sembrò più sicuro dire, soprattutto quando i suoi sentimenti per quell'uomo all'improvviso la confondevano e turbavano.

Le sorrise. Poi una risatina lasciò le sue labbra. «Sono sicuro che qualcosa troveremo.»

«Owl?»

«Sì, tesoro?»

«Quando ho pensato che lui stesse arrivando... ho avuto tanta paura. Mi sono arresa. Ma poi una parte di me si è arrabbiata tantissimo.»

«È una cosa positiva.»

Lara lo fissò negli occhi. Voleva credergli. Davvero

tanto. Ma si sentiva così scombussolata nella testa che non sapeva più a *cosa* credere. Cosa pensare.

«E domani Henley ti dirà la stessa cosa quando le parlerai.»

Aveva dimenticato di aver fissato un'altra seduta con lei per il giorno successivo.

«E sai cos'altro?»

«Cosa?» sussurrò.

«Credo sia ora che tu partecipi di nuovo a quelle lezioni di autodifesa, ma magari prima solo con lo staff del Rifugio. Ti sentirai più a tuo agio ad avere intorno persone che conosci.»

Lara chiuse gli occhi. Non si meritava quell'uomo. Aveva preso decisioni stupide che in qualche modo l'avevano portata a quel momento. Non aveva senso e una parte di lei si sentiva in colpa, ma all'altra parte non importava. Si sarebbe goduta la sua permanenza lì finché fosse durata.

«Ok.»

«Ok» confermò lui con un cenno del capo. Poi fece qualcosa che cambiò per sempre il suo mondo.

Si sporse e le baciò la fronte.

Le sue labbra calde indugiarono, come se stesse memorizzando quell'istante con la sua stessa disperazione.

A quel punto ebbe un'illuminazione: aveva pensato a quel momento per tanto tempo, al fatto di stare tra le braccia di Owl. L'aveva toccata spesso negli ultimi mesi, ma lei aveva desiderato... qualcosa di più. Tipo che la abbracciasse, non in modo veloce e platonico, ma intimo. Anche se non era esattamente come aveva immaginato sarebbe successo, le diede comunque una sensazione straordinaria. Lo sentì giusto.

E le sue labbra sulla pelle... erano il paradiso.

Stare con lui così, circondata dal suo profumo, con il calore del suo corpo contro di lei... non si era mai sentita così protetta.

Lara lo sbirciò timidamente, e sul suo viso vide uno sguardo soddisfatto. Sembrava che fosse altrettanto felice di averla in braccio quanto lo era lei di essere lì.

Owl si tirò indietro e le sorrise.

«Andiamo giù, così puoi rassicurare tutte che stai bene. Poi andremo a casa, io mi farò una doccia e troveremo qualcosa da guardare in televisione. Ti va bene?»

«Pensi che possiamo fermarci a prendere qualcosa da mangiare? Ho fame.»

Fu una cosa così banale da dire, ma per qualche motivo le sembrò importante. Probabilmente perché negli ultimi due mesi non aveva mai ammesso di avere fame. Mangiava, ma solo quando Owl o qualcun altro le suggeriva che era il momento.

«Sì, penso che possiamo. Vuoi che chieda a Robert di prepararci qualcosa di particolare o di farci dei panini al formaggio grigliato?»

«Con pomodori e cetrioli?» chiese con un piccolo sorriso. Nel profondo, l'oscurità e l'orrore causati da Carter Grant persistevano, ma era decisa a spingerli, a spingere *lui*, nei recessi della mente. Prima o poi avrebbe dovuto affrontare quell'uomo... ma non quel giorno.

Owl arricciò il naso. «Se vuoi.»

Lara sorrise. Lui odiava i cetrioli e metterli in un panino lo avrebbe disgustato, ma per lei lo avrebbe fatto.

«Lo voglio» replicò.

«Bene, allora è ciò che avrai. Riesci a stare in piedi?»

«Certo.» Ma quando lo fece si rese conto di essere un po' traballante. Un secondo dopo il braccio di Owl era intorno alla sua vita per sostenerla. La condusse alla scala e insistette per scendere per primo e all'indietro, tenendola stretta per tutto il tragitto.

Era un po' in imbarazzo quando entrò nello chalet di Cora per salutare tutte, ma le sue amiche la fecero sentire subito a suo agio.

Fu solo più tardi, quella sera, quando fuori era buio e lei era seduta sul divano sotto una soffice coperta, con i piedi sulle gambe di Owl a guardare un programma sulla famiglia reale britannica, che Lara ripensò a ciò che era successo quel giorno.

La sua migliore amica stava per sposarsi e voleva che lei fosse presente, aveva trascorso cinque ore senza bisogno di avere Owl a poca distanza, aveva accettato di aiutare Cora a intrattenere i bambini che sarebbero andati a stare al Rifugio entro un paio di settimane e le sembrava di aver legato di più con le altre donne che vivevano e lavoravano nella proprietà. E non si trattava di un'amicizia superficiale. La preoccupazione sui loro volti dopo che Owl l'aveva portata giù dalla terrazza era stata reale.

E le diede una bella sensazione. Davvero bellissima.

Sì, aveva avuto un flashback, ed era stato brutto. Ma non riusciva a liberarsi di quella furia che le era affiorata dal profondo. Anche se aveva pianificato di arrendersi, di lasciare che Carter facesse qualsiasi cosa avesse intenzione di fare, quel piccolo accesso di rabbia le dava speranza. Era la stessa sensazione che aveva provato dopo aver trovato il pezzo di ferro che poi aveva nascosto sotto il materasso.

Non era ancora pronta, ma forse, in futuro, sarebbe stata in grado di fare qualcosa di più che rimanere immobile quando Carter avesse fatto la sua mossa. Magari non avrebbe vinto, magari non sarebbe stata in grado di scappare o di impedirgli di farle del male, ma il solo fatto di sapere che la sua psiche poteva essere pronta a combattere per ciò che stava costruendo lì al Rifugio, la fece sentire una persona diversa dalla Lara Osler che era volata ingenuamente in Arizona con un uomo che nemmeno amava.

pare o di impedirgli di farle del male, ma il solo fatto di sapere che la sua psiche poteva essere pronta a combattere per ciò che stava costruendo lì al Rifugio, la fece sentire una persona diversa dalla Lara Osler che era volata ingenuamente in Arizona con un uomo che nemmeno amava.

CAPITOLO SEI

«JAB! Jab! Jab! Proprio così. Più forte. Basta cercare di proteggerlo. Colpitelo convinte!» ordinò Pipe.

Owl teneva lo sguardo fisso su Lara che stava tirando pugni ai cuscinetti che lui portava sulle mani.

Era la seconda lezione di autodifesa a cui partecipava, e tutte le donne erano davvero coinvolte. Aveva pensato che non l'avrebbero presa troppo sul serio, ma si era sbagliato. Avevano tutte un'espressione cupa sul viso mentre seguivano le indicazioni di Pipe su come colpire con calci e pugni. Non scherzavano. Non prendevano alla leggera quello che stavano facendo. Il che aveva senso, considerando ciò che era successo ad alcune di loro.

Lara non era molto coordinata, ma ogni volta che colpiva uno dei cuscinetti, lui lo sentiva riverberare su tutto il corpo.

Qualche minuto più tardi, Pipe stava ancora incoraggiando il gruppo quando, all'improvviso, Lara lasciò cadere le braccia e fissò per un attimo il vuoto.

Poi si girò e si diresse verso la porta.

Owl non esitò a seguirla. Si liberò delle protezioni e la raggiunse proprio mentre lei la apriva.

«Lara?»

Lo guardò... e i suoi occhi erano pieni di lacrime.

La cinse con un braccio e la attirò a sé preoccupato. Lei gli sbatté contro con un leggero "uff", ma non si irrigidì. Anzi, lo abbracciò e abbassò la testa per seppellire il viso nella sua spalla.

«Lara? Tutto ok?» chiese Cora. Lei e Pipe avevano ovviamente visto che stava per uscire ed erano andati a vedere che problema c'era.

«Ci penso io» disse Owl.

«Ma cosa c'è che non va?» insistette l'amica.

Per fortuna Pipe le mise un braccio intorno alla vita e le impedì di avvicinarsi ulteriormente. «Ci pensa Owl» mormorò.

«Ma...»

«Ci pensa lui» ripeté con un po' più di fermezza.

«Va bene. Lara, se hai bisogno di qualcosa, fammelo sapere, ok?»

Rimase tra le sue braccia e non rispose, si limitò ad annuire contro il suo collo. Owl fece un cenno con il mento a Pipe, provando gratitudine verso il suo amico, sollevato che avesse abbastanza fiducia in lui sul fatto che sarebbe andato a fondo di ciò che la preoccupava.

La condusse fuori dalla stanza e sentì Pipe alzare la voce per chiedere alle altre di proseguire, di continuare a tirare pugni ai loro aggressori. In qualsiasi altro momento avrebbe sorriso, ma doveva scoprire cosa aveva turbato Lara.

Avrebbe potuto portarla in una delle sale conferenze vuote del lodge, ma voleva che si sentisse al sicuro. E il posto più sicuro che gli venne in mente fu il suo chalet. Negli ultimi mesi avevano trascorso molto tempo lì, e grazie alla presenza di Lara, Owl ora la sentiva veramente come una *casa*.

Per fortuna, non incontrarono nessun ospite mentre uscivano o lungo il percorso. Arrivarono in pochi minuti, entrarono e chiuse la porta. La condusse al divano e le si sedette accanto. Lei piegò subito le gambe e gli si accoccolò contro.

Owl si spostò in modo da appoggiarsi ai cuscini e Lara si strinse a lui. Non le chiese cosa c'era che non andava, gli avrebbe parlato quando si fosse calmata. Aveva imparato quella sua particolarità. Quando aveva un incubo o un attacco di panico, non bisognava insistere per farla parlare, prima le serviva tempo per elaborare le cose nella sua testa.

Così lui fece quel poco che poteva, la tenne stretta e si assicurò che sapesse di essere al sicuro.

«Va tutto bene, tesoro. Respira profondamente. Così. Ci sono io. Qui sei al sicuro, le porte e le finestre sono bloccate, nessuno può entrare. E se dovessero farlo, sai che mi metterò tra te e loro, proprio come ho già fatto.» Continuò a ripeterle parole rassicuranti, senza sapere bene cosa stesse dicendo.

Owl appoggiò la guancia contro i suoi capelli, mentre le accarezzava delicatamente il braccio. Non aveva idea di quanto tempo fosse passato quando lei sospirò. Sentì il suo fiato caldo sul petto e dovette contare su ogni grammo del suo autocontrollo per evitare che il suo cazzo diventasse duro. La sua eccitazione era l'ultima cosa con cui quella donna doveva avere a che fare in quel momento. Anche se stava diventando sempre più difficile nasconderle l'effetto che aveva su di lui. Più le stava vicino, più la desiderava.

Ma non era ciò che Lara voleva da lui. Aveva bisogno di sentirsi protetta. Aveva bisogno della sua amicizia. Senza vincoli.

Lei alzò la testa e incontrò coraggiosamente il suo sguardo. Owl sollevò una mano e le tolse i capelli dal viso. «Va meglio?» le chiese.

Annuì.

«Ti va di dirmi cos'è successo?» Henley lo aveva incoraggiato a cercare di farla parlare quando aveva un attacco d'ansia, ovviamente dopo che si fosse calmata, dicendogli che spesso spiegare ciò che lo aveva scatenato glielo avrebbe fatto sembrare meno spaventoso.

«A volte sembra tutto così inutile» disse sommessamente.

«Tutto cosa?»

«L'autodifesa. La sicurezza. Dovermi guardare le spalle.»

«Non è così» replicò Owl scuotendo la testa. Al suo sguardo scettico, continuò. «Non puoi mai sapere cosa potrebbe tornarti utile a un certo punto della vita, come anche la cosa più piccola possa fare la differenza. Come potrebbe fare *completamente* la differenza.»

Capì che non gli credeva. Pensava che stesse semplicemente cercando di farla sentire meglio. E anche se *stava* cercando di farlo, voleva anche che le entrasse in testa.

Decise di dirle qualcosa che non aveva mai detto ad anima viva. Né ai suoi terapeuti, né a Stone, né ai suoi amici del Rifugio.

«Quando sono stato torturato... una volta i miei carcerieri si sono stancati della loro solita routine quotidiana... sai, picchiarmi a sangue, vedere chi riusciva a farmi saltare più denti, e hanno deciso di rompermi le ossa delle mani.

Mi hai visto con il simulatore di volo, sai quanto siano

importanti le mani per pilotare. L'idea che mi portassero via quella possibilità era impensabile. Se fossero riusciti a deformarle, non avevo dubbi che a causa delle condizioni in cui eravamo tenuti si sarebbero infettate, e le probabilità che un medico fosse in grado di rimetterle a posto sarebbero state scarse o nulle.

L'unica cosa che volevano durante *ogni* sessione di tortura era che io implorassi. Mi sono sempre rifiutato. Non volevo dar loro quella soddisfazione. Ma quel giorno, per evitare che mi rompessero le ossa delle mani, l'ho fatto. Mi sono messo in ginocchio e li ho implorati di risparmiarmi la vita. E quella di Stone. Di lasciarci andare. Di smettere di farci del male.

A loro è piaciuto molto. Credo sia quello il video che è diventato virale. Io in ginocchio, che piangevo, cercando di distogliere la loro attenzione dall'idea di rompermi le ossa delle mani.»

«Owl...» mormorò Lara.

«Non te lo sto dicendo per avere la tua compassione» disse, dopo aver fatto un respiro profondo. «Mi serve per arrivare al punto. Comunque, ha funzionato. Avevano così tanta fretta di caricare quel dannato video che mi hanno ributtato in cella e mi hanno lasciato in pace e con le dita intatte. Il giorno seguente siamo stati salvati. Ma durante l'operazione, uno degli operatori della Delta Force è stato raggiunto da un proiettile. È caduto a terra subito dopo che il team ha fatto saltare la porta della mia cella. C'è stato uno scontro a fuoco e i suoi compagni di squadra non hanno potuto fermarsi per prestargli assistenza medica. Così, mentre loro si occupavano dei rapitori, io ho prestato il primo soccorso all'uomo che era stato disposto a dare la sua vita per la mia.

Il suo cuore si era fermato. Non so se per lo shock, per la perdita di sangue o per altro, ma gli ho fatto un massaggio cardiaco nel bel mezzo della sparatoria. Le condizioni non erano ideali...» Sbuffò per quell'eufemismo. «Ma ero l'unica speranza per quell'uomo in quel momento. Siamo stati entrambi estremamente fortunati. Dopo circa un minuto di compressioni, il battito è tornato. Non era fuori pericolo, ma almeno il suo cuore aveva ripreso a pompare.

Il punto è questo: se le mie mani fossero state spezzate, se i miei rapitori avessero fatto ciò che avevano pianificato, non avrei potuto assolutamente praticare un massaggio cardiaco. Il dolore sarebbe stato troppo insopportabile per fare le compressioni nel modo giusto. Quell'uomo sarebbe morto proprio davanti a me. Quindi... la mia decisione di implorare, quella piccola cosa, anche se degradante, ha avuto enormi ramificazioni.»

Lara teneva lo sguardo incollato al suo.

«Imparare come tirare i pugni potrebbe non portarti a mettere al tappeto qualcuno con un gancio destro, ma potrebbe sorprenderlo abbastanza da permetterti di scappare. Quindi, ripeto, anche le nostre più piccole decisioni potrebbero avere notevoli conseguenze.»

Capì che stava riflettendo intensamente su ciò che aveva detto, il che lo fece innamorare ancora di più di lei. Avrebbe potuto liquidare le sue parole, trovare delle alternative alla situazione che le aveva raccontato. Forse uno dei compagni di squadra del soldato sarebbe riuscito a rianimarlo. Forse Owl sarebbe stato in grado di fare le compressioni anche con tutte le dita rotte. Invece, aveva ascoltato con tutto il cuore e l'anima.

«Mi dispiace che ti sia successo» disse infine.

Lui annuì. «Così come a me dispiace per ciò che è successo a te.»

«Voglio essere coraggiosa. Voglio tenergli testa. Certi giorni penso di essere pronta, di essere così arrabbiata per quello che ha fatto da non avere dubbi che quando lo rivedrò sarò in grado di batterlo. Ma altri giorni sono terrorizzata. So che sarò la stessa donna spaventata che ha volutamente preso quelle pillole, anche se l'ho fatto solo per attenuare il dolore e l'umiliazione che mi stava infliggendo.»

Owl avrebbe voluto correggerla. Aveva detto *quando* lo avrebbe rivisto, invece di *se*. Ma non era così stupido da pensare che Grant non avrebbe fatto di tutto per mettere di nuovo le mani su di lei.

«Tutto quello che puoi fare è prepararti. Vorrei poterti dire esattamente cosa fare in ogni situazione futura in cui potresti trovarti, ma purtroppo non è possibile. Posso solo dirti che non sei più la stessa donna di qualche mese fa. So nel profondo che qualsiasi cosa accada non sarà uguale a prima. E se fossi uno che scommette, punterei tutti i miei soldi su di te.»

Gli occhi di Lara si riempirono di lacrime, ma Owl si rifiutò di interrompere il contatto visivo.

«E mi spingo ancora più in là dicendo che, Dio non voglia, se dovessi ritrovarmi di nuovo a essere un prigioniero di guerra, ti vorrei al mio fianco. Perché non ho alcun dubbio sul fatto che sorprenderesti i nostri carcerieri. Troveresti un modo per superarli in astuzia, semplicemente per ciò che sei diventata.»

«Owl, io... tu... merda.»

Le sorrise, poi tornò serio. «Il tuo istinto funziona alla perfezione, tesoro. Tirare pugni alle mie mani con i guanti non è come affrontare un nemico in una situazione veramente pericolosa. Chiunque ti trovassi a dover colpire non starà fermo, non avrà un'imbottitura sulle mani o sul viso, e dare un pugno ti farà male. Molto. Ma serve qualcosa di più per far sì che tu possa scappare. E probabilmente quella persona reagirebbe. È un po' come con il simulatore di volo. Ti sembra reale perché non hai mai pilotato un vero elicottero, ma non lo è. L'odore è diverso. La sensazione degli strumenti è diversa. Gli elicotteri sono rumorosi, anche con le cuffie. Di solito il copilota e le altre persone a terra ti chiacchierano nelle orecchie mentre voli. Ma ciò non significa che il simulatore non abbia importanza. È solo diverso.»

«Mi stai dicendo che i corsi di autodifesa non sono inutili?»

«Sì. E io non sono certo un esperto di combattimento corpo a corpo, ma Pipe sì. Dà ottimi consigli. Cose che puoi immagazzinare qui.» Si batté delicatamente la tempia.

«Come colpire i punti dei tessuti molli» disse ironicamente.

«Esatto.»

«Cora è stata fantastica» sussurrò. «Io ero quasi incosciente, ma l'ho vista saltare sulla schiena di Carter. Gli ha fatto davvero male.»

«È così. E sai cosa? Lui ha lasciato perdere Pipe per un attimo.»

«Ma ha ferito *lei* gettandola dall'altra parte della stanza.»

«È vero. Ma le sue azioni hanno dato a Pipe la possibilità di renderlo inoffensivo tanto da permetterci di andarcene da lì.»

«Se ne avrò l'occasione, lo ucciderò» disse Lara con

ferocia e fissando Owl con coraggio, come se si aspettasse che lui fosse sconvolto e la convincesse a non farlo.

«Va bene.»

«Va bene?» domandò, sorpresa dalla sua reazione.

«Sì, e lo farò anch'io.»

«Oh.»

«Vuoi tornare al lodge e alla lezione?» le chiese, convinto che fosse ciò di cui aveva bisogno. Avrebbe preferito starsene seduto lì sul divano con lei accoccolata al suo fianco, ma voleva ancora di più che Lara si rimettesse in piedi. Che metabolizzasse ogni consiglio di Pipe. Perché aveva la spiacevole sensazione che ne avrebbe avuto bisogno.

«Direi di sì. Owl?»

«Sì?»

«Grazie.» Gli prese una mano, se la portò alla bocca e gli baciò le nocche. «Sono felice che le tue mani siano a posto.»

Fu travolto da un'altra ondata di desiderio. Vedere le sue labbra sulla propria pelle gli fece pensare di vederle da qualche altra parte. Era assolutamente inopportuno, e si odiava un po' per aver pensato a cose così carnali, ma non era riuscito a farne a meno.

«Anch'io» disse un po' scosso.

Quando lei sollevò lo sguardo, Owl avrebbe potuto giurare di vedere riflessa nei suoi occhi la stessa eccitazione che provava lui. Ma probabilmente si trattava di una pia illusione.

«Forza, pigrona. Se ci sbrighiamo, probabilmente riusciremo ad arrivare per la parte finale dell'allenamento.»

Si alzò, portandola con sé. Avrebbe dovuto toglierle la mano dalla vita, ma non ci riuscì. Fin troppo presto, lei sarebbe stata abbastanza forte da non avere più bisogno di lui... e Owl temeva sempre di più l'arrivo di quel giorno.

———

Lara provò un po' di imbarazzo quando rientrarono nella sala conferenze che Pipe stava usando per le lezioni di autodifesa e tutti si voltarono a guardarli. Ma per fortuna nessuno la fece sentire strana per essersene andata a metà lezione. D'altra parte, non si aspettava davvero che lo facessero, le donne che aveva conosciuto al Rifugio erano persone molto buone.

Mentre si esercitava a tirare calci a Owl, che era molto paziente e fiducioso, invece di pensare a quanto tutto ciò sarebbe stato inutile contro Carter, che era più grande e più forte di lei, immaginò di tirargli un calcio dietro al ginocchio per farlo cadere. Pipe ripeteva in continuazione che l'obiettivo non era quello di sopraffare completamente un aggressore, ma di renderlo inoffensivo per il tempo sufficiente a scappare.

Durante una pausa dall'allenamento, mentre Cora dimostrava su Pipe i diversi punti in cui colpire qualcuno e come usare altre parti del corpo oltre alle mani e ai piedi, tipo i gomiti, le ginocchia e persino la testa come ultima risorsa, Lara era molto consapevole di avere Owl accanto.

Erano così vicini che le sfiorava il braccio con il suo. Poteva sentire l'odore del bagnoschiuma che lui aveva usato per farsi la doccia quella mattina. Sapeva che se si fosse a malapena mossa, sarebbe stata premuta contro il suo fianco. E non aveva dubbi che se lo avesse fatto, lui le avrebbe messo il braccio intorno alla vita, in modo da farla aderire ancora meglio al suo corpo.

Sorpresa per l'improvvisa eccitazione che la pervase, trattenne il respiro. Aveva pensato che dopo... be', *dopo*... non si sarebbe più eccitata con un uomo. Che Carter avesse rovinato la possibilità di provare desiderio di intimità.

Ma in quel momento lo stava decisamente provando.

Ripensò agli ultimi mesi. Owl era stato molto prudente con lei. Le aveva dato lo spazio che le era servito, toccandola solo di tanto in tanto. Ma ogni giorno che passava, e grazie al fatto di non essere più tanto spaventata e appiccicosa, voleva che quell'uomo le stesse ancora più vicino. E non solo perché aveva bisogno di lui per sentirsi al sicuro. Certo, la proteggeva, ma era soprattutto perché Owl le piaceva.

Come persona. Come amico.

Come uomo.

Guardandolo, vide che stava prestando molta attenzione a ciò che diceva Pipe. Si ricordò che una volta le aveva accennato che avrebbe voluto allenarsi di più nel corpo a corpo. Era evidente che rispettava il suo amico e ora stava beneficiando della lezione tanto quanto le donne.

Doveva essersi accorto che lo stava fissando, perché girò la testa e incontrò il suo sguardo.

«Tutto bene?» le chiese, aggrottando le sopracciglia preoccupato.

Gli fece un piccolo sorriso e annuì.

Lui allungò un braccio dietro di lei e le strinse brevemente il bicipite, prima di riportare la sua attenzione su Pipe.

Quel semplice tocco le provocò dei fremiti lungo tutto il braccio e fino in mezzo alle gambe.

Accidenti! Se quel semplice abbraccio la faceva sentire

così, cosa avrebbe provato se fossero stati pelle a pelle con tutto il corpo?

Sbatté le palpebre, sconvolta dall'idea. Pensava davvero di poter vivere l'intimità con Owl? Dopo quello che aveva passato?

Sì. Pensava di poterlo fare.

Owl non era Carter. Non era *affatto* come quell'uomo. Lui avrebbe preferito morire piuttosto che farle del male in qualsiasi modo.

E all'improvviso... lo desiderò intensamente.

La questione era: lui la desiderava allo stesso modo? Forse si stava semplicemente comportando come l'uomo gentile che era sempre stato. Magari pensava a lei come a una sorella, e sarebbe rimasto inorridito se avesse saputo che aveva pensieri erotici su di lui.

«Lara? Sei sicura di stare bene?» le chiese.

Lei sussultò. Accidenti, si era girato di nuovo a guardarla e non se n'era accorta perché stava pensando a come sarebbe stato essere nuda a letto con lui. *Quel* pensiero la portò a leccarsi le labbra per la trepidazione. Owl l'aveva baciata un paio di volte, baci teneri sulla tempia o sulla fronte, e all'improvviso voleva sapere cosa avrebbe provato se avesse posato le labbra sulle sue.

Il suo bacio sarebbe stato deciso e allo stesso tempo delicato. Non l'avrebbe forzata, avrebbe seguito il suo ritmo.

«Lara?» chiese di nuovo.

Sentì le guance infiammarsi e cercò disperatamente di nascondere la sua eccitazione. «Sto bene.»

«Credo che abbiamo quasi finito. Vuoi andartene prima?»

Scosse la testa. Voleva assolutamente parlare con Cora. Aveva bisogno del punto di vista della sua migliore amica.

«Ok, ma se hai bisogno di spazio, fammelo sapere e ce ne andiamo.»

Non sapeva cosa avesse fatto per meritare di avere quell'uomo al suo fianco, ma all'improvviso voleva fare di tutto per tenerlo lì. «Grazie.»

Owl aveva ragione, Pipe stava finendo.

«Ricordatevi che il fatto di essere donne non significa che siete indifese o incapaci. Siete capaci quanto chiunque potrebbe cercare di fare del male a voi o alle persone che amate, e probabilmente siete due volte più intelligenti. Se qualcuno è più grande o più forte di voi, non significa automaticamente che vincerà. Credo che la mia Cora abbia ben dimostrato questo punto. Il segreto è non farsi prendere dal panico. Usate quello che avete a disposizione e non arrendetevi mai. Capito?»

Guardandosi intorno, Lara vide le altre donne annuire. Henley aveva una mano sulla pancia e Tonka stava dietro di lei con le mani sui suoi fianchi. Alaska era accanto a Brick, che teneva un braccio intorno alla sua vita, e Reese guardava Spike con un'espressione adorante, che il marito ricambiava dieci volte più intensamente.

Il solo fatto di trovarsi in una stanza con quelle donne – donne che avevano vissuto esperienze drammatiche e che ne erano uscite un po' malconce, ma non spezzate – era fonte di ispirazione per Lara. Anche solo stare vicino a loro la faceva sentire più forte. Le sarebbe piaciuto aver avuto il coraggio di avventurarsi fuori dallo chalet di Owl già da settimane, ma si rifiutava di incolparsi per quello. Le era servito tempo e spazio per sentirsi al sicuro.

Si paragonava a un bruco appena uscito dal bozzolo. La

vita della farfalla era molto diversa da quella del bruco, ma non meno pericolosa. Doveva solo imparare a muoversi nel nuovo mondo in cui si era ritrovata.

«Non è stato fortissimo?» chiese Cora avvicinandosi a lei.

«Sì. Mi dispiace di essermene andata per un po'.»

«Non preoccuparti. Stai bene?»

«Sì, direi di sì» rispose con una sicurezza che non provava da tempo. Non sapeva se fosse stata la storia che Owl aveva condiviso con lei o cosa. Ma le venne il folle pensiero di *volere* davvero che Carter Grant la trovasse. Che avessero lo scontro finale, così lei avrebbe potuto andare avanti con la sua vita una volta per tutte.

«Avete fame? Io da morire!» esclamò Henley, avvicinandosi a loro con un enorme sorriso.

«Sì! Andiamo a vedere cosa sta preparando Robert per pranzo. Forse possiamo convincerlo a farci mangiare prima» disse Alaska raggiungendole.

«Come se vi servisse convincerlo perché vi faccia qualcosa» sostenne Brick, alzando gli occhi al cielo. «Lo avete tutte in pugno.»

«Non essere geloso, tesoro» gli disse Alaska con un piccolo sorriso, accarezzandogli il petto.

«Geloso? Chi è che ti ha fatto gemere con...»

Gli mise una mano sulla bocca mentre arrossiva. «Sì, sì, sì.»

Brick gliela afferrò e la tirò via, baciandole il palmo. «Fai con calma. Vado a dare il cambio a Tiny alla reception finché non hai finito di mangiare.»

«Grazie.»

«Figurati.» Si chinò e le baciò le labbra prima di dirigersi verso la porta. Tonka e Spike se n'erano già andati, quindi rimasero solo le ragazze, Owl e Pipe.

«Vuoi andare con loro?» Owl chiese a Lara. «Oppure possiamo andare da Robert e prendere il pranzo da portare allo chalet, se preferisci.»

«Penso che oggi mi piacerebbe mangiare con le ragazze.»

L'orgoglio che vide nei suoi occhi le diede una bella sensazione.

«Ok, mi sembra un'ottima idea.»

«C'è un gruppo che si è prenotato per fare un'escursione alla Table Rock prima di pranzo, ti va di accompagnarli con me?» chiese Pipe a Owl.

Lui guardò Lara.

Le piaceva che fosse così premuroso con lei, ma allo stesso tempo si sentiva in colpa. Dato che gli aveva sempre impedito di allontanarsi, non aveva potuto fare molte delle cose che faceva di solito al Rifugio. Le seccava di essere stata il motivo per cui gli altri avevano dovuto sostituirlo.

«Non c'è problema. Dopo pranzo voglio definire con Cora alcuni dei nostri piani per i bambini. Dopo mangiato possiamo andare a parlarne in una delle sale conferenze... se va bene» disse, guardando la sua amica.

«È perfetto, in effetti. Ho qualche domanda riguardo a quanto tempo potrebbero richiedere alcune attività, così possiamo organizzare le tempistiche di ogni giornata e capire come vogliamo suddividerle e chi lavorerà con quale gruppo di età» replicò Cora.

Una volta accordati, Pipe abbracciò Cora e Owl portò un po' in disparte Lara.

«Sei sicura? Posso restare al lodge se ne hai bisogno.»

«Lo so, e non hai idea di quanto lo apprezzi. Quello che

hai detto prima... sai...» Abbassò lo sguardo sulle sue mani. «Mi ha aiutato molto.»

«Bene. Io e Pipe avremo con noi i nostri cellulari, se hai bisogno di qualcosa non esitare a contattarci.»

«Ok.»

Si fissarono per un paio di secondi prima che Owl sorridesse. Le prese la mano e gliela strinse, poi si diresse verso la porta con Pipe.

Per un attimo Lara aveva pensato che l'avrebbe baciata. Si era anche chinata un po' in avanti, con trepidazione.

Doveva assolutamente parlare con Cora e forse anche con le altre. La conversazione sarebbe stata imbarazzante, ma aveva bisogno di consigli. Consigli riguardo agli uomini.

CAPITOLO SETTE

Quindici minuti più tardi, Alaska, Henley, Reese, Cora e Lara erano sedute intorno a un tavolo in cucina, a rimpinzarsi di panini, di verdure affettate e di biscotti, che Robert stava preparando per gli ospiti del Rifugio. Aveva brontolato perché si erano intrufolate nella sua cucina pretendendo del cibo prima che fosse pronto per essere servito, anche se le aveva accontentate subito.

«Hai... un bell'aspetto» disse Alaska a Lara, un po' esitante.

«In effetti oggi mi sento bene» replicò. «E sento di dovermi scusare con voi. Io...»

«No!» esclamarono contemporaneamente Reese e Henley, che si allungò per posarle una mano sul braccio per un attimo prima di raddrizzarsi sulla sedia. «Sul serio, non devi. Prima di tutto perché lo capiamo. Davvero. E poi perché hai fatto solo ciò che ti serviva per stare meglio. Nessuno qui accetterà mai che ti scusi per esserti concessa qualcosa di cui avevi bisogno. Lo comprendiamo.»

Alaska si chinò in avanti e fissò Lara con uno sguardo

penetrante. «Io ho problemi con gli ambienti ristretti» disse a bassa voce. «Non li avevo mai avuti, ma ci sono giorni in cui sudo freddo al solo pensiero di aprire un armadio. Un cavolo di *armadio*! È stupido e ridicolo, eppure, a volte il mio cervello torna... lì. Ed è troppo da sopportare. Ma sai una cosa? Ho imparato a darmi un po' di tregua quando ho quei giorni difficili. Mi sono ritrovata in un'orribile situazione e sono stata fortunata a uscirne. Lo so io, lo sa Drake e lo sanno tutti qui. Nessuno ti giudica, Lara. Nessuno.»

«Ci sono mattine in cui non me la sento di lasciar scendere Jasna dalla macchina quando la accompagno a scuola» aggiunse Henley. «Vorrei letteralmente afferrarle il braccio, rimetterla a sedere e partire come un razzo. Quando è stata rapita è stata dura perché non avevo alcun controllo sulla situazione. Ed è stato *orribile*. Ma poi guardo il suo bellissimo sorriso e mi rendo conto di quanto sia straordinaria, felice e perfetta. Non ha paura del mondo, nonostante sia stata rapita, e ne sono molto grata.»

«E invece a me fa arrabbiare» disse Reese arricciando il naso in modo adorabile, «di non aver più alcun desiderio di viaggiare. Sono andata in Sud America da sola e non ci ho pensato due volte. Ma ora? No. Ho messo ufficialmente radici.»

Cora scrollò le spalle quando tutte la guardarono. «Ero spaventata» ammise. «Ma sono stata trattenuta contro la mia volontà solo per circa un'ora o poco più. La maggior parte della mia paura è derivata dal pensiero che le persone che amavo potessero venire ferite. Cioè tu, Lara. E Pipe. E tutte voi. Sto ancora aspettando il momento in cui rinsavirete e vi chiederete come vi sia venuto in mente di voler essere mie amiche, ma nel frattempo mi godrò il fatto di essere finalmente parte di un gruppo d'élite.»

«Prima di tutto, non siamo *affatto* un gruppo d'élite» disse Alaska con un piccolo sbuffo. «A nessuna di noi interessa. E secondo... sei bloccata con noi, Cora. Non c'è nulla di sbagliato in te. Niente di niente.»

Tutte fecero mormorii di assenso.

Henley si voltò verso Lara. «Vedi? Tutte noi lottiamo per superare paure o situazioni. E questo solo per quanto riguarda *noi*. Non entrerò nemmeno nel merito dei nostri uomini. O di ogni singolo ospite che viene al Rifugio. Se pensi, anche solo per un secondo, che qualcuno di noi ti rinfaccerà le tue azioni, devi smetterla. Anzi, dirò di più, credo che tu stia facendo un lavoro straordinario. Non è passato molto da quando questa cosa» fece un gesto intorno al tavolo, «sarebbe stata impossibile per te da affrontare. Quindi festeggia le piccole vittorie, Lara. Ci saranno delle battute d'arresto? Certo. Ma questo fa parte del processo di guarigione.»

«Sono orgogliosa di te» sostenne Cora, con voce roca per l'emozione.

«Anch'io» le fece eco Reese.

«Io pure» aggiunse Alaska con un sorriso.

«Idem» concordò Henley.

«Ok» disse Lara, lottando un attimo per contenere le sue emozioni. «Allora... avrei una domanda, ma non so come farla.»

«Puoi chiederci qualsiasi cosa» dichiarò Alaska, le sue parole erano pregne di sincerità.

«Non credo di potermi più fidare del mio istinto quando si tratta delle persone. Non avrei mai pensato che Ridge potesse trattarmi in quel modo... sapete, lasciandomi alla mercé di Carter. Ma l'ha fatto. Considerando anche che a un certo punto ho pensato fosse l'uomo con cui avrei potuto passare il resto della vita. Quindi, ora... sono preoccupata che quello che provo possa essere... causato dalla gratitudine. O di essere stupida e pazza perché provo questi sentimenti. Non lo so.» Sapeva di aver fatto un discorso sconclusionato. Che non aveva senso. E all'improvviso, parlare con tutte le donne in una volta sola non le sembrò più una buona idea. Avrebbe dovuto trovarsi solo con Cora.

Gli occhi di Alaska sembrarono brillare. «Ti prego, dimmi che stai dicendo quello che penso tu stia dicendo. Parli di Owl?»

Le si infiammarono le guance e scrollò le spalle. «È stato... meraviglioso. Non si è mai lamentato del fatto che per mesi ho avuto bisogno di non perderlo di vista. Non mi ha mai fatta sentire un peso, anche se so di esserlo. E ultimamente, io... lui... ha avuto molte ragazze?»

Reese e Cora avevano un sorriso da pazze e Alaska sembrava molto soddisfatta. Ma fu Henley a parlare. «Owl? Assolutamente no. Da quando lo conosco non è mai sembrato interessato a nessuna donna.»

«Oh» replicò Lara, mentre un pensiero le affiorò per la prima volta nella mente. «Gli *piacciono* le donne, vero?»

Tutte risero.

«Gli piace una donna in particolare» rispose Cora.

Lara sbatté le palpebre sorpresa... e cercò di reprimere la delusione e il dolore che seguirono quelle parole.

«*Tu*, sciocca! Gli piaci *tu*!» esclamò Alaska.

Fu pervasa dal sollievo. «Non ne sono così sicura. Penso che sia solo gentile.»

«Lo è» sostenne Henley. Poi approfondì. «Ma nessun

uomo, e intendo proprio *nessun uomo*, farebbe quello che ha fatto lui se non fosse coinvolto emotivamente. Non riesce a distogliere lo sguardo da te quando parliamo durante le nostre sedute. Intendo proprio che è completamente concentrato su di te, Lara. Se tu dessi il minimo segno di non voler essere lì, lui ti porterebbe subito fuori. Non ho dubbi.»

«Ha sempre gli occhi puntati su di lei» concordò Alaska.

«Perché sta aspettando che io... dia di matto» suggerì Lara.

«No. Nemmeno lontanamente» disse Reese scuotendo la testa.

«È come mi guarda Pipe» spiegò Cora con dolcezza.

Lara chiuse gli occhi e sentì aumentare la speranza dentro di sé. Aveva visto come Pipe guardava la sua migliore amica. Come se il sole sorgesse e tramontasse con lei.

Sentì che qualcuno la toccava e aprì gli occhi. Cora le aveva preso la mano.

«Capisco che tu sia riluttante a fidarti di te stessa. Ma Owl non è Ridge. Gli uomini qui... sono diversi. Non ingannerebbero mai una donna. Non le farebbero mai credere che c'è qualcosa di più profondo, se non esistessero dei sentimenti. Da quello che ho visto e da quello che ho sentito da Pipe, Owl è un brav'uomo. Ti piace?»

Lara si leccò le labbra e annuì.

«Glielo hai detto?»

«No. Non voglio... e se lui non ricambiasse? E se ciò rendesse imbarazzanti le cose tra noi?»

«E se non fosse così?» ribatté Cora.

«Carter è ancora libero» ricordò all'amica. «E se facesse del male a Owl, o a te, per arrivare a me?»

«Se dovesse farlo, non sarebbe colpa tua. Ti meriti di essere amata, Lara. Ti meriti *lui*» insistette.

«Però lui non si merita me. Una vittima paranoica, spaventata dal buio e braccata da un serial killer» replicò un po' amareggiata.

«Chiunque si guadagni il tuo amore sarebbe *fortunato* ad averti» disse Alaska con fervore. «Abbiamo visto che tipo di amicizia hai con Cora. Che faresti qualsiasi cosa per lei, e sappiamo tutti fino a che punto si è spinta lei per te. Se pensi che questo tipo di rapporto sia normale o comune, stai sognando. Chiunque riceva questo tipo di lealtà e amore farà di tutto per mantenerli. Per guadagnarseli.»

Lara guardò la sua nuova amica.

«Dagli una possibilità» la esortò. «Non ti deluderà.»

«È lui» affermò Cora, riportando l'attenzione di Lara su di lei. «Quello giusto. L'uomo che hai cercato per tutta la vita.»

Deglutì a fatica. Voleva crederci. Ma aveva paura. Era *terrorizzata*.

«Fidati di lui» la incoraggiò Reese.

«Lo vorrei, ma non so come fargli capire che sono interessata» ammise, arrivando al vero motivo per cui aveva voluto parlare con loro.

«Bacialo» suggerì Cora con fermezza.

«Sono d'accordo. Non credo che servano molte parole. Basterà dargli la minima indicazione che sei interessata a lui come lui è interessato a te, e Owl prenderà in mano la situazione» disse Alaska.

«Cosa ne pensi del fatto di essere in intimità?» le chiese

Henley con dolcezza. «Sai, dopo tutto quello che è successo di recente.»

Lara ci rifletté su un attimo, poi disse: «Se si trattasse di qualcun altro, direi un no deciso. Ma... Owl non mi farà del male. Ci andrà piano.»

Henley annuì come se approvasse la sua risposta. «È così. Ma se qualcosa ti dovesse creare disagio, devi dirglielo. Se ti facesse involontariamente male, ne sarebbe distrutto. Dopo quello che ha passato, l'ultima cosa che vorrebbe è turbarti.»

Lara annuì.

«Detto questo... sono d'accordo con Cora. Bacialo. Penso che se provassi a *confessargli* i tuoi sentimenti, è probabile che cercherebbe di dissuaderti pensando di farlo per il tuo bene e che forse sei interessata a lui solo perché ha aiutato a salvarti. Ma se glieli *dimostri*...»

Un brivido le attraversò il corpo. Poteva quasi sentire le labbra di Owl sulle sue. Non era del tutto convinta di poter fare una cosa così audace come le stavano suggerendo le sue amiche, ma almeno avrebbe capito subito se non era interessato.

«Ehi! C'è una festa e non sono stata invitata?» chiese Jess entrando in cucina.

Lara sorrise. Le piaceva quella donna. Era una delle tre addette alle pulizie del Rifugio.

«Di cosa stiamo parlando?»

«Lara temeva di essere troppo strana per noi e l'abbiamo convinta del contrario, e le piace Owl, e ci ha chiesto consigli su come farglielo capire» riassunse Cora.

«Cora!» protestò lei.

«Che c'è? La stavo solo aggiornando» disse con un'espressione innocente.

Il più delle volte amava la personalità schietta della sua amica, ma in quel momento dovette ammettere di sentirsi un po' in imbarazzo.

«Cosa le avete detto di fare?» domandò Jess, prendendo una mela dal bancone e dandovi un morso.

«Di baciarlo. Avrei suggerito di andare in camera sua di notte e di infilarsi nel suo letto... nuda, ma ho pensato che fosse un po' troppo» rispose Cora con una risatina.

«Ho capito che Eric era l'uomo giusto per me nell'istante in cui l'ho incontrato. Ma era timido. *Molto* timido. Mi sono resa conto che le cose sarebbero andate per le lunghe se non avessi fatto io la prima mossa, perché non recepiva le piccole cose che dicevo o facevo per cercare di incoraggiarlo. Ci eravamo incontrati per fare un'escursione appena fuori città e c'era una bambina che era caduta sul sentiero sbucciandosi il ginocchio. È stato così bravo con lei che le mie ovaie sono praticamente esplose.

Le ha messo un cerotto e l'ha fatta sorridere, poi la bambina e sua madre se ne sono andate. E io non sono più riuscita a controllarmi. L'ho portato fuori dal sentiero, l'ho spinto contro un albero, gli ho preso la mano, me la sono infilata sotto la maglietta e posata sopra una tetta, e l'ho baciato di brutto.»

Lara la fissò a occhi spalancati.

«Wow! Poi cos'è successo?» chiese Reese.

Jess fece un sorrisetto. «Mi ha scopata contro quell'albero, poi ho passato la notte a casa sua e non me ne sono più andata. Fidatevi, i timidi sono dei *mostri* a letto.»

Mentre le altre donne fischiavano e ridevano, Lara sentì di nuovo quei fremiti tra le gambe pensando a che tipo di amante potesse essere Owl. Il fatto che non stesse andando nel panico all'idea di fare sesso le fece pensare che si stesse effettivamente riprendendo dalla sua esperienza traumatica, più di quanto fosse successo con altri progressi che aveva compiuto.

Alaska si sventolò con il tovagliolo. «Accidenti! Fa caldo qui dentro?»

«Da morire. Credo di dover andare a cercare il mio uomo» dichiarò Henley.

Tutte risero di nuovo.

«Lara?» disse Jess.

«Sì?»

«Bacialo. Owl è pazzo di te. Non ho mai visto nessuno così protettivo nei confronti di qualcun altro. E prima che tu dica che essere protettivi non è un indizio del fatto che gli piaci non solo come amica, ti sbagli. È il *miglior* indizio. Eric non ha un carattere irascibile, ma basta che qualcuno dica una parola sprezzante su di me o sul mio lavoro, e si arrabbia per mio conto. Non troverai un uomo migliore di Owl.»

Lara era molto contenta di aver deciso di pranzare con loro. «Lo farò.»

«Quando?» chiese Cora.

«Non lo so. Quando sarà il momento giusto.»

«Non sarà mai il momento giusto» obiettò Jess. «Voglio dire, in mezzo al bosco e contro un albero probabilmente non era il momento migliore, ma ha funzionato.»

«Quindi, secondo te, dovrei entrare nello chalet e baciarlo a bruciapelo?» chiese con sarcasmo.

«Sì!»

«Pagherei per vederlo!»

«Assolutamente!»

Lara rise. «Se lo dite voi.»

Cora le strinse la mano. «Sono così felice per te.»

«Non esserlo ancora. Potrebbe non voler cambiare le cose tra noi.»

«Invece sì. Lo farà» insistette fiduciosa.

«A questo proposito, devo andare a dare il cambio a Brick alla reception. Non ama stare lì» disse Alaska.

«E a te piace» affermò Henley con un sorriso.

«Sì. Lo so, sono strana.»

«Lo siamo tutte» sostenne Reese con un'alzata di spalle.

Come se l'uscita di Alaska fosse stato un segnale, anche le altre si alzarono per mettere via i piatti e andarsene a loro volta, finché in cucina rimasero solo Cora e Lara.

«Pensi davvero che io gli piaccia... in quel modo?» non poté fare a meno di chiederle.

La sua amica le prese di nuovo la mano. «Pensi davvero che ti incoraggerei ad aprirti con Owl se non credessi con tutta me stessa che lui non è indifferente?»

«Be', no.»

«Allora a posto. Quante volte ho guardato *Cenerentola* con te? Cento? Mille?»

«Non sono state poi così tante» protestò, anche se sapeva che probabilmente si trattava di una cifra compresa tra quelle due.

«È il tuo principe azzurro. Non è ricco, ma tu non hai bisogno di soldi. Non proviene da un ambiente reale, ma ho la sensazione che quello sarebbe una seccatura. Ha lottato e sofferto... quindi capisce cosa hai passato.»

La fissò sorpresa. Cora non sapeva delle cose che le aveva detto Owl, ma quel commento era talmente accurato da far quasi paura.

«Lui è la tua anima gemella, Lara. Lo hai cercato per tutta la vita. Hai avuto qualche intoppo lungo la strada, ma ce l'hai fatta. L'hai trovato. Ora devi solo trovare anche il coraggio di prenderti ciò che vuoi. E... credo di doverlo dire, *persevera*. Per tutto ciò che meriti. Non mollare, qualunque cosa accada.»

«E se lui volesse che lo facessi?» non poté fare a meno di chiedere.

«Non succederà.»

«Come fai a esserne così sicura?»

«Perché ha bisogno di te.»

«Io penso che sia il contrario» disse un po' ironicamente.

«No. Sbagli se pensi che gli uomini non abbiano bisogno delle loro donne. Avete bisogno l'uno dell'altra. Owl è perfetto per te, così come tu sei perfetta per lui.»

«Lo spero. Credo che mi distruggerebbe se mi rifiutasse.»

«Non lo farà.»

Lara sorrise. «Come siamo arrivate a questo? Tu tutta positiva verso gli uomini e io riluttante.»

«Il destino» disse Cora con un piccolo sorriso. Poi la prese sottobraccio. «Forza, andiamo a definire il nostro programma per i ragazzini che arriveranno al Rifugio.»

Annuì, pervasa da un senso di eccitazione. Era felice di dare una mano, di fare ciò che amava. Ogni giorno che passava, si sentiva sempre più quella di prima... anche se con un po' più di cautela.

Non poteva dimenticare che Carter Grant era là fuori da qualche parte, ma la determinazione a vivere la sua vita stava lentamente tornando. Lara non poteva controllare il futuro, poteva solo vivere nel momento. Ed era quello che avrebbe cercato di fare.

CAPITOLO OTTO

Dopo essere tornati dall'escursione alla Table Rock con gli ospiti, Owl e Pipe si diressero al lodge perché Brick aveva chiesto di fare una riunione con i proprietari e nessuno aveva esitato ad acconsentire.

Non appena entrò, Alaska gli rivolse un enorme sorriso di cui lui non capì il motivo, ma le chiese subito dove fosse Lara. Dopo aver infilato la testa nella saletta dove gli aveva detto l'avrebbe trovata insieme a Cora, e aver constatato che stava bene, si diresse verso la sala conferenze più grande dove si stavano riunendo i suoi amici.

Tonka fu l'ultimo a raggiungerli, e non appena si sedette Brick iniziò.

«Abbiamo parlato della possibilità di prendere un elicottero per il Rifugio dopo che Stone e Owl hanno preso in prestito quello per andare al confine a salvare Reese. E dopo quello che è successo in Arizona, credo sia diventato ancora più chiaro che averne uno a disposizione sarebbe un'ottima aggiunta. Potremmo aiutare nelle ricerche di escursionisti dispersi e magari anche traspor-tare i vigili del fuoco in caso di incendi.

Ne ho parlato con Stone e abbiamo pensato che il posto migliore per un hangar e una piazzola sia vicino a casa sua, dove avevamo intenzione di costruire altri chalet. E non sarà un progetto poco costoso. Per il momento dovremmo rinunciare agli chalet aggiuntivi e a dell'altro personale che ci aiuti con le pulizie e l'amministrazione. Ma, soprattutto» Brick guardò Stone e Owl, «sarete voi due quelli che dovranno sostenere l'onere dell'acquisto e della manutenzione del mezzo. Siete voi i piloti, e conoscete i costi di mantenimento, cose che riguardano la sicurezza e praticamente tutto ciò che ha a che fare con il possesso di un elicottero. Che ne pensate?»

Owl sentì montare l'eccitazione. Dopo l'incidente e le torture subite, per anni non era stato sicuro di voler volare di nuovo, ma aveva continuato ad allenarsi e aveva mante-nuto la licenza perché non era riuscito a mollare. Inoltre, volare con il suo amico per andare a salvare Reese gli aveva dato una bella sensazione. Salire sul sedile del pilota era stato come tornare a casa.

Anche se le circostanze in Arizona non erano state ideali e a lui non piaceva affatto pilotare un R66, l'ondata di adrenalina causata dal salvataggio gli aveva aperto gli occhi.

L'unica cosa che non aveva dubbi di saper fare meglio di chiunque altro era pilotare un elicottero. Nel cielo non si sentiva carente. Non importava quanto sapesse sparare bene o quanto fosse bravo nel combattimento corpo a corpo, lassù era il migliore dei migliori. E gli piaceva. Essere stato un pilota Night Stalker era una delle cose della sua vita di cui andava più fiero, e il pensiero di poter continuare a volare e aiutare gli altri con le sue capacità, senza doversi preoccupare di essere abbattuto dai terroristi, gli sembrava un sogno che si realizzava.

Ma Brick aveva ragione. Possedere un elicottero comportava molte cose. La sicurezza era in cima alla lista. Dovevano trovare dei meccanici che li aiutassero a identificare e risolvere i problemi che loro non sarebbero riusciti a sistemare, dovevano capire come procurarsi il carburante e, sebbene il Rifugio fosse redditizio, non era un ente di beneficenza, quindi dovevano decidere quando e quanto far pagare i servizi alla gente.

Forse avrebbero potuto anche offrire passaggi ai loro ospiti, in modo che potessero vedere il bellissimo paesaggio del New Mexico settentrionale... con un prezzo aggiuntivo, naturalmente.

Anche se la costruzione di un hangar e di una piazzola di atterraggio sarebbe stata una rottura di scatole, Owl non poteva fare a meno di sentirsi elettrizzato dalla prospettiva.

Guardò Stone, cercando di capire cosa stesse pensando di tutta la faccenda, e quando i loro sguardi si incontrarono, comprese che il suo amico e collega pilota era della stessa idea.

«Sì» dichiarò infatti con fermezza, voltandosi verso Brick.

«Sì, cazzo» concordò Owl.

I loro amici sorrisero.

«Stiamo davvero per comprare un cazzo di elicottero?» chiese Tiny con un enorme sorriso stampato in faccia.

«Direi di sì» concordò Brick. «Anche se ora dobbiamo trovarne uno. Ho parlato con Tex e ha detto che mi metterà in contatto con alcune persone che possono aiutarci a trovare quello che stiamo cercando.»

«Un Bell» disse Stone. «Magari un 505. È affidabile e molti dipartimenti delle forze dell'ordine lo usano. Il sistema avionico è eccellente e di facile lettura, e ha una cabina di buone dimensioni. Non è il velivolo più grande sul mercato, ma credo sia quello giusto per ciò che ci serve.»

«Sono d'accordo» confermò Owl. «E ha bisogno di un solo pilota, il che è utile.»

Stone sorrise al suo amico. «Che c'è? Non vuoi più volare con me?»

«Stai zitto. Sai benissimo che non vorrei nessun altro che te come copilota.»

«Vuoi dire pilota. Puoi farlo *tu* il copilota.»

Owl sorrise per quello scambio di battute. La verità era che tutti e due erano perfettamente capaci in entrambe le cose, ma era divertente battibeccare.

«Ok, allora è deciso. Chiamerò un appaltatore in città e inizierò a sentire qualcosa per la preparazione del terreno e la stesura dei progetti per l'hangar e la piazzola. Se riusciamo a trovare un buon accordo prima della fine dei lavori, probabilmente potremo affittare uno spazio all'aeroporto regionale di Los Alamos.»

«Wow, non perdi tempo, eh?» disse Spike.

«Da quando in qua perdiamo tempo una volta che abbiamo deciso qualcosa?» chiese Brick.

«È vero. Guardaci. Sposati, con figli in arrivo... noi non scherziamo» commentò Tonka.

Quando le loro risate si spensero, Brick si rivolse a Owl. «Ho bisogno che assumiate la guida del progetto. Il che significa viaggiare per andare a dare un'occhiata a potenziali elicotteri, fare dei voli di prova, cose del genere. Potremmo organizzare il trasporto qui al Rifugio, ma penso che forse a voi due non dispiacerebbe volare fin qui da dove lo acquisteremo. Ma ciò significa...» Si interruppe.

«Lara» disse Owl, sapendo dove voleva arrivare l'amico.

«Esatto.»

Il suo primo pensiero fu che non avrebbe potuto farlo. Non poteva lasciarla, non quando era ancora così vulnerabile.

«Posso occuparmene da solo» si offrì Stone senza esitare. «Owl può rimanere qui.»

Il fatto era che non *voleva* stare lì. Voleva far scorrere le mani sul mezzo. Fare una vera e propria ispezione. Sentire il rombo sotto di lui. Acquistare un elicottero non era esattamente come comprare un'auto, ma per molti versi vi si avvicinava. Doveva vedere come si comportava. E ogni pilota era diverso dall'altro; le cose che avrebbe scoperto nei voli di prova non sarebbero state le stesse notate da Stone. Sarebbe stato più intelligente se avessero preso insieme la decisione su un acquisto così importante.

«Lara sta molto meglio. Non è che dobbiamo partire domani per andare a vederne uno, vero?»

«No» rispose Brick. «Tex sta cercando, quindi immagino che non ci vorrà molto tempo, ma dobbiamo parlare anche con Savannah, assicurarci di avere un buon margine con i conti per poterlo fare. Ma non prevedo che l'acquisto avvenga immediatamente.»

«Lasciatemi parlare con Lara» disse Owl. «Penso che tra un paio di settimane potrebbe stare abbastanza bene da permettermi di andare con Stone.»

L'espressione sul viso del suo amico gli fece capire che lui non ne era così sicuro.

«Ho fiducia in lei. Penso che se la caverà.»

«E se venisse con voi?» suggerì Tiny.

«È un'ottima idea» replicò subito Stone.

«È qui da quando l'abbiamo ritrovata. Le farebbe bene cambiare aria. Vedere nuovi paesaggi» concordò Spike.

«E che mi dite di Grant?» chiese Pipe con voce calma. «Sappiamo tutti che la minaccia non è stata neutralizzata.»

Owl si accigliò. Sapeva che il suo amico si stava ancora rimproverando per non aver ucciso quell'uomo quando ne aveva avuto la possibilità, e lo odiava. Togliere una vita era una cosa che nessuno di loro aveva mai preso alla leggera. Ma quell'uomo era un vero serial killer e Pipe si era pentito di averlo lasciato in vita. C'era un'altissima probabilità che Grant avesse già ucciso di nuovo da quando avevano salvato Lara. E ne erano tutti preoccupati.

«È impossibile che sappia dove si trova» disse Tiny. «Cioè, probabilmente sa che è qui, ma è improbabile che sappia dove Stone e Owl potrebbero andare a comprare un elicottero. Accidenti, quando si renderà conto che Lara non è più al Rifugio, se in qualche modo lo *scoprirà*, sarà già tornata.»

Gli piaceva l'opzione di portarla con sé. Non era stato entusiasta al pensiero di lasciarla lì, ma farla andare con loro e poter condividere con lei ciò che amava... sì, era decisamente d'accordo.

Si rifiutava di pensare alla possibilità che non le piacesse volare. Era svenuta quando avevano lasciato la casa in Arizona e non ricordava nulla di quel volo, il che probabilmente era una buona cosa. Inoltre, farlo per piacere era molto diverso dall'essere nel mezzo di una situazione rischiosa.

«Penso che funzionerà. Può darvi la sua opinione da un

punto di vista profano» sostenne Spike. «Tipo se i sedili sono comodi, quanto è rumoroso, se riesce a capire quello che dite nelle cuffie. Può sembrare una sciocchezza, ma se dobbiamo fare dei tour panoramici per cui la gente pagherà un sacco di soldi, non vogliamo recensioni negative perché i sedili fanno schifo o perché non hanno potuto sentire un accidente.»

«È una buona osservazione» concordò Brick. «Allora... Owl, Stone, siete d'accordo? Volete che qualcuno di noi venga con voi?»

Pensò all'offerta per due secondi prima di scuotere la testa. Vide il suo amico fare lo stesso. Non avrebbe chiesto a Tonka o a Spike di accompagnarli, perché le loro mogli erano incinte. Brick era il cuore e l'anima del Rifugio e nessuno voleva portarlo via se si poteva evitarlo. Pipe e Cora avevano appena iniziato la loro vita insieme e Tiny odiava volare.

Una piccola parte di Owl era spaventata dall'idea di essere fuori dalla proprietà del Rifugio e completamente responsabile della sicurezza di Lara, ma se *fosse* successo qualcosa, avrebbe fatto tutto il necessario per assicurarsi che fosse protetta, non aveva dubbi in proposito.

Anche a costo di sacrificare se stesso.

Quel pensiero avrebbe dovuto sorprenderlo... essere disposto a dare la propria vita per la sua. Ma visto quello che provava per lei, non fu così. Solo poche settimane prima aveva giurato che se si fosse trattato di scegliere tra la sua vita e quella di Lara, avrebbe rinunciato volentieri alla propria. E ora era ancora più convinto di quella decisione.

Mentre ci pensava la sua paura diminuì, e aumentò l'eccitazione alla prospettiva di portarla lontano da lì. Di dimostrarle che poteva reintegrarsi nel mondo, al di fuori della protezione offerta dal Rifugio. Non voleva che se ne andasse, ma nemmeno che rimanesse solo perché sentiva di non avere altra scelta.

«A me va bene se va bene a Owl» disse Stone.

«E a me va bene se va bene a Stone» replicò lui, mentre si sorridevano a vicenda.

Dopo altri venti minuti di chiacchiere riguardo al finanziamento e all'orario indicativo da fissare per incontrare l'appaltatore nel corso della settimana, in modo da fargli fare un giro della proprietà e decidere esattamente dove sarebbe dovuto sorgere il nuovo hangar e cosa comprendeva il lavoro, la riunione si sciolse.

Owl rimase lì per parlare con Stone.

«Sei sicuro di essere d'accordo? Perché saremo molto più occupati.»

«Certo che sì. Adoro questo posto e mi piace aiutare con le escursioni, la cura del paesaggio e la pulizia dei sentieri, ma pur di lavorare di nuovo con gli elicotteri mi va benissimo essere più occupato. E tu?»

«Assolutamente» rispose Owl con un sorriso. Poi si rabbuiò. «E non ti dispiace se Lara viene con noi?»

«Non mi dispiace affatto. Lei...»

«Lei cosa?» chiese, preoccupato di quello che avrebbe potuto dirgli.

«Ti fa bene. Ultimamente sembri più calmo.»

«È vero» concordò. «Mi capisce come pochi.»

Stone annuì. «Sono contento per te.»

Owl sbuffò. «Non c'è niente tra noi.»

«Non ancora.»

Fece un piccolo sorriso. «Non ancora» convenne.

«Cosa stai aspettando?»

Lanciò all'amico uno sguardo incredulo. «L'ha legata a un letto. L'ha drogata. Si *masturbava* su di lei. Sta ancora venendo a patti con quella roba nella sua testa. Penso che iniziare una relazione così presto non sia la migliore delle idee.»

«Cosa dice Henley?»

Scrollò le spalle. «Non lo so. Non ne ho parlato con lei.»

«Dovresti.»

«Non so. Penso che Lara abbia bisogno di più tempo.»

«La vita può cambiare in un attimo» disse Stone con la fronte un po' aggrottata. «Lo sappiamo meglio di molti altri. Un momento stai vivendo un sogno, e quello successivo vieni picchiato a sangue, tanto da non sapere nemmeno se vivrai fino al giorno dopo.»

«Lo capisco. *Sai* che lo capisco. Ma l'ultima cosa che voglio è farle del male.»

«Allora muoviti con calma.»

«Già. E forse, venire con noi a controllare l'eventuale elicottero trovato da Tex potrebbe essere il catalizzatore che le permetterà di vedermi come qualcosa di più di un supporto.»

«Fammi sapere se posso fare qualcosa per aiutarti. Voglio dire, avere intorno il terzo incomodo probabilmente non è l'ideale se devi corteggiare la tua ragazza.»

Owl non accennò a sorridere. «Tu non sei, né sarai *mai*, il terzo incomodo. Non l'ho mai detto prima, ma... sai che non sarei sopravvissuto a quell'inferno senza di te, vero?»

«Sì, vale lo stesso per me.»

Passarono alcuni secondi prima che Stone interrompesse quel momento emotivo. «Porca puttana, avremo un elicottero tutto nostro» disse con un sorriso.

«Mi sembra che sia Natale e il mio compleanno insieme» ammise Owl.

«Anche a me» concordò il suo amico, prima di dargli una pacca sulla spalla e avviarsi verso la porta.

Owl sorrise e lo seguì. Aveva bisogno di parlare con Lara, magari di affrontare la conversazione sulla possibilità di lasciare il Rifugio. Voleva essere cauto, evitare di spaventarla, ma sperava e pregava che lei potesse essere entusiasta dell'opportunità non solo di passare del tempo con lui fuori dal New Mexico, ma anche di riprendere un po' più di controllo sulla sua vita.

CAPITOLO NOVE

DA QUANDO LARA aveva ricevuto il consiglio di baciare Owl per fargli capire cosa provava, aveva già rinunciato a farlo più di una dozzina di volte.

La settimana prima, quando erano tornati nel suo chalet e le aveva raccontato della possibilità che il Rifugio comprasse un elicottero, era stato eccitatissimo, e lei era stata elettrizzata per lui. Poi aveva pensato che sarebbe stato il momento perfetto per baciarlo, per condividere la sua gioia, ma non l'aveva fatto.

Da allora erano stati entrambi molto impegnati: Lara aveva trascorso più tempo con Cora per mettere a punto i programmi per le famiglie che sarebbero arrivate entro una settimana, mentre Owl e Stone avevano fatto ricerche su qualsiasi cosa che riguardava l'elicottero, nel caso l'acquisto fosse andato a buon fine. Avevano incontrato un appaltatore e lei era rimasta a guardarli in disparte mentre descrivevano dove e come sarebbe stato costruito l'hangar e quanti alberi avrebbero dovuto essere abbattuti per rendere sicura la piazzola di atterraggio. Secondo lei avevano chiesto di abbattere troppi *pochi* alberi, ma era certa che quegli uomini sapessero il fatto loro.

Però, nel profondo dentro di lei, l'ansia era un po' aumentata. Se volevano un elicottero, probabilmente sarebbero andati loro due a ispezionarlo ed eventualmente comprarlo. Il che significava che Owl avrebbe lasciato il Rifugio.

Il pensiero che lui non fosse lì le causava disagio. Carter non era ancora stato preso, avrebbe approfittato di quell'opportunità per andarla a cercare? Inoltre, non era sicura di essere in grado di passare una settimana o più senza averlo al suo fianco.

Ma più ci pensava, più iniziava ad accettare il *vero* motivo per cui non voleva che se ne andasse... e non aveva nulla a che fare con i potenziali attacchi di panico.

Era perché le sarebbe mancato disperatamente.

Per mesi avevano trascorso insieme quasi ogni minuto di ogni giorno. Aveva parlato con lui, aveva riso con lui e si era sentita abbastanza sicura da abbassare la guardia e dormire perché sapeva che lui le era vicino.

Il fatto era che le piaceva stare con Owl, e non si era mai sentita così a suo agio con un altro uomo. Mai.

Aveva pensato di essere stata innamorata in passato, e aveva sicuramente provato una sorta di breve infatuazione per quei ragazzi, ma ciò che provava per Owl era completamente diverso. Lui la calmava. La faceva sentire forte. Come se fosse in grado di gestire qualsiasi cosa la vita volesse gettarle addosso. Nessun altro l'aveva mai fatta sentire così.

Il che rendeva ancora più frustrante il fatto che non fosse riuscita a trovare il coraggio di baciarlo. Tutte le volte che aveva considerato di farlo, era successo qualcosa che l'aveva fatta desistere: qualcuno era entrato nella stanza o lei aveva starnutito, e il momento era svanito. Esattamente come il coraggio.

Nonostante ciò, ogni giorno che passava, Lara si innamorava sempre di più di lui.

Quella sera, Cora e Pipe si sarebbero sposati, e poi sarebbero andati al lodge per la cena che Robert aveva scrupolosamente organizzato. L'atmosfera che si respirava al Rifugio era festosa e romantica.

Nessuno sembrava offeso per il fatto che non avrebbero assistito alla cerimonia vera e propria. Quella era una delle cose migliori del Rifugio e delle persone che ci vivevano e lavoravano. Le amicizie nate lì erano vere. Profonde e sincere. Non si basavano su ciò che qualcuno poteva fare per gli altri. Se Cora e Pipe volevano una cerimonia intima e privata, l'avrebbero avuta, e nessuno si sarebbe sentito escluso o infastidito dalla loro decisione. Erano tutti semplicemente felici che i loro amici stessero insieme.

All'inizio della settimana, Alaska le aveva chiesto la sua taglia e il suo colore preferito, poi l'aveva sorpresa arrivando allo chalet di Owl con tre outfit da scegliere per la cerimonia di Cora. Era una delle cose più premurose che qualcuno avesse mai fatto per lei e si era quasi sentita sopraffatta dalla gratitudine.

I due abiti che le aveva portato da provare erano bellissimi, ma Lara si sentiva più a suo agio con l'altro completo. Si trattava di un semplice paio di pantaloni grigi, abbinati a una splendida camicetta rosa pallido a maniche lunghe, di un tessuto setoso. La parte interna era aderente, mentre la stoffa esterna ricadeva morbida e, quando lei si muoveva, fluttuava come la sabbia in spiaggia in una giornata ventosa. Se ne era innamorata appena l'aveva vista nella scatola.

E la cosa più bella non era stata nemmeno la sensazione piacevole che le aveva dato indossarla... ma l'espressione di Owl quando l'aveva vista.

Completamente sbalordita.

Da un lato, l'aveva un po' imbarazzata che lui fosse stato così colpito dal suo aspetto, perché probabilmente significava che ormai era abituato alle maglie e alle tute larghe che aveva indossato fin da quando si erano conosciuti. Dall'altro, non poteva negare di aver apprezzato l'espressione stupita sul suo volto quando era entrata nella stanza per esibire l'outfit davanti a lui e ad Alaska.

Ora si stavano preparando per la cerimonia, e quando Owl uscì dalla camera pronto ad accompagnarla allo chalet di Pipe, fu il suo turno di rimanere altrettanto stupita. Si era messo un paio di pantaloni neri e una camicia bianca a maniche lunghe... con una cravatta rosa che si abbinava perfettamente alla sua camicetta.

Avrebbe dovuto sembrarle un po' eccessivo, invece quella scelta la emozionò. Quante volte aveva visto coppie vestite in modo simile e sorriso per quanto erano carine? Qualcuno avrebbe potuto prendere in giro quelle persone, alzare gli occhi al cielo e pensare che fossero ridicole, ma non lei.

«Hai un bell'aspetto» gli disse, facendo una smorfia per aver scelto quelle parole poco calorose.

«E tu sei assolutamente bellissima» replicò Owl.

«Non pensi che avrei dovuto scegliere uno degli abiti?» chiese nervosamente, passandosi una mano su una coscia.

«No. Questo è perfetto. *Tu* sei perfetta.»

Per un attimo l'atmosfera fu carica di emozione. Si era

fermato così vicino a lei che con un solo passo si sarebbe ritrovata tra le sue braccia. Voleva baciarlo. Disperatamente. Voleva fare quello che sognava da una settimana.

Ma proprio in quel momento, il telefono di Owl suonò per l'arrivo di un messaggio.

Passarono alcuni secondi e lui non si mosse. Non si mise la mano in tasca per vedere chi gli stava scrivendo. Si limitò a fissarla negli occhi. Lara si leccò le labbra, chiedendosi se lui avrebbe fatto la prima mossa, data l'evidente attrazione che stavano provando.

Quando il telefono suonò di nuovo, sospirò e lo tirò fuori.

Lesse il messaggio, poi sollevò di nuovo lo sguardo su di lei. «È Cora. Vuole sapere dove diavolo siamo, perché è già pronta a sposare Pipe.»

Lara ridacchiò. «Non è mai stata molto paziente.»

Il sorriso sul volto di Owl era sereno e rilassato, e lei fece il possibile per memorizzarlo. «Allora è meglio che andiamo prima che venga a prenderci.»

Così perse un'altra occasione per far capire a quell'uomo che voleva essere più che un'amica per lui.

Owl andò all'armadio, le prese la giacca e la aiutò a indossarla, sfiorandole le spalle con la punta delle dita e facendola rabbrividire. Poi lui si infilò la sua. La primavera era più fresca del normale per quell'area. La mattina presto e la sera tardi era freddo, ma non abbastanza da avere bisogno dei guanti.

Non servirono soprattutto quando Owl le prese la mano subito dopo aver chiuso la porta. Scesero dal portico e Lara si rese conto di essere contenta. La sua vita non era perfetta. Aveva ancora attacchi di panico e, cosa più importante, Carter Grant non era ancora stato arrestato.

Ma si sentiva... sorprendentemente bene. Un paio di mesi prima non avrebbe mai pensato di poter arrivare a quel punto, emotivamente. Era così distrutta. Aveva pensato che non sarebbe mai più riuscita a essere felice. Ma le persone lì al Rifugio, in particolare Owl, l'avevano aiutata a capire che anche se erano successe cose terribili, poteva superarle e uscirne più forte di prima.

Parlare con Henley era servito molto. Ma ciò che l'aveva aiutata di più era stato pensare a Owl e a Stone, a ciò che avevano passato, e vedere come si erano ripresi bene. Non si meritavano quello che era successo loro, e anche se lei non aveva preso una decisione saggia andando in Arizona, ciò non significava che *meritasse* quello che aveva subito.

La colpa era di Carter. E di nessun altro. Era un uomo malvagio che faceva cose crudeli. E nonostante fosse ancora terrorizzata per il fatto che lui era a piede libero e che probabilmente stava progettando cose orribili per lei, ogni giorno che passava si sentiva meno impaurita. Più capace.

«Se in qualsiasi momento della serata ti dovessi sentire sopraffatta, dimmelo che ce ne andiamo» le disse, mentre andavano verso lo chalet di Pipe.

Gli strinse la mano. «Lo farò. Grazie.» Sentì il suo sguardo su di lei e girò la testa. «Che c'è?»

«È solo che... nelle ultime due settimane hai fatto dei progressi incredibili. Sono così orgoglioso di te.»

Gli sorrise. «Grazie. Parlare con Henley mi ha aiutata, e non ti ringrazierò mai abbastanza per avermi incoraggiato a provare la terapia. Sentire la *tua* storia mi ha aiutata ancora di più. E... non so... stare qui, con te, vedere quanto è felice Cora, guardare le altre donne interagire con i loro uomini, osservare alcuni degli ospiti e quanto si impegnano per superare i loro demoni... tutto questo mi ha aperto gli occhi e mi ha aiutata a mettere in una nuova prospettiva ciò che mi è successo.»

«Mi fa piacere. Ma non ti stai dando abbastanza credito. Sei incredibilmente forte, Lara. Avresti fatto questi progressi anche se non fossi stata qui al Rifugio. Non ho dubbi.»

Si sbagliava, ma era bello che lo pensasse. Che pensasse che era forte. C'erano sicuramente giorni in cui si sentiva tutt'altro, e Owl aveva dovuto avere a che fare con molte cose fastidiose a causa sua: il suo attaccamento, gli attacchi di panico, la sua incapacità di fare qualcosa di più che rannicchiarsi sul divano per settimane e settimane.

Lara desiderava da tutta la vita un compagno che desse quanto prendeva. Che si prendesse cura di lei quanto lei si prendeva cura di lui. E pensava di averlo trovato in Ridge Michaels. Chi l'avrebbe mai detto che sarebbe stato necessario che quell'uomo la ingannasse in quel modo per farle trovare ciò che aveva *sempre* cercato?

Raggiunsero lo chalet di Pipe e Cora e la porta si aprì non appena si avvicinarono.

Lara ansimò quando vide la sua amica fare cenni impazienti perché si sbrigassero a entrare.

Indossava un abito nero al ginocchio che metteva in risalto le sue curve e le stava d'incanto. Era da molto che non la vedeva vestita così elegante.

«Perché ci avete messo tanto?» chiese. «È una vita che aspettiamo!»

«Sono passati solo due minuti da quando li hai chiamati» disse Pipe, arrivando dietro Cora e cingendole la vita con un braccio. Indossava un paio di jeans e una polo nera a maniche corte che metteva in evidenza i tatuaggi su entrambe le braccia. Era affascinante, e il modo in cui fissava la sua futura moglie le fece sciogliere il cuore.

«Sì, sì» replicò lei, mentre indietreggiava per farli entrare. «Devo solo prendere le scarpe e possiamo salire sulla terrazza.»

«Hai bisogno di aiuto?» chiese Lara.

«Sì!» esclamò Cora. Poi, dopo una lunga pausa, sorrise a Owl. «Dovresti lasciarla andare.»

Le strinse un attimo le dita prima di farlo, e le mancò subito sentire la sua mano, ma seguì l'amica in camera da letto.

Cora chiuse la porta e si voltò verso di lei. «L'hai già baciato?»

Le sue labbra ebbero un guizzo e scosse la testa. «No.»

«Perché?»

«Perché ogni volta che considero di farlo, il tempismo è sbagliato. Tipo prima... quando ho pensato che forse mi avrebbe baciata, tu hai mandato un messaggio e hai spezzato il momento» disse ironica.

«Accidenti» borbottò accigliata.

Lara non poté fare a meno di ridere. «Non c'è problema. Se fossimo arrivati più tardi avresti perso la testa. Comunque, se l'avessi già baciato a quest'ora lo sapresti sicuramente. E spero che una volta che avremo *iniziato*, magari non finirà lì.»

La sua amica inclinò la testa e la studiò. «Sei diversa» dichiarò dopo un attimo.

«In che senso?»

«Be', quando siamo arrivate qui non ero molto sicura che saresti stata in grado di superare ciò che è successo. E non lo dico in senso negativo, non te ne avrei fatta una colpa. Anche se speravo che saresti riuscita a ritrovare la persona che eri prima, a ritrovare la strada verso di lei. Ma ora... non credo succederà.»

Lara aggrottò la fronte.

«Eri tranquilla. Timida. Ti accontentavi di stare in disparte. E a parte al lavoro, non ti piaceva prendere decisioni. Seguivi la corrente.»

Ripensò alla persona che era stata a Washington e si rese conto che la sua amica l'aveva descritta perfettamente. Non le era mai piaciuto essere al centro dell'attenzione, aveva preferito di gran lunga stare in disparte, lasciare che la vita le girasse intorno. Ma dopo quello che aveva passato, il pensiero di stare in piedi contro un metaforico muro, lasciando decidere agli altri il suo destino, non le piaceva. Non aver avuto controllo in quel seminterrato in Arizona l'aveva cambiata radicalmente. Ora ne voleva avere di più sulla sua vita.

«Hai ragione» disse.

«Lo so» ribatté Cora, senza un briciolo di presunzione. «Sono così orgogliosa di te. Ero davvero preoccupata. Avrei voluto fare di più, ma non sapevo come aiutarti. E un'altra donna, una che non ti avesse voluto bene quanto me, avrebbe potuto essere gelosa o arrabbiata per il fatto che ti sei rivolta a Owl. Ma non io. Non mi importerebbe se non mi parlassi mai più, se ciò significasse che starai bene.»

Le si riempirono gli occhi di lacrime. Alcune persone avevano molti amici, addirittura decine di migliori amici. Ma a lei ne bastava una. Una persona che le coprisse le spalle, a prescindere da tutto. E Cora lo faceva abbondantemente.

«Ti voglio bene.»

«Anch'io ti voglio bene, ma se mi fai piangere il giorno

del mio matrimonio, mi incazzo» replicò lei, sbattendo velocemente le palpebre per cercare di evitare di far scendere le lacrime.

Quello era un altro cambiamento. Cora non era mai stata una persona che piangeva, ma evidentemente gli eventi di qualche mese prima avevano scosso anche lei.

Senza pensarci, Lara fece un passo, la attirò verso di sé e la abbracciò forte. Dato che era minuta, non fu troppo difficile.

Cora ricambiò l'abbraccio con altrettanta foga. Poi fece un respiro profondo e si allontanò. «Bene, il momento sentimentale è finito. Come sto?»

«Meravigliosamente. Sei bellissima. Come una principessa» rispose senza esitazione.

Lei alzò gli occhi al cielo. «Sì, certo. Avevo detto a Pipe che non avrei indossato un abito bianco, e a dire il vero non credo che gli importasse *cosa* avrei messo per il nostro matrimonio. Ma dopo aver provato un centinaio di abiti diversi senza riuscire a trovarne uno che mi soddisfacesse, mi ha suggerito questo.» Si passò una mano lungo la coscia, un po' a disagio. «È il vestito che ho indossato all'asta. Non ne ero così sicura... cioè, non è che costi poi così tanto, ma ho rovistato tra le poche scatole di roba che mi erano rimaste e che Pipe ha fatto impacchettare e spedire qui da Washington, e l'ho trovato. Quando l'ho infilato... sai cosa?»

«Cosa?» chiese Lara, amando quella storia.

«Mi è sembrato adatto. Voglio dire, è nero, quindi non è tipico per un matrimonio, ma in realtà mi sento bella con questo vestito.»

«E dovresti, perché lo sei! Che scarpe hai intenzione di indossare?»

Le sorrise, si avvicinò all'armadio e ne tirò fuori un paio di nere con il tacco medio. «Prese da Payless. E sì, quel giorno portavo anche queste.»

Per Lara l'abbigliamento della sua amica era perfetto. Ancora di più se a suggerirlo era stato Pipe.

«Be', mettile così possiamo andare» le disse con un sorriso.

Cora posò le scarpe per terra e se le infilò ai piedi. Si raddrizzò e sorrise all'amica. «Non posso credere che stia succedendo» mormorò.

Il sorriso di Lara si fece più ampio. «Io sì. Era ora che qualcuno si rendesse conto di quello che io so da anni e anni, cioè che sei una donna straordinaria e che sarai una compagna altrettanto straordinaria.»

«Grazie» sussurrò lei.

«Forza. Andiamo. Sono sicura che Pipe è ansioso di metterti l'anello al dito.»

«Lara?» la chiamò, senza muoversi.

«Sì?»

«Avrei aspettato tutto il tempo necessario perché tu potessi stare al mio fianco in questo giorno.»

Fu il suo turno di avere le lacrime agli occhi.

«Sarai sempre la mia migliore amica. Solo perché sto per sposarmi non significa che il nostro rapporto cambierà. O almeno, spero che non cambi. E anche se tornerai a Washington e io rimarrò qui... non pensare che ti libererai di me così facilmente.»

Lara ridacchiò tra le lacrime, ma l'immediata reazione viscerale che ebbe al solo *pensiero* di lasciare il Rifugio fu quasi spaventosa. Non aveva mai pensato di tornare sulla East Coast. Nemmeno una volta. In una delle poche telefonate che aveva avuto con i suoi genitori ne avevano parlato, ma lei non aveva mai preso in considerazione l'idea. Non riusciva a immaginare di tornare lì. E non solo perché al Rifugio viveva Owl. A Washington c'erano troppi brutti ricordi, e se avesse visto Eleanor Vanlandingham, dopo aver sentito come aveva trattato Cora all'asta... non era sicura di cosa avrebbe fatto a quella donna.

Fece un respiro profondo e decise di alleggerire l'atmosfera. La sua amica avrebbe odiato se avesse davvero pianto in quel momento, perché una volta uscita dalla stanza Pipe le avrebbe chiesto cos'era successo e se stava bene, e ciò avrebbe ritardato la cerimonia. Quindi disse: «Se tu cercassi di mandarmi via, non ti piacerebbe ciò che succederebbe.»

Con suo grande sollievo, Cora ridacchiò. «Giusto. Sto tremando di paura» ribatté, poi si diresse verso la porta afferrandole il braccio. «Andiamo. Voglio sposare il mio uomo, andare a mangiare qualcosa, poi tornare qui e darmi da fare con lui per tutta la notte.»

«Come se fosse diverso da qualsiasi altra notte» la stuzzicò.

Lei si fermò e la fissò per un attimo, poi sorrise e scosse la testa. «Credo che questa nuova Lara mi piaccia. Tu che mi prendi in giro sul sesso. Non *vedo l'ora* che lo facciate anche tu e Owl, così possiamo parlare di posizioni e di quanto siano bravi i nostri uomini a letto.»

Non fece commenti, si limitò a seguirla mentre andava di nuovo verso la porta.

La malinconia che provò nel profondo le fece quasi male. Desiderava esattamente ciò che Cora aveva descritto, più di quanto potesse esprimerlo a parole. Voleva potersi sedere a parlare di sesso e relazioni con la sua migliore amica, ma onestamente, non era sicura di cosa sarebbe successo in futuro. Owl avrebbe potuto vederla solo come la donna distrutta che era la migliore amica della moglie di uno dei suoi amici. Non pensava che fosse così, ma in passato si era totalmente sbagliata riguardo alla sua vita sentimentale.

Per fortuna non ebbe molto tempo per pensarci, perché non appena entrarono in soggiorno, Pipe si avvicinò e prese Cora tra le braccia. La baciò a lungo e con intensità, poi si diresse verso la porta d'ingresso senza dire una parola.

«Credo sia arrivato il momento» scherzò Lara, sentendosi un po' come il terzo incomodo.

«Pensi che se ne accorgerebbero se non ci unissimo a loro sul tetto?» le chiese Owl ridacchiando.

Avrebbe dovuto sorprendersi che fosse sulla stessa lunghezza d'onda riguardo al terzo incomodo, ma non fu così. Non dopo tutto il tempo che avevano trascorso insieme.

Owl le prese ancora una volta la mano e la condusse all'esterno, seguendo i loro amici. Prima che se ne rendesse conto, erano in terrazza. Guardandosi intorno, rimase impressionata. Era proprio quello che Cora aveva detto di volere, una cerimonia intima al tramonto. Pipe aveva sostituito le luci colorate con quelle bianche, aggiungendone altre lungo le ringhiere, e il sole era abbastanza basso nel cielo da dare alle luci un bagliore etereo. Cora era bellissima e Pipe aveva un aspetto forte e imponente. E non staccava mai lo sguardo dalla donna che aveva di fronte.

Owl si mise accanto ai suoi amici e tirò fuori dalla tasca un foglio di carta, schiarendosi la gola prima di iniziare a parlare.

Purtroppo Lara non sentì una parola. Non riusciva a

smettere di fissare la coppia felice. Il loro legame emotivo era evidente. Per tutta la vita, la sua amica era stata quella scettica nei confronti dell'amore. L'aveva presa in giro per il suo lato romantico, aveva sofferto nel corso delle innumerevoli visioni di *Cenerentola* e non sopportava i film di Hallmark durante le festività. Pensava che fossero smielati e poco realistici.

Eppure, eccola lì, con le mani in quelle di Pipe, a guardarlo proprio come fanno le protagoniste di quei film romantici.

Lara chiuse gli occhi. Se non avesse preso quella stupida decisione di andare in Arizona con Ridge, se non fosse stata l'oggetto dell'ossessione di un serial killer, se Cora non avesse deciso di andare a quell'asta per cercare di fare un'offerta per vincere Pipe... la sua migliore amica non sarebbe stata lì in quel momento.

Non avrebbe trovato l'unica persona al mondo destinata a essere sua. Non sarebbe stata in procinto di sposare l'amore della sua vita.

Fu pervasa da un senso di soddisfazione. Aveva passato un'orribile esperienza. Aveva pensato di morire. Aveva sopportato cose che nessuno avrebbe dovuto sperimentare. Eppure... all'improvviso capì che non ne avrebbe cambiato un solo istante. Una delle cose che aveva desiderato per anni era accaduta... grazie a *lei*. La sua migliore amica era felice. Veramente e profondamente felice.

Ne era valsa la pena.

«Cora... puoi pronunciare le tue promesse.»

Riportò l'attenzione sulla cerimonia. Cora e Pipe avevano deciso di scrivere le loro promesse e non voleva perdersele.

«Per tutta la vita sono stata un'emarginata. Osservavo

dall'esterno delle finestre, desiderando ciò che vedevo accadere all'interno. Ma più mi impegnavo, più quei sogni diventavano sfuggenti. Col passare del tempo mi sono resa conto di essere diversa. C'era qualcosa di sbagliato in me. Doveva esserci, perché nessuno sembrava volermi. Il mio amore veniva rifiutato di volta in volta. Fino a quando non ho incontrato Lara.»

Cora girò la testa e sorrise all'amica.

Lei deglutì a fatica, cercando di non scoppiare a piangere.

«Mi ha accettata così com'ero. Sfrontata, schietta e amareggiata. Molto amareggiata. E poi è scomparsa. E sono andata nel panico. Se l'unica persona a cui piacevo davvero poteva abbandonarmi, cosa significava? E poi, eccoti lì, Pipe. Su quel palco. Non riuscivo a toglierti gli occhi di dosso. Eri diverso. Come me. Ho visto come la gente ti guardava. Come i loro sguardi passavano dai tuoi tatuaggi, ai tuoi capelli lunghi, alla barba... e ti giudicavano. Oh, se ti giudicavano. Credo di essermi innamorata di te in quel momento, ma non ho voluto ammetterlo. Perché ammetterlo significava aprirsi al rifiuto, proprio come quando ero bambina.

Ma tu hai penetrato le mie difese. Mi hai fatto capire cosa significa veramente amare... accettare l'altra persona esattamente com'è. Ti amo, Pipe. Più di quanto potrai mai sapere. Ma la cosa che *devi* sapere è che nessuno potrà mai amarti con la stessa lealtà con cui ti amerò io. Non dovrai mai chiederti se tua moglie ti è fedele. Non dovrai mai chiederti se ho a cuore i tuoi interessi. Tutti i rifiuti che ho subito da ragazzina hanno fatto sì che ora il mio amore sia più profondo. Ti sosterrò in qualsiasi cosa tu voglia fare, e picchierò a sangue chiunque oserà guardarti male per il tuo aspetto. Sei perfetto per me, e continuerò a meravigliarmi per il fatto che la vita ti abbia messo sulla mia strada proprio quando ne avevo più bisogno.»

Fu impossibile trattenere le lacrime. Lara si asciugò le guance con la mano e fece un piccolo sorriso a Owl quando sollevò un sopracciglio, evidentemente per chiederle se stesse bene.

«Tocca a me?» chiese Pipe, sollecitando il suo amico.

Lui ridacchiò e riportò l'attenzione sulla coppia. «Scusate, sì. Pipe, le tue promesse?»

«Ti amo, Cora. E sono gli stronzi che ti hanno rifiutata quando eri piccola quelli che hanno perso. Non tu. Ti onorerò e avrò sempre cura di te. *Sempre*. Sei tutto per me e non me ne frega niente se la gente mi guarda male, ma se oseranno dirti anche una sola parola offensiva, non risponderò di me. Quando avremo dei figli, non passeranno mai un giorno senza sapere che sono amati e desiderati. E questo vale sia per quelli che adotteremo sia per quelli che avremo.»

«Pipe» sussurrò Cora, chiaramente sopraffatta.

Lui le lasciò andare le mani e la attirò a sé, cingendole la vita e posandole una mano sulla guancia, mentre lei appiattì le sue contro il suo petto.

«Sei mia, Cora. Mi hai intrigato dal momento in cui ti ho notata da quel palco, ma è stato quando ho visto il tuo appartamento vuoto e ho capito fino a dove ti eri spinta per aiutare la tua migliore amica che mi sono innamorato. All'istante, irrevocabilmente. Volevo quella lealtà per me. Ne avevo bisogno. Sono un tipo passionale e probabilmente ciò ti irriterà, ma non mi importa. Tu sei mia, così come io sono tuo. Per sempre.»

Dopo essersi scambiati gli anelli, la coppia si sorrise e Owl concluse la cerimonia.

«Con il potere conferitomi dallo Stato del New Mexico, vi dichiaro ora marito e moglie» disse con un enorme sorriso.

Pipe girò la testa e fissò il suo amico. «E?» chiese.

«E cosa?»

«Stai dimenticando la parte migliore» ringhiò. Fece un vero e proprio ringhio.

Cora ridacchiò e mise le braccia al collo del marito.

Owl sorrise. «Oh, intendi la parte del bacio?»

«Sì, stronzo. La parte del bacio» si lamentò.

«Non pensavo che ti servisse il permesso per baciare la tua donna.»

«Questo è il nostro matrimonio. Dovresti dirlo. Quindi dillo, dannazione!»

Era buffo vederli battibeccare, e Lara pensò che fosse piuttosto adorabile che Pipe volesse sentire le parole tradizionali.

«Giusto. Ok. Pipe, puoi baciare la sposa.»

«Era ora» mormorò lui prima di abbassare la testa.

Il bacio che si scambiarono fu profondo, lungo e così pieno d'amore che Lara fece fatica a distogliere lo sguardo. Il modo in cui Pipe la stringeva, come la sua mano aperta prendeva tutta la parte inferiore della schiena di Cora. Il modo in cui lei si era alzata sulle punte per avvicinarsi. Era tutto così meravigliosamente bello che non poté fare a meno di sospirare di gioia e soddisfazione.

«Stai bene?»

Sussultò sorpresa quando sentì la mano di Owl sulla schiena e lo trovò chinato verso di lei. Non lo aveva visto avvicinarsi, era stata troppo impegnata a godersi la felicità della sua migliore amica.

«Sto benissimo» gli rispose con un enorme sorriso.

Mentre si fissavano, le sembrò che il tempo si fosse fermato.

Poi, presa dalla bellezza e dalla gioia del momento, Lara si sporse e lo baciò senza pensarci.

Fu un bacio breve, niente più di due bocche che si incontravano. E non appena si staccò, mise in dubbio il proprio gesto. Si tirò indietro e lo guardò negli occhi, senza sapere cosa avrebbe visto.

Dallo sguardo di Owl traspariva un'emozione intensa, e sentì la mano sulla sua schiena stringerla per un attimo. A cosa stava pensando? Non ne aveva idea. Ma le fu di conforto che non fosse inorridito. O disgustato. Anzi, sembrava... stupito. Il che la fece rilassare.

Non aveva sbagliato a baciarlo. Per fortuna.

«Sono così felice!» esclamò Cora accanto a loro.

Distolse l'attenzione da Owl e si voltò verso la sua migliore amica. Lui fece un passo indietro lasciandola gettarsi contro di lei.

Lara rise e l'afferrò, e si abbracciarono forte ondeggiando avanti e indietro.

«Guarda!» le ordinò l'amica, mettendole la mano davanti al viso.

Lei ridacchiò di nuovo, prendendola per tenerla ferma. Pipe aveva voluto farle una sorpresa con l'anello e non le aveva dato alcun indizio finché non glielo aveva messo al dito.

Era di classe e magnifico, così perfetto per Cora che si sentì di nuovo sciogliere dentro. La fede era di platino, con un diamante taglio smeraldo incastonato al centro e due diamanti taglio principessa che lo affiancavano.

«Mi piace tantissimo!» esclamò la sposa felice.

«È perfetto» concordò lei.

Cora la abbracciò di nuovo, prima di voltarsi verso suo marito.

Sentì di nuovo la mano di Owl sulla schiena. «Noi intanto andiamo al lodge» disse alla coppia.

«Bene. Arriveremo tra poco» replicò Pipe, senza distogliere lo sguardo dalla sua donna.

Lara sorrise. Aveva la sensazione che sarebbe stato più di "un po'" e che, non appena lei e Owl se ne fossero andati, Cora avrebbe ottenuto "qualcosa" da suo marito.

Era così felice per lei che faticava a contenersi.

«Aspettate, prima che ce ne andiamo dobbiamo fare una foto!» esclamò, tirando fuori il telefono dalla tasca. Aveva dovuto comprarne uno nuovo quando era arrivata al Rifugio, perché non aveva idea di dove fosse finito il suo.

Non poté fare a meno di sorridere mentre ne scattava una a Cora e Pipe; erano perfetti insieme e non riuscivano a tenere a freno la loro felicità.

Poi Pipe insistette per farne una a lei e Cora. Poi Cora ne volle una con Lara e Owl. Poi dovettero fare un selfie di tutti e quattro...

Quando scesero dalla terrazza era ormai buio.

«Non costringetemi a mandare Jasna a cercarvi» gridò Owl dopo essere entrato in casa e aver preso le loro giacche, per poi tornare alla scala a chiocciola dove l'aveva lasciata.

«Non osare!» urlò Pipe dall'alto. «Non vorrei traumatizzarla a vita.»

Risero. Lara aveva la sensazione che la sua migliore

amica si sarebbe dimenticata di tutti in un attimo. E non poteva biasimarla. Se si fosse appena sposata con l'uomo dei suoi sogni e si fosse trovata da sola su una romantica terrazza decorata con le luci e con le stelle che brillavano dall'alto, non avrebbe pensato ad altro che a spogliarlo.

Il suo sguardo si spostò su Owl senza rendersene conto. Era così bello e la felicità che trasudava da lui per essere stato parte della cerimonia dei loro amici era evidente.

Per una volta, Lara non fece troppa attenzione a ciò che la circondava. Non ebbe paura delle ombre in agguato oltre gli alberi. Non pensò che ci fosse qualcuno che le dava la caccia. Riuscì solo a pensare alla sensazione del breve tocco delle labbra di Owl sulle sue e a cosa significasse. Se avrebbe significato qualcosa per loro due.

A metà strada verso il lodge, lui le strattonò la mano, fermandola di colpo. Era quasi troppo buio per vedere, ma si sentiva al sicuro con quell'uomo al suo fianco.

«Cosa c'è?» gli chiese, aggrottando la fronte.

Ma non le rispose. Le tirò ancora una volta la mano, più forte, e Lara cadde contro di lui con un piccolo "uff", e dato che erano quasi alti uguali, non dovette allungare il collo per guardarlo.

«Owl?»

«Mi hai baciato» le disse in tono basso e profondo.

Lei si leccò le labbra nervosamente. «Sì.»

Il suo sguardo era bruciante mentre la fissava negli occhi. «È stato un bacio "sono presa dal momento e ti ringrazio per tutto quello che hai fatto per aiutarmi", o qualcosa di più?»

Il cuore le batteva come un tamburo nel petto e non riuscì a interpretare la sua espressione. Voleva che fosse la prima o la seconda opzione? La donna timida del passato cercò di prendere il controllo e dirgli che si era lasciata trasportare, per non correre il rischio di essere rifiutata.

Ma quella nuova, quella che era sopravvissuta alle cose terribili che le erano accadute e che desiderava essere amata come la sua migliore amica, si ribellò.

«Di più» sussurrò.

«Devi esserne sicura» la avvertì. «Perché se stai semplicemente cercando di superare o di sbarazzarti dei tuoi demoni, non sono l'uomo adatto.»

«Sono sicura» replicò, sentendo aumentare la fiducia dentro di sé. Owl non l'avrebbe messa in guardia se avesse voluto semplicemente farsela. Inoltre, non era quel tipo d'uomo. Lo sapeva, dato che aveva trascorso più tempo con lui che con tutti gli altri uomini con cui aveva avuto a che fare nella vita. E *lo* desiderava più di tutti gli altri messi insieme.

Fu il turno di Owl di leccarsi le labbra. Le avvolse un braccio forte intorno alla vita e poi si ritrovarono appiccicati. Poteva sentire il suo fiato caldo contro le labbra. Ogni terminazione nervosa fremeva. Eppure, lui stava ancora esitando. Come se non volesse farle del male. Come se non fosse sicuro che lei lo desiderava davvero.

Era inaccettabile.

Lara gli prese il viso tra le mani e lo baciò di nuovo, questa volta premendo le labbra contro le sue con disperazione. Aveva bisogno che sapesse che non aveva ripensamenti. Che lo desiderava più di quanto potesse esprimere a parole.

Per qualche secondo lui non si mosse; rimase completamente immobile.

Proprio quando sentì insinuarsi in lei un senso di delusione, Owl emise un verso profondo in gola, dischiuse le labbra e le infilò la lingua in bocca. Lara gemette quando il suo sapore la invase. Evidentemente, prima di iniziare il suo compito di officiante aveva mangiato una mentina, perché ne sentì il gusto.

Strinse il braccio intorno a lei e la fece indietreggiare fino a farla appoggiare a un albero. Poi si tolse le sue mani dal viso, la afferrò dietro la testa spostandogliela dove la voleva. Fece scivolare l'altra mano sotto la camicetta e la posò sulla sua schiena. Aveva le dita fredde, ma davano una bella sensazione sulla sua pelle accaldata.

Lei gli afferrò la camicia in vita e si tenne stretta, mentre la baciava con una passione sfrenata.

Quando alla fine lui si tirò indietro, ansimavano entrambi.

«Questo cambia le cose» disse con fermezza.

Lara poté solo annuire.

Le baciò la fronte. Poi la tempia. Aveva la mano ancora impigliata tra i suoi capelli e la teneva completamente bloccata contro l'albero. Ma non si sentì in trappola; non aveva dubbi che se lei avesse fatto la minima mossa per scappare, l'avrebbe lasciata andare.

Però non voleva che lo facesse. Amava stare tra le sue braccia, si sentiva al sicuro lì. Protetta.

Lui cercò il suo sguardo, e Lara fece del suo meglio per mostrarsi sicura e sensuale. Voleva che la desiderasse quanto lei desiderava lui.

Owl scosse la testa. «La donna più coraggiosa che conosco.»

«Se non avessi fatto io la prima mossa, non so se l'avresti fatta tu.»

«Hai ragione. Non esiste che io faccia qualcosa che ti ricordi... lui.»

«Non sarebbe successo» replicò, scuotendo leggermente la testa. «Neanche lontanamente. Non mi faresti mai del male. Con te non è affatto com'è stato con lui. Quando mi tocchi, desidero di più. Quando mi guardi, vedo solo preoccupazione, non lussuria perversa. Io... ho fatto una seduta con Henley l'altro giorno.»

«Davvero?»

Annuì. Era stata la prima volta che aveva voluto andarci senza avere Owl al suo fianco. Soprattutto perché doveva parlare di sesso. La psicologa era stata la destinataria del resoconto dell'idea distorta che Carter aveva avuto dell'intimità... era stata una cosa unilaterale, e non si era mai preoccupato minimamente di ciò che lei aveva pensato o provato. Anzi, si era eccitato a trattarla come un oggetto. Una cosa. Un recipiente su cui liberarsi.

Henley l'aveva aiutata a capire una volta per tutte che quello che le era stato fatto non riguardava affatto il sesso. Si era trattato di controllo. Carter aveva bisogno di fare quelle cose per sentirsi potente. Era qualcosa di perverso e depravato.

Aveva lasciato la seduta sentendosi più forte di quanto non succedeva da mesi. Più determinata a dimostrare a Owl che voleva essere in intimità con lui.

«Quello che Carter ha fatto... non si trattava di attrazione o di bisogno. E nemmeno di desiderio. Non ho paura di stare con te. Lo desidero. *Ti* desidero. E non voglio più essere solo la donna dipendente da te che stai cercando di aiutare. Voglio essere me stessa. Lara.»

«Non sei più stata quella donna da quando ti ho

rimboccato le coperte nella stanza degli ospiti quella prima notte» le disse.

Incredibilmente, gli credette. Forse allora non se n'era accorta, ma nell'ultimo mese si era resa conto che lui la trattava sempre meno con i guanti. Era consapevole dei suoi piccoli tocchi un po' meno platonici. Che faceva di tutto per darle ciò che lei desiderava. E le sue amiche avevano ragione, il suo sguardo la seguiva ovunque, e non solo perché si aspettava che desse di matto.

Era stato tutto ciò e molto altro a darle il coraggio di baciarlo. Se avesse pensato, anche solo per un secondo, che lui la considerava un'ospite fastidiosa, qualcuno che non vedeva l'ora si riprendesse e tornasse a Washington, non sarebbe stata così audace.

Si fissarono, presi dalla magia del momento.

Poi arrivò una folata di vento e Lara rabbrividì.

«Vieni, devo portarti al caldo» sostenne Owl con fermezza. Sfilò molto lentamente le dita dai suoi capelli, come se non volesse muoversi ma si stesse obbligando a farlo solo perché lei aveva freddo.

Non le tenne più la mano mentre camminavano verso il lodge, ma le cinse la vita con il braccio e la fece aderire al suo fianco.

Lara sorrise, appoggiandosi a lui. Le sarebbe piaciuto non dover andare al lodge. Avrebbe voluto tornare direttamente al loro chalet ed esplorare ciò che avevano iniziato lì nel bosco. Ma l'attesa era eccitante. Inoltre, voleva davvero festeggiare il matrimonio di Cora. La sua amica meritava una grande festa, e lei non avrebbe mai potuto mancare.

———

Carter Grant sorrise appoggiandosi allo schienale della sedia.

Ce l'aveva fatta. Ci era voluto troppo tempo per ottenere le informazioni che gli servivano, ma i soldi aiutavano, e si era messo in contatto con un uomo che aveva conosciuto qualche anno prima. Una persona depravata quanto lui... ma in modo diverso. Il suo conoscente non amava fare del male e usare le donne, il suo vizio era il denaro. Non ne aveva mai abbastanza. Avrebbe venduto sua madre se ciò avesse significato incrementare il suo conto in banca.

E dato che Carter aveva ciò che voleva quell'uomo, cioè soldi in contanti, non aveva avuto problemi ad accettare di collaborare con lui.

Così, dopo mesi di duro lavoro, scervellandosi nel tentativo di trovare un modo per riportare Lara Osler nel suo letto, sotto il suo controllo, ne aveva finalmente trovato uno.

Gli stronzi che possedevano il Rifugio, gli stessi uomini che l'avevano ospitata nel loro complesso protetto, sarebbero stati anche la sua rovina.

Volevano un elicottero, e si dava il caso che il suo conoscente fosse un discreto hacker e avesse un brevetto di pilota. Sapeva anche dove trovare proprio il modello che cercavano loro.

Le mail scambiate riguardo al velivolo lasciavano intendere che Carter avrebbe presto riavuto la sua proprietà. La *sua* Lara forse avrebbe accompagnato i due ex Night Stalker a vedere l'elicottero che speravano di acquistare. Quello che il suo complice aveva trovato proprio per quell'occasione.

Lara che si allontanava dal New Mexico era l'opportunità che gli serviva. Era la sua occasione per riportarla al suo posto, sotto di lui, alla sua mercé. Non vedeva l'ora.

Con l'assistenza del suo conoscente e una montagna di soldi che sarebbe valsa la pena spendere, Lara Osler sarebbe stata di nuovo sua e due degli stronzi che avevano osato tenerla lontana da lui sarebbero stati sistemati. Una vittoria per tutti.

Be'... forse tranne che per Lara.

Avrebbe scoperto cosa succedeva a chi lo sfidava. Se pensava che quello che le aveva fatto prima fosse stato orribile, si sarebbe presto resa conto che si sbagliava di grosso. Ci era andato piano con lei. Ma non più.

Il sorriso di Carter si fece più ampio e iniziò a sbottonarsi i pantaloni, mentre la sua erezione cresceva. Ora che aveva un piano, ora che sapeva che lei sarebbe stata di nuovo sua, desiderava ardentemente avere un orgasmo. Non c'era bisogno di una prostituta legata e imbavagliata. Era così duro che gli faceva male.

Ci mise meno di un minuto a liberarsi e chiuse gli occhi, immaginando il suo sperma decorare di nuovo la sua proprietà.

Si tirò su la cerniera, senza preoccuparsi di pulire lo sporco che aveva lasciato sul pavimento della stanza del motel. Aveva altri piani da elaborare, e un luogo sicuro da trovare dove Lara non sarebbe più riuscita a fuggire.

Niente lo avrebbe tenuto lontano dalla donna che era riuscita a scappare. Niente e nessuno.

CAPITOLO DIECI

OWL SI DIMENÒ INQUIETO sulla sedia mentre guardava Lara ballare con Cora. Dopo cena, le sedie nella sala da pranzo del lodge erano state spostate e qualcuno aveva tirato fuori un altoparlante portatile e messo della musica. Non era molto alta, non c'erano luci lampeggianti, né una vera pista da ballo, ma sembrava non importasse a nessuno.

Gli ospiti che si erano uniti per cenare ormai erano tornati nei loro chalet, e ora erano rimaste solo le persone che vivevano e lavoravano al Rifugio a celebrare la gioia di un'altra unione nel loro gruppo.

Owl avrebbe voluto unirsi ai festeggiamenti sulla pista da ballo, ma, primo, non sapeva ballare, e secondo, il suo cazzo era così duro che non voleva annunciare al mondo intero che riusciva a malapena a controllarsi.

Gli sembrava ancora quasi incredibile che Lara lo avesse baciato. Quando aveva premuto le labbra sulle sue sulla terrazza era rimasto così sorpreso da non riuscire a fare o dire nulla. Una parte di lui aveva pensato che fosse un sogno.

Mentre era lì a sposare i suoi amici, a un certo punto l'aveva guardata e si era subito perso in un sogno a occhi aperti in cui il matrimonio era il *suo*. Il suo e di Lara.

E poi lei lo aveva baciato. Era stato così simile a ciò che aveva immaginato che in quel momento gli era stato difficile distinguere la realtà dalla fantasia. Poi aveva perso la possibilità di fare o dire qualcosa perché erano stati interrotti.

Ma quel breve bacio aveva fatto riaffiorare tutte le sue speranze e i suoi sogni, dato che lui non avrebbe preso l'iniziativa neanche in un milione di anni. Lara aveva vissuto un'esperienza traumatica per mano di un altro uomo e non poteva dimenticare tutte le volte in cui era andata nel panico al minimo rumore strano o al pensiero di essere lasciata sola e vulnerabile.

La Lara di quella sera, su quella terrazza con i loro amici, non era stata la solita donna spaventata. Aveva fatto passi da gigante con la sua salute mentale in brevissimo tempo.

Owl non si illudeva che si fosse completamente ristabilita. Così come non lo era lui. Ci sarebbero stati fattori scatenanti che l'avrebbero riportata in quel seminterrato in Arizona. Ma li avrebbe superati, ne era certo.

Che fosse stata lei a fargli sapere che voleva qualcosa di più dell'amicizia, nell'unico modo in cui lui le avrebbe creduto veramente, era più di quanto avrebbe mai potuto sperare. E non aveva dubbi che il suo interesse fosse genuino. Aveva visto il battito accelerato nel suo collo e come si era aggrappata a lui. E aveva potuto praticamente assaporare il desiderio sulla sua lingua.

Inoltre, lo guardava come aveva sempre sognato. E la desiderava. Troppo per sentirsi a suo agio.

Ovviamente, Lara non aveva idea che lui già l'amava... ma quello poteva aspettare. L'ultima cosa che voleva era spaventarla. Aveva ancora un po' il timore che lei lo stesse usando come un primo passo per riprendersi la sua vita. Che volesse una relazione sessuale solo per dimostrare che poteva averne una dopo le cose orribili che Grant le aveva fatto, e che poi avrebbe capito di poter trovare di meglio.

Ma dopo quel bacio nel bosco, quello che lo aveva fatto fremere e diventare più duro dell'acciaio, Owl nutriva la speranza che lei provasse i suoi stessi sentimenti.

Non era un donnaiolo, ma era stato con la sua buona dose di donne. E il bacio di quella sera era stato diverso da qualsiasi altro. Era stato più intenso e non solo colmo di desiderio. Tra lui e Lara c'era un legame che andava oltre il semplice fatto di soddisfare un impulso sessuale. Lo aveva sentito in quel bacio... e ora non vedeva l'ora di trovarsi da solo con lei.

Sperava che un giorno avrebbe potuto convincerla che nessuno avrebbe mai potuto amarla quanto lui. Che nessuno l'avrebbe fatta sentire più preziosa e al sicuro. Avrebbe fatto tutto il necessario, tutto ciò di cui lei avrebbe avuto bisogno, per farle prendere la decisione di rimanere con lui. Ora e per sempre.

Desiderava ciò che aveva Pipe, ciò che avevano i suoi amici. E cioè Lara come moglie, con la pancia ingrossata con il loro bambino, che rideva e gli sorrideva dal divano, mentre le stava di fronte.

«Sembrano felici» disse Tiny, tirando fuori una sedia accanto a lui.

Allontanando i pensieri dalla donna che voleva nel suo

letto più di quanto volesse respirare, Owl si girò verso l'amico. «Sì.»

«Probabilmente sto passando il segno, ma fanculo, lo faccio perché ci tengo a te. Sei sicuro che iniziare una storia con Lara sia una buona idea?»

Lo guardò e pensò di fare il finto tonto, ma scartò quel piano in meno di due secondi. Tiny *non* era stupido, tutt'altro. La gente avrebbe potuto dargli un'occhiata ed etichettarlo subito come un idiota tutto muscoli, o addirittura pensare che fosse troppo bello per avere uno spirito critico, ma si sarebbe sbagliata. Tiny *era* bello... ma era stato un Navy SEAL, uno dei migliori tra i migliori.

Purtroppo, tra tutti i ragazzi che gestivano il Rifugio era anche il più sospettoso e cinico. Il più propenso a pensare al peggio in ogni situazione. Sospettava che avesse a che fare con il suo passato, e non poteva dargli torto se così fosse stato. Tutti avevano il loro bagaglio da gestire.

«Sì» rispose con semplicità.

Tiny sollevò un sopracciglio.

«Per qualche motivo, sembra che voglia me. *Me.* Quello che viene visto come una versione di un popolare musicista da chiunque lo guardi. O come l'uomo, il cui volto ha tappezzato internet, che implorava e piangeva mentre veniva torturato. Mi considerano un debole. Ma quando Lara mi guarda, vede una persona completamente diversa. Un uomo che può proteggerla. Un uomo che è in grado di affrontare il trauma che lei ha vissuto, perché lui ha sperimentato qualcosa di simile. Abbiamo più cose in comune di quanto pensiamo.»

«Non sono sicuro che sia il motivo migliore per avere una relazione con qualcuno» replicò Tiny con calma.

«Forse no, ma la amo.» Owl pronunciò quelle parole

quasi con sfida. Era pronto a sentirsi dire che era troppo presto. Che era protettivo nei confronti di Lara solo a causa di tutto quello che era successo. Erano cose a cui aveva pensato anche lui, ma non gli importava. Conosceva i propri sentimenti, e sapeva che ciò che provava per lei era molto diverso da qualsiasi cosa avesse provato per altre donne da non essere minimamente paragonabili.

Tiny invece lo sconvolse limitandosi a dire: «Va bene, allora.»

«Va bene?»

«Sì. Sei un uomo adulto. Se dici di amarla, è così. E lascia che ti dica che non troverà un uomo migliore di te.»

Owl deglutì a fatica. Ottenere l'approvazione di Tiny, che era un uomo taciturno e un po' intransigente, era una bella sensazione. «E che mi dici di te?»

«*Cosa* dovrei dire?»

«C'è qualcuno che ti interessa?»

Il suo amico sbuffò. «No.»

Owl inclinò la testa e lo studiò. Gli sembrò che avesse negato un po' troppo in fretta. «Luna è single.»

«Stai scherzando? È una *ragazzina*. E poi Robert mi taglierebbe le palle se rivolgessi anche solo un paio di occhiate a sua figlia.»

Non aveva torto. «E Savannah? Non è molto presente, visto che può occuparsi della contabilità da remoto, ma è carina.»

«Perché non la smetti di cercare di accoppiarmi? Solo perché qui tutti si sposano e fanno figli, non significa che dobbiamo farlo proprio *tutti*.»

«Non ti interessa? E non sto giudicando. Cioè, se non lo vuoi fare, va bene.»

Tiny impiegò quasi un minuto intero per rispondere. Proprio quando pensò che non lo avrebbe fatto, lui parlò.

«Voglio farlo. Guardo Brick e gli altri e vedo quanto sono felici, e questo me lo fa desiderare *di più*. Ma...» Si interruppe, mentre fissava la pista da ballo con uno sguardo vuoto.

«Ma?» chiese Owl.

Lui scrollò le spalle. «Ho problemi a fidarmi» rispose infine.

«Non è così per tutti?»

Tiny lo fissò intensamente. «Ti sei mai svegliato mentre la donna che pensavi di sposare ti pianta un coltello nel petto?»

Owl spalancò gli occhi. «Ehm... *no.*»

«Ecco. Non te lo auguro. Il pensiero di addormentarmi accanto a un'altra donna è sufficiente a non farmi più dormire. Accidenti, non sono nemmeno sicuro che al mondo ne esista una che possa sopportare la mia paranoia e i miei problemi di fiducia.»

«Ne saresti sorpreso.»

«Non mi piacciono le sorprese» borbottò.

Non poté fare a meno di ridacchiare.

«Zitto» gli disse, urtandogli la spalla con la sua.

Owl stava ancora sorridendo quando iniziò una nuova canzone. Il suo sorriso aumentò mentre osservava le donne del Rifugio convergere sulla pseudo-pista da ballo. C'erano tutte: Jess, Carly, Ryan, Luna, persino Savannah. E natural-mente Alaska, Henley, Reese, Cora, Lara e la piccola Jasna.

«Y-M-C-A!» gridarono, usando le braccia per formare le lettere corrispondenti mentre cantavano.

La stanza era straripante di felicità e di gioia, e se un anno prima gli avessero chiesto se avrebbe mai pensato che si sarebbero ritrovati tutti in quella situazione, si sarebbe sbellicato dalle risate. Lui e i suoi compagni del Rifugio non erano orchi, ma non erano nemmeno quelli che la gente avrebbe definito festosi.

A un certo punto Cora, con un sorriso che andava da un orecchio all'altro, avvolse un braccio intorno alla vita di Lara, che fece altrettanto, e usando ciascuna un braccio fecero i movimenti per formare ogni lettera.

Gli si strinse la gola, travolto dall'emozione. L'amicizia tra le due donne era indissolubile e così profonda da essere meravigliosa. Ciò che Cora aveva fatto per assicurarsi che Lara stesse bene era qualcosa che aveva visto raramente.

Una volta finito il brano le due amiche si abbracciarono forte, si scambiarono qualche parola sulla pista da ballo, poi Cora le sorrise e si diresse verso suo marito.

Iniziò un'altra canzone, e quando Owl vide Lara guardarsi intorno un po' insicura, si mosse. Era inaccettabile che lei provasse anche solo un istante di dubbio, di preoccupazione. Soprattutto dopo la pura gioia di cui era stato testimone.

In un attimo fu al suo fianco. «Hai sete?» le chiese, sapendo che era solo una scusa per assicurarsi che fosse tutto a posto. «Un po'» rispose sorridendogli.

Owl la condusse lontano dalle altre che ancora ballavano e la portò a un tavolo dove Robert aveva allestito la postazione per le bevande. C'erano bibite gassate in un secchio pieno di ghiaccio, vari succhi di frutta, bottiglie d'acqua e persino una ciotola di punch che lui aveva scherzosamente etichettato come "punch per sforna-bambini". Era composto semplicemente da succhi di frutta e Sprite, ma era piaciuto a tutti.

Lara prese l'acqua e gliela porse.

«Sono a posto» le disse con un'alzata di spalle.

Gli fece un sorrisetto. «Me la apriresti, per favore?»

«Oh! Sì, certo.» Girò il tappo e le restituì la bottiglia.

«Avrei potuto aprirla da sola, ma ho le mani un po' sudate» gli spiegò.

«Ho visto che ti sei divertita» le disse, prendendola per il gomito e allontanandola un po' dal tavolo per permettere agli altri di avvicinarsi.

«Sì» replicò lei un po' malinconicamente. «Era da un po' che non lo facevo.»

Owl non riuscì a trattenersi dal chinarsi e baciarle la tempia.

«E questo per cos'era?» gli chiese con un piccolo sorriso.

«Per dirti quanto sei bella stasera. Quanto mi piace vederti rilassata con le tue amiche. Per farti sapere quanto ritengo preziosa la tua amicizia con Cora. Conta molto su di te, e averti qui stasera, in uno dei momenti più felici della sua vita, per lei ha significato più di quanto tu possa immaginare... e perché volevo farlo.»

Le sue guance si colorarono di rosa e Owl non riuscì a distogliere lo sguardo.

Lara si leccò le labbra, poi osservò la stanza. Cora e Pipe erano sulla pista da ballo, e più che ballare stavano ondeggiando avanti e indietro. Tonka teneva Jasna per mano e la faceva girare in tondo, mentre Spike era seduto a un tavolo con Reese, con la mano sulla sua pancia mentre le parlava all'orecchio. Alaska e Brick erano in piedi in un angolo a parlare con Ryan e Jess. Stone se n'era andato da poco e Tiny stava chiacchierando con Robert.

«Sembri stanco» gli disse infine, voltandosi verso di lui. «So che non dormi ancora tutta la notte.»

Scrollò le spalle. «Ci sono abituato, tesoro. Mi sveglio nel cuore della notte e, qualunque cosa faccia, non riesco a riaddormentarmi. Non è una novità.»

«Mmm. Be', forse hai solo bisogno di qualcuno che ti rimbocchi le coperte.»

E a quello, l'eccitazione che Owl aveva provato per tutta la sera tornò a farsi sentire con prepotenza.

Le sue labbra si contrassero. «Vuoi rimboccarmi le coperte, Lara?»

Il rosa delle sue guance si intensificò, ma sollevò il mento e rispose: «Sì.»

Quella donna lo stupiva sempre. Era ovvio che essere così sfacciata la metteva a disagio, eppure lo stava facendo lo stesso. In qualche modo era riuscita a ritrovare se stessa, e anche se era certo che gli sarebbe piaciuta la vecchia Lara, quella che Cora aveva descritto a lui e a Pipe mesi prima quando cercava di convincerli a darle una mano a trovarla, la nuova Lara era assolutamente irresistibile. «Vuoi salutare Cora?»

«La vedrò domani, ne sono certa» rispose, scuotendo leggermente la testa.

Owl si costrinse a interrompere il contatto visivo con lei e guardò Tiny. Cogliendo il suo sguardo, gli fece un piccolo cenno con il mento, poi indicò la porta con la testa.

Il suo amico sorrise e annuì.

Dopodiché, non esitò a circondarle la vita con un braccio e ad attirarla contro il suo fianco, facendola voltare verso l'ingresso del lodge. Gli sembrò di sentirla ridacchiare accanto a lui, ma era troppo concentrato a sbrigarsi a tornare allo chalet.

«Non andiamo a prendere le giacche?» gli chiese, proprio mentre lui si avvicinava alla porta.

Imprecando sottovoce, Owl cambiò direzione per andare verso la sala conferenze più piccola, dove tutti avevano lasciato la loro roba prima di cena.

Le trovò subito nel mucchio e aiutò Lara a infilarsi la sua. Una volta che fu a posto anche lui, le prese la mano e la tirò di nuovo verso la porta.

Ma furono fermati da Alaska, che volle augurare loro la buonanotte. Poi si avvicinò Jasna che volle un abbraccio. Un attimo dopo Owl si trovò in disparte mentre tutte le ragazze andavano a salutare Lara.

Non gli sfuggì che praticamente nessuna fosse interessato a *lui*, anzi, le stavano facendo sapere che erano contente che avesse partecipato. Ora che stava tornando quella di prima, era come una calamita. Sembrava attirare la gente per la sua gentilezza, facendo sì che chiunque avesse un contatto con lei si sentisse la persona più importante del mondo.

Owl aveva l'impressione che quello fosse il motivo per cui era così amata nella scuola in cui lavorava a Washington, perché i bambini correvano da lei. Evidentemente percepivano che li apprezzava esattamente così come erano. Che non dovevano fingere di essere diversi per sentirsi importanti e meritevoli.

Quando tutte le donne finirono di dirle che si erano tanto divertite con lei quella sera... e Henley si assicurò che non se ne stava andando a causa di un attacco di panico, erano già passati dieci minuti.

«Scusa» gli disse un po' imbarazzata quando finalmente si voltò di nuovo verso di lui.

«Per cosa?»

«Stavamo andando via» rispose con una lieve scrollata di spalle.

«Se pensi che avrei negato alle tue amiche la possibilità di salutarti e di accertarsi che fosse tutto a posto, non mi conosci così bene come credi.»

«Ti conosco» sostenne sommessamente. «I tuoi occhi sono stati su di me per tutta la sera. Li percepivo. Volevi assicurarti che non avessi problemi. Non avevo dubbi che se mi fosse capitato di avere un brutto momento, tu saresti stato lì, e ciò ha fatto sì che potessi lasciarmi andare... almeno un po'. Senza dovermi preoccupare che potesse esserci qualcuno che mi osservava nell'ombra o in agguato.»

«Puoi giurarci» mormorò Owl.

«Grazie» disse Lara, con voce carica di emozione. «Mi fai sentire la donna che ho sempre voluto essere. Bella, spensierata, popolare.»

«Sei tutte queste cose e anche di più, tesoro.»

«Non è vero, ma tu mi fai sentire così.»

Avrebbe fatto capire a quella donna il suo valore, fosse stata l'ultima cosa che avrebbe fatto in vita sua.

«Mi porti a casa?» gli chiese.

A casa. Sì, cazzo. Gli piaceva che considerasse così il loro chalet. Senza dire altro, le prese la mano e si avviarono verso l'ingresso. Per fortuna non li fermò nessuno e Owl le tenne aperta la porta.

La notte era silenziosa e molto buia, ma avrebbe potuto raggiungere lo chalet a occhi bendati, perciò la condusse tranquillamente lungo il sentiero. Con qualsiasi altra donna, avrebbe colto l'occasione per baciarla nell'oscurità. Per aumentare la trepidazione di ciò che sarebbe potuto accadere una volta arrivati. Ma quella era Lara. E

anche se era sicuro al novantacinque per cento che fossero
soli, non aveva intenzione di rischiare quel cinque per
cento di possibilità che ci fosse qualcuno. La sua Lara non
amava il buio e non poteva certo biasimarla. Lui stesso
preferiva vedere ciò che lo circondava.

Arrivati allo chalet, aprì rapidamente la porta e la
condusse dentro. Le prese la giacca e la appese accanto alla
sua nell'armadio dell'entrata. Poi si voltò verso di lei. «Vuoi
qualcosa da bere?»

«No. Voglio *te*.»

Sbatté sorpreso le palpebre. Non era ancora abituato al
fatto che fosse lei a prendere l'iniziativa per quanto riguardava l'intimità. «Sono tutto tuo» replicò senza esitare.

Lei gli fece un piccolo sorriso e si fissarono per un
lungo momento, lì, nell'ingresso. Poi Owl le prese di nuovo
la mano e si diresse in silenzio verso la sua camera.

La condusse al lato del letto, le lasciò la mano e fece un
passo indietro, mettendo un po' di spazio tra loro. «Se lo
facciamo, sarai tu al comando.»

Lara lo fissò.

«Preferirei bollirmi vivo piuttosto che farti del male. E
anche se sono orgoglioso di te e dei progressi che hai fatto
a livello psicologico, *non* ho intenzione di essere la causa di
una tua ricaduta. Se in qualsiasi momento vorrai smettere,
smetteremo. Qualunque cosa accadrà tra noi sarà perché lo
vogliamo entrambi, non perché stai cercando di dimostrare qualcosa a te stessa. D'accordo?»

Owl vide le sue spalle rilassarsi un poco, e si sentì sollevato per aver detto la cosa giusta.

«Ok. Vorrei andare a cambiarmi.»

Lui annuì. Il suo uccello ormai doveva avere dei segni
permanenti da quanto era premuto contro la cerniera, ma

le avrebbe dato tutto il tempo del mondo se era ciò di cui aveva bisogno. «Ci vediamo qui. O vuoi che venga in camera tua?»

«Qui» rispose senza esitare.

Le si avvicinò di nuovo, la attirò a sé e la strinse forte, godendo della sensazione di averla contro il suo corpo.

Lei ricambiò l'abbraccio con altrettanta forza, premendo le mani sulla sua schiena.

Poi si staccò e lui la lasciò andare. «Torno subito. Non addormentarti» lo avvertì.

Sbuffò. «Non esiste proprio.»

Lara indietreggiò, senza staccargli gli occhi di dosso. All'ultimo momento si voltò e sparì oltre la porta, e solo allora Owl lasciò andare il respiro che aveva trattenuto.

Era molto nervoso. Temeva che fosse troppo presto. Che a prescindere da ciò che aveva detto, stesse cercando di dimostrare a se stessa che Grant non l'aveva rovinata a vita per quanto riguardava il sesso. Owl voleva essere l'uomo che le avrebbe dimostrato che era ancora assolutamente desiderabile. Ma voleva anche proteggerla da se stessa... e da lui, se necessario.

Andò in bagno a lavarsi i denti. Voleva essere a letto quando lei sarebbe tornata, se non altro per sembrare il meno minaccioso possibile. Non aveva mentito. Sarebbe stata lei a decidere ogni singola cosa che avrebbero potuto o meno fare quella sera.

Era una sensazione strana essere oltremodo eccitato e allo stesso tempo spaventato a morte.

CAPITOLO UNDICI

LARA DEGLUTÌ A FATICA. Voleva farlo. Voleva Owl. Ma doveva ammettere di essere nervosa. Non stava cercando di dimostrare niente a nessuno, ma ora che lui aveva tirato fuori l'argomento, si chiedeva se ci fosse una piccola parte di verità.

Il pensiero di farsi vedere nuda da lui le provocò una stretta alla pancia per l'angoscia. Non poté fare a meno di ricordare lo sguardo lascivo che aveva avuto Carter mentre la toccava, mentre le procurava dei lividi sulla pelle.

Chiuse gli occhi e si costrinse a fare un respiro profondo. Owl non era Carter. E lei poteva farlo. *Voleva* farlo.

Si mise la maglietta oversize che indossava per dormire e tenne la biancheria intima. Era l'abbigliamento che aveva usato tutte le sere da quando era arrivata allo chalet, però senza i soliti leggings. Le sembrava strano andare in giro a gambe nude, ma si rifiutava di presentarsi davanti al letto di Owl con quasi ogni centimetro del corpo coperto.

Si fermò sulla soglia della sua camera e fissò lo spazio.

La luce del bagno era accesa, così come la lampada sul comodino. Owl era già sdraiato e, sorprendentemente, era vestito quasi come lei: con una maglietta e i boxer. La luce nella stanza non era molto intensa, ma nemmeno fioca. In realtà, era perfetta.

A *lui* era piaciuto tenere tutte le luci accese, per poter vedere i lividi che le faceva sulla pelle, ma anche lasciarla al buio quando finiva, e a volte si era intrufolato nella sua stanza apparendo dal nulla, per spaventarla ancora di più.

Sembrava che Owl sapesse istintivamente di cosa aveva bisogno.

Fece un respiro profondo e si avviò verso il letto.

Andò dall'altro lato e, senza esitare, gli si sdraiò subito accanto. Gli si accoccolò addosso e lui si spostò per metterle un braccio intorno alla schiena e tenerla contro di sé.

Nessuno dei due parlò per un lungo momento. Poi Lara disse: «Non dovevi tenere la maglietta per me.»

«Non l'ho fatto per quello» replicò.

Ciò le fece alzare la testa. C'era una nota strana nella sua voce che non capì.

«Di solito dormo con la maglietta e i pantaloni della tuta» spiegò con un'alzata di spalle. «Stare nudo... mi ricorda che... la prima cosa che i nostri carcerieri hanno fatto è stata spogliarci. Volevano umiliarci. Le nostre celle erano fredde, dannatamente fredde, e stare nudi era... terribile.»

Era quasi spaventoso quanto le loro esperienze fossero simili. «Anche lui mi ha tolto i vestiti» disse Lara sommessamente. «Ma non mi ha lasciata nuda, mi ha fatto indossare una camicia da notte che prudeva. Quando era lì me la tirava su del tutto, e anche se era larga, sembrava che mi strangolasse. A volte me la tirava fin sopra il viso. Poi, prima di andarsene, la tirava giù sopra il suo sperma. Così era sempre umida. Fastidiosa. *Odiavo* quella dannata cosa.»

Si sollevò su un gomito e lo guardò. «Quindi... ci teniamo addosso le maglie?»

Le sorrise e annuì. «Direi che è perfetto così.»

Lara si rilassò. Avrebbe dovuto sapere che Owl avrebbe reso tutto più facile. «E adesso?» sussurrò.

«Ora fai quello che vuoi.»

Lara si accigliò. «Ma voglio che piaccia anche a te.»

Lui ridacchiò. «Tesoro, non c'è niente che mi piaccia di più che averti tra le mie braccia. Non importa se non faremo altro. Te lo assicuro.»

«Ma *vuoi* fare dell'altro, vero?» non riuscì a trattenersi dal chiedere.

«Voglio tutto» ammise, con lo sguardo fisso nel suo. La sincerità di quelle parole si insinuò nel suo cuore. «Voglio la tua bocca. Il tuo corpo. Il tuo cuore. La tua anima. Voglio addormentarmi con te tra le braccia e svegliarmi allo stesso modo. Voglio che tu sia felice, al sicuro e che viva la tua vita esattamente come vuoi. Voglio molto di più, ma se te lo dicessi ora, probabilmente balzeresti giù dal letto e scapperesti da questa casa urlando.»

Ne dubitava. Avrebbe fatto il possibile per realizzare qualsiasi cosa avesse voluto quell'uomo. «Adesso vorrei un bacio» sussurrò.

«Allora prenditi quello che desideri» le ordinò.

Lara obbedì, si chinò lentamente e sfiorò le sue labbra. Poi sollevò la testa quando lui non si mosse.

«Owl?»

«Sì, tesoro?»

«Voglio che ricambi il bacio.»

Lui sorrise. «Allora torna qui, dammi di nuovo quelle labbra e lo farò.»

E così fece. Owl non esitò a prendere ciò che gli stava offrendo. Spostò più in alto la mano che aveva posato sulla sua schiena e la infilò tra i suoi capelli, tenendole la testa dove la voleva. Inclinò la sua e la baciò a lungo, con forza e profondamente. Quando Lara si tirò indietro per riprendere fiato e fissarlo, si sentì le labbra contuse e gonfie.

All'improvviso, non le sembrò abbastanza.

Si ritrovò a sentirsi insaziabile. E non era *mai* successo. Era come se, se non avesse preso di più da quell'uomo, si sarebbe rotta in mille pezzi. Aveva già fatto sesso in passato, ma non aveva mai provato quel senso di... disperazione. Di necessità.

Muovendosi con decisione, si mise a cavalcioni su di lui, che portò subito le mani sui suoi fianchi e la tenne ferma, mentre lei lottava per riprendere fiato. Si spostò lentamente per poter infilare le mani sotto la sua maglia e toccargli la pelle della pancia. Era caldo, e mentre lo accarezzava sentì i suoi muscoli contrarsi.

Sorrise, amando il potere che le dava essere sopra di lui, e fece scivolare le mani più in alto. Non poteva vedere cosa stava toccando, ma sentì i peli del petto solleticarle i palmi, e quando raggiunse i capezzoli lui si inarcò verso il suo tocco, facendola sorridere di più, e gli stuzzicò per un attimo quei punti sensibili.

«Ti piace?» gli chiese.

«Sì» rispose. Aveva gli occhi socchiusi, come se gli fosse difficile tenerli aperti. Sentì il suo cazzo sotto di lei, ma non ne fu allarmata. Quello era Owl. Ogni molecola del suo corpo sapeva dove si trovava e con chi era. Era al sicuro. Lui l'avrebbe protetta.

Mentre gli accarezzava il petto, le balzò alla mente un'immagine: quella di Owl accanto al letto in quel maledetto seminterrato in Arizona.

Era stato feroce nella sua determinazione ad assicurarsi che nessuno la toccasse. Ogni muscolo del suo corpo era stato teso, con le mani chiuse a pugno mentre si frapponeva tra lei e Carter. La sua disponibilità a proteggerla – proteggere una sconosciuta – si era insinuata nella sua coscienza già allora. E per tutto il tempo che era stata con lui aveva visto quel coraggio e quell'altruismo una miriade di volte.

E li vedeva anche ora. Stava sdraiato sotto di lei, eccitato, con ogni muscolo teso, eppure le stava lasciando il comando, le permetteva di dettare il ritmo. E significava tutto per lei.

Si chinò e lo baciò di nuovo. In modo aggressivo. E le lasciò prendere ciò di cui aveva bisogno. Ma il fatto era che lei voleva tutto. Voleva stremarlo. Prendere più e più volte ciò che le avrebbe offerto. La sua forza. La sua sicurezza. Era da egoisti, ma al momento non le importava.

Si staccò dalla sua bocca e si concesse un attimo per godersi la vista dei suoi occhi annebbiati e del respiro ansimante. Scese piano lungo il suo corpo, piantandogli lievemente le unghie nel petto. Lui allargò le gambe per farle spazio. Lara gli spinse un po' su la maglia in modo da poter afferrare l'elastico dei boxer.

Sollevò gli occhi e lo osservò afferrare i cuscini e stringerli, alzando un po' la testa per avere una visione più chiara di ciò che lei stava facendo.

Con un sorriso malizioso glieli abbassò lentamente. Non li tolse del tutto, ma lui sollevò il sedere per permetterle di tirarli giù fino alle cosce. Non li spinse giù ulteriormente perché non vedeva l'ora di toccarlo.

Prese in mano il suo cazzo duro e quando lo strinse sentì Owl sibilare. Non era eccessivamente lungo, ma era più grosso di quelli degli uomini con cui era stata. La punta violacea pulsò nella sua stretta.

«Porca puttana, tesoro. Ti prego.»

«Ti prego cosa?» gli chiese, con un piccolo sorriso.

«Qualsiasi cosa. Tutto quello che vuoi» rispose.

Quel potere era inebriante. Le era stata tolta la possibilità di scelta nel modo più orribile. Non aveva potuto dire né sì né no. Tutto ciò che era stata in grado di fare era stato sopportare le fantasie malate di uno psicopatico. Owl le stava ridando il potere e, di conseguenza, non avrebbe mai amato nessuno di più.

Stringendo la presa, Lara mosse la mano su e giù lungo l'erezione.

«Sì...» sibilò lui.

Guardando il suo viso non si sarebbe detto che gli piaceva ciò che gli stava facendo, ma diventò evidente quando sulla punta si formò una goccia di liquido preseminale. E mentre era steso sotto di lei, completamente alla sua mercé, teneva le mani strette a pugno lungo i fianchi.

Quando le arrivò l'odore della sua eccitazione, esitò solo per un attimo. Il profumo penetrante la riportò in quel seminterrato, ma fece un respiro profondo e si concentrò sul presente.

Abbassò lo sguardo e osservò mentre lo accarezzava; come la pelle morbida si muoveva insieme alla sua mano, come le sue palle sembravano sollevarsi a ogni passaggio. Lara infilò l'altra mano sotto la maglia e gli stuzzicò un capezzolo, stringendogli allo stesso tempo più forte il cazzo.

Lui sollevò i fianchi di scatto, ma sembrò ricordare dove si trovava e con chi era e li riabbassò subito. «Sto quasi per venire» la avvertì. «E non so se lo vuoi o meno.»

La stava proteggendo anche ora, mentre era perso nel piacere. Il suo amore per lui aumentò ancora di più. Voleva che venisse? Sì. Decisamente. Ma in quel modo? Forse no. Riusciva quasi a sentire Henley nella sua testa avvisarla di fare piccoli passi piuttosto che buttarsi a capofitto.

«Lo voglio» lo rassicurò. «Ma... non su di me.»

Dato che aveva la mano intorno al suo uccello, lo sentì sgonfiarsi un po' alle sue parole, e odiò che fosse successo.

«Vieni qui» le ordinò, senza lasciarla rimuginare sui suoi demoni.

Lo lasciò andare con riluttanza e si spostò un po' più su.

«Ancora» disse Owl, mettendole delicatamente le mani sui fianchi.

Lei salì di qualche centimetro.

Le sorrise. «Di più» insistette in modo più deciso, usando la sua forza per tirarla su fino a farla sedere a cavalcioni sul suo petto, con la fica a pochi centimetri dal suo viso. Lara si sentì bagnare al pensiero di avere la sua bocca su di lei. Non era certo una cosa che era successa mentre era prigioniera. Qualsiasi cosa avesse potuto darle piacere era stata fuori discussione. Tutto era girato intorno a *lui*.

Sobbalzò sorpresa quando Owl infilò le mani sotto la sua maglia.

«Va bene così?»

Annuì brevemente.

Lui teneva lo sguardo fisso sul suo viso mentre continuava a farle scivolare verso l'alto. Le posò delicatamente sui suoi seni e le stuzzicò i capezzoli con i pollici.

Ancora una volta, si ritrovò con il pensiero nel seminterrato, ma quando guardò il visò di Owl quei ricordi svanirono. Non era affatto come allora. Le sue mani erano delicate e davano una bellissima sensazione sulla pelle.

«Sei perfetta» mormorò. «Ti adatti alle mie mani come se fossi stata creata per me.»

La strinse delicatamente e non le fece male, neanche un po', e Lara si inarcò d'istinto verso il suo tocco.

«Ecco. Permettimi di farti sentire bene. Perché è così che *tu* mi fai sentire. Non hai idea di quanto mi stai eccitando in questo momento. Sei forte, brava e al comando.»

Ogni parola che usciva dalla sua bocca era pensata per darle il controllo e, sorprendentemente, più Owl la toccava più lei desiderava che continuasse.

Lara posò le mani sulle sue, al di sopra della maglia, e lo incoraggiò a stringere di più.

«Piano, tesoro. Ci arriveremo. Lascia che ti ami dolcemente.»

Ansimò, e tolse le mani per afferrarsi alle sue spalle. Non sapeva per quanto tempo continuò ad accarezzarla, ma all'improvviso non fu più sufficiente. Era molto bagnata. I suoi capezzoli erano turgidi da morire e aveva bisogno di qualcosa di più. Aveva bisogno di venire.

Si mosse rapidamente, spostando di conseguenza le mani di Owl, si inclinò di lato per togliersi le mutandine e tornò alla pozione precedente.

«Fammi venire» gli ordinò, quasi con tono di sfida.

«Con piacere. Vieni più vicina. Mettimi la fica sulla bocca.»

Quelle parole fecero divampare il desiderio in tutto il

suo corpo. Non le era mai piaciuto il linguaggio sconcio, ma con lui lo adorò.

Si spostò più in avanti e lo vide leccarsi le labbra con trepidazione. Ora era praticamente fradicia. Con una mano Owl si sistemò il cuscino sotto la testa, sollevandosi un po' di più, e con l'altra le afferrò una natica.

Lara strillò quando lui si gettò in avanti, seppellendo la testa tra le sue gambe.

La prima leccata lungo le sue pieghe le diede una sensazione straordinaria, ma fu quando si attaccò al clitoride e cominciò a succhiare con foga che le sembrò che il cuore smettesse di battere.

«Owl» sussurrò, cercando di staccarsi da quell'intenso movimento.

Ma lui strinse la presa sul suo sedere e la tenne contro di sé mentre leccava e succhiava ogni grammo di piacere che fuoriusciva dal suo corpo.

«È così bello» mormorò, prima di leccarla ancora.

Lara abbassò gli occhi, stentando a credere che stesse accadendo. Gli amplessi che aveva sperimentato in passato erano stati molto blandi: lei sdraiata sulla schiena mentre veniva penetrata. Era stato bello, ma mai così... intenso.

I suoi fianchi iniziarono a muoversi senza che se ne rendesse conto, e si strofinò sul viso di Owl cercando di stimolare il più possibile il clitoride.

«Così. Scopami la faccia» la incoraggiò.

In qualsiasi altro momento probabilmente si sarebbe sentita mortificata, ma era così vicina ad avere un orgasmo mostruoso che non riuscì a trovare l'energia per pensare a qualcosa che non fosse arrivarci.

Si mise una mano tra le gambe per finire, ma Owl non

lo accettò. Gliela spinse via. «È il mio lavoro» disse con ferocia, prima di attaccare di nuovo le labbra al clitoride.

Lara si bloccò per un attimo, poi all'improvviso andò in mille pezzi. L'orgasmo fu così potente da farle quasi male. In modo positivo. Era passato tanto tempo dall'ultima volta che aveva provato qualcosa di simile, ma allo stesso tempo fu una sensazione completamente nuova.

Owl l'aveva sconvolta, e mentre tremava in preda al piacere, si sentì più sicura di quanto non fosse mai stata in vita sua.

Lui si tirò indietro e la fissò mentre il suo corpo continuava a scuotersi. «Ti prego... scopami, Lara. Ho bisogno di te. Terribilmente.»

Con il solo pensiero di alleviare il desiderio che sentì nella sua voce, si spostò indietro lungo il suo corpo fino ad arrivare sul suo cazzo. Era duro come la roccia e sulla punta c'era una goccia di liquido preseminale. Owl stava digrignando i denti, poi inspirò bruscamente quando glielo prese in mano e se lo portò tra le gambe.

Lara esitò, prolungando il momento. Non sapeva perché lo avesse fatto. Si sentiva bene, molto *bene*, ed era ovvio che lui stesse soffrendo.

«È tutto ok» le disse con voce tremante. «Sei stata bravissima, tesoro. Sentirò il tuo sapore sulla lingua per il resto della vita. Se vuoi possiamo fermarci. Non c'è problema.»

Si rese improvvisamente conto di ciò che stava facendo.

Lo stava mettendo alla prova. Voleva vedere se si sarebbe davvero fermato come aveva promesso.

Ed era una cosa orribile da fare, perché si fidava di lui più di quanto si fosse mai fidata di chiunque altro. Invece lo stava torturando. Owl era pronto a venire e lei stava esitando, facendogli credere di non essere sicura di lui. Di *loro*.

Senza più rimuginarci, si abbassò e lo prese fino in fondo.

Ansimarono entrambi.

Le fece un po' male, ma percepì a malapena il dolore. Si sentì solo completa. Era piena, dannatamente piena, e per la prima volta in assoluto ebbe la sensazione di essere diventata un tutt'uno con un uomo.

Owl aveva di nuovo spostato le mani per afferrarle i fianchi con un tocco deciso ma delicato, e fissava il punto in cui erano uniti con un'espressione stupita.

Lara non avrebbe mai dimenticato quel momento. *Mai.* Lo avrebbe rivissuto più volte nella testa per il resto della vita. Owl le aveva dato il controllo sul modo di fare l'amore, le aveva permesso di fare ciò che sentiva giusto, di dare solo ciò che sentiva di poter offrire. E lei voleva dargli tutto.

Era suo. Non avrebbe rinunciato a lui. Il senso di protezione e la possessività che provò nei suoi confronti fu una novità. Non si era mai sentita così per niente e per nessuno prima. Ma per quell'uomo avrebbe lottato fino alla morte.

Cercò di ondeggiare i fianchi, ma le sue mani la tennero ferma.

«Owl» si lamentò, «voglio muovermi.»

«Non posso proteggerti» le disse con voce tormentata.

Lara si irrigidì.

———

Owl non aveva mai provato nulla di così straordinario come la sensazione della fica di Lara che gli stringeva l'uccello. Era nato per stare dentro di lei. Era bagnata fradicia, i suoi umori colavano lungo la sua erezione fino alle palle. L'aveva leccata e succhiata come se la sua vita fosse dipesa da quello, e pensò che forse era così.

Era quasi scoppiato di orgoglio quando lei lo aveva preso, ma mentre fissava il punto in cui il suo cazzo era sepolto nel profondo del suo corpo, fu preso dal panico.

Non aveva messo il preservativo.

«Non posso proteggerti» sbottò.

«Cosa?» chiese lei con un'espressione ferita.

«Il preservativo. Non l'ho messo» disse a denti stretti. Sentiva ogni movimento che lei faceva. I suoi muscoli interni gli strizzavano il cazzo come se non volessero mai lasciarlo andare; non che lui volesse andare da qualche parte. Avrebbe potuto vivere in quel modo per il resto dei suoi giorni. Ma si rifiutava di fare qualcosa che potesse ferirla. Che potesse farle rimpiangere di stare con lui.

Lara lo fissò con la fronte aggrottata.

«L'ultima cosa che voglio è che qualsiasi cosa facciamo ti provochi un flashback, e quando si fa sesso a volte ci si sporca, tesoro. Soprattutto senza preservativo. So cosa ti ha fatto e voglio proteggerti, evitando che tu veda il mio sperma.»

Lei si raddrizzò, e quel piccolo movimento lo fece gemere. «Aspetta, vediamo se ho capito bene. Non ti preoccupi di proteggermi da una gravidanza o di quali malattie potrei aver preso da un maledetto serial killer. Ti preoccupa il fatto che la vista del *tuo sperma*, il risultato del piacere che provi stando dentro di me, potrebbe farmi venire un attacco di panico?»

Sembrava confusa, così si affrettò a spiegarsi meglio. «Sì. Per la cronaca, *voglio* metterti incinta. Non riesco a pensare a niente di più sexy che sapere che mio figlio o mia figlia sta crescendo nella tua pancia. E no, non sono preoccupato per le malattie perché ero presente quando il dottore ti ha dato i risultati delle analisi che hai fatto all'ospedale in Arizona, ricordi? Quindi sì, se la vista del mio sperma che fuoriesce tra le tue gambe potrebbe avere anche solo l'uno per cento di possibilità di rovinare le cose tra noi, allora non voglio rischiare. Alzati un attimo così prendo un preservativo dal cassetto. Forse è vecchio e non sarebbe saggio usarlo, ma è meglio di niente.»

Quella conversazione era tutt'altro che sexy, ma il suo cazzo era ancora duro. Come avrebbe potuto essere diversamente quando era sepolto nella fica più calda e bagnata che avesse mai avuto il piacere e il privilegio di penetrare?

«Tu... Owl... non puoi.»

«Non posso cosa? Prendere il preservativo? Certo che posso. Ho solo bisogno che ti sollevi per permettermi di raggiungere il cassetto.»

Invece Lara si chinò e si appoggiò sul suo petto, facendo contrarre il suo cazzo dentro di lei, e sentì un piccolo fiotto di umori uscire dalla punta. Stringendo i denti e pregando di non venire prematuramente, Owl avvolse le braccia intorno a lei.

«No... non puoi *volermi* mettere incinta» insistette, fissandolo negli occhi.

«Perché no?»

«Perché no! È una cosa assurda. Agli uomini non piace essere intrappolati.»

«A *me* sì. Intrappolami, Lara. Per favore.»

«Sei strano.»

«Sì, lo sono» replicò, senza la minima preoccupazione. «Senti, ho imparato a mie spese quanto sia preziosa la vita. Quanto può essere breve. Non so perché o come sono sopravvissuto a quello che mi è successo, ma che io sia dannato se mi lascerò scappare la cosa migliore che mi sia mai capitata.

Ti amo, Lara Osler. Sei tutto per me. Voglio sposarti, avere dei figli con te e vivere per sempre felice e contento qui al Rifugio con i nostri amici. O, se preferisci, a Washington, così potrai riavere il tuo lavoro ed essere straordinaria con quei bambini. Non mi interessa cosa sceglierai, finché sarai con me sarò felice. E se non vuoi niente di tutto questo, dovresti alzarti e tornare nella tua stanza. Possiamo trovarti un'altra sistemazione. Magari puoi stare con Cora e Pipe. Qualsiasi cosa ti faccia sentire a tuo agio. Ma non posso più tenere la bocca chiusa.»

Owl stava praticamente ansimando quando finì, ma non appena pronunciò l'ultima parola se ne pentì. Non solo perché sapeva che sarebbe stata una pressione eccessiva per la donna tra le sue braccia, ma perché non voleva che se ne andasse, che stesse dalla sua amica. La voleva proprio dov'era. Nel suo letto, nel suo chalet, dove lui avrebbe potuto continuare ad assicurarsi che si riprendesse dallo schifo che la vita le aveva gettato addosso.

Lara si raddrizzò di nuovo con calma e Owl iniziò freneticamente a cercare di ricostruire gli scudi intorno al cuore che aveva fatto cadere per lei. Lo avrebbe ucciso lasciarla andare, ma lo avrebbe fatto senza rendere tutto imbarazzante.

Sbuffò tra sé e sé. Senza rendere tutto imbarazzante... certo. Le aveva appena detto che voleva metterla incinta. Come poteva non esserlo?

Proprio quando si stava preparando a sentire l'aria fredda sul suo cazzo mentre lei si allontanava, Lara lo sconvolse prendendosi l'orlo della maglia.

Se la sfilò dalla testa, risistemandosi su di lui completamente nuda.

Era. Straordinariamente. Perfetta.

Le sue tette tremavano a ogni respiro. I capezzoli, lunghi e turgidi, imploravano la sua bocca. Aveva una lieve pancetta, e vederla a gambe spalancate sopra di lui era la cosa più erotica a cui avesse mai assistito.

E poi lei si mosse. Non si allontanò come si era aspettato, ma cominciò ad andare su e giù sul suo cazzo.

«Anch'io ti amo» gli disse, con lo sguardo incollato al suo. Le sue unghie gli penetrarono nel petto e le sentì anche attraverso la maglia che ancora indossava. «Sono andata da Henley da sola perché volevo parlare di *te*. Ho ammesso di amarti e le ho detto che ero preoccupata che fosse una sorta di reazione impulsiva a tutto quello che era successo. Ne abbiamo parlato a lungo... e ho capito che il mio amore per te non è dovuto al fatto che ho bisogno di essere salvata o protetta. È per l'uomo che sei. Ti ho cercato per tutta la vita, Owl... puoi chiederlo a Cora. Te lo confermerà. Ed è quasi incredibile che ti abbia trovato proprio nel momento in cui mi ero arresa.»

Owl riusciva a malapena a concentrarsi su ciò che gli stava dicendo. La sensazione della sua fica che gli stringeva l'uccello mentre si alzava e si abbassava su di lui, lo distraeva da morire. La prese per la vita, fermando i suoi movimenti.

«Mi ami?» le chiese, volendo sentire di nuovo la parte più importante.

«Sì.»

«Dillo ancora» le ordinò.

Gli sorrise. «Ti amo.»

Owl chiuse gli occhi e lasciò che quelle parole penetrassero nella sua anima.

«Tocca a te» lo incitò.

Riaprì gli occhi e la fissò. «Ti amo. Così tanto che mi fa quasi paura.»

Lei annuì come se avesse capito perfettamente. «Vuoi davvero un figlio?»

«Con te? Sì» le rispose.

«Allora lasciami andare, così posso muovermi, e magari lo facciamo accadere.»

«Vuoi dei figli?»

«Con te?» Ripeté le sue parole. «Oh, sì.»

Bastò quello per farlo venire.

Non l'aveva previsto. Voleva assicurarsi che la sua donna fosse di nuovo soddisfatta. Ma sentirla dire che desiderava che le desse un bambino gli aveva reso impossibile controllarsi. Grugnì e sentì il suo cazzo contrarsi dentro di lei mentre si svuotava.

«Merda» si lamentò quando riuscì a parlare di nuovo.

Lara gli sorrise.

Senza tirarsi fuori – perché, a dire il vero, amava stare dentro di lei – portò una mano sul suo clitoride e incominciò a stuzzicarlo, mentre con l'altra la tenne ferma sopra di sé.

«Pensavo... di essere... io... al comando» ansimò, dimenandosi su di lui.

«Lo sei» la rassicurò, spingendola sempre più vicino al culmine.

«Non mi sembra» gli disse con un piccolo sorriso.

«Tutto quello che desideri, lo avrai.»

«Desidero te.»

«Allora mi avrai. Sono tuo. Ora, vieni per me. Fammelo sentire sul cazzo.»

Prima che finisse di parlare, lei stava venendo di nuovo strizzandoglielo forte, e pensò di non aver mai sperimentato nulla di così erotico come in quel momento.

Incredibilmente, o forse no, Owl si sentì diventare duro.

Avrebbe voluto girarla e scoparla con forza, ma come aveva detto, era lei che comandava, e non voleva fare nulla che la facesse uscire dall'estasi in cui si trovava. Dondolò i fianchi, spingendosi nel suo corpo.

Gemettero entrambi.

«Di più» lo supplicò.

Non l'avrebbe mai fatta implorare per qualcosa. La sollevò leggermente, in modo da avere un po' di spazio per muoversi, poi riprese a penetrarla, ancora e ancora. Dopo un po' sentì i muscoli dello stomaco stancarsi, ma non si fermò. La vista dei loro umori sul suo cazzo quando lo tirava fuori lo fece diventare ancora più duro. Stavano sporcando le lenzuola, ma ancora una volta non gli importò. Avrebbe dormito volentieri in quel punto bagnato ogni notte per il resto della loro vita.

«Verrò di nuovo dentro di te» la avvertì. «Schizzerò il mio sperma così in profondità che sarà impossibile che i miei ragazzi non riescano ad arrivare ai tuoi ovuli.»

«Zitto, Owl. Non è sexy» si lamentò.

Si sbagliava. Era assolutamente sexy pensare di metterla incinta.

Era sul punto di venire quando Lara prese il controllo e si sedette su di lui, con forza. Poi strinse i muscoli interni il più possibile, continuando a muoversi.

Owl venne con così tanta violenza che gli sembrò di perdere i sensi.

Quando tornò in sé, Lara era di nuovo sdraiata sul suo petto. Il suo cazzo era ancora dentro di lei, ma sapeva che era solo questione di tempo prima che scivolasse fuori. Si alzò a sedere come meglio poté, prendendo la coperta e tirandola sopra a entrambi.

Poi fece qualcosa che non avrebbe mai immaginato di fare la loro prima volta insieme... o mai in assoluto. Si contorse e si dimenò finché riuscì a togliersi la maglia. Aveva i boxer ancora intorno alle cosce, ma non gli importava. La sensazione di stare pelle a pelle era paradisiaca.

Doveva averlo pensato anche lei, perché sospirò e gli si accoccolò di più addosso.

Rimasero in silenzio per un momento, poi gli chiese: «Pensi di poter dormire adesso?»

Owl ridacchiò. «Sì, tesoro. Posso dormire.»

«Bene.»

Non le aveva accennato che il problema non era addormentarsi, ma svegliarsi nel cuore della notte e poi non riuscire a *riaddormentarsi*. Ma con lei nuda tra le braccia, rimanere sveglio fino a mattina non sarebbe stato esattamente un problema.

«È strano che sia successo?» sussurrò lei dopo un attimo.

«No» rispose Owl senza il minimo dubbio.

«Lo penso anch'io. Ma per qualcuno lo sarà.»

«Che si fottano.»

Ridacchiò contro il suo petto. «Tra di loro?»

Owl sbuffò e sentì il suo cazzo scivolare fuori dal suo corpo.

«Oh... questo è stato strano!» esclamò Lara.

In realtà, la sensazione era stata orribile, ma lui si limitò a spostarla un po' in modo che fosse per lo più sdraiata sul materasso, che doveva essere più comodo, e colse l'occasione per togliersi i boxer. Li scalciò via, senza curarsi del fatto che si sarebbero persi sotto le coperte. L'indomani avrebbe sistemato il letto.

Rimasero sdraiati per un paio di minuti, poi Lara alzò la testa. «Ti offendi se mi rimetto la maglia?» chiese.

Lui fece un sospiro di sollievo. «No. Stavo per chiederti la stessa cosa.»

Si scambiarono un sorriso mentre se le infilavano per poi sistemarsi di nuovo nella posizione di prima. Anche se Owl aveva adorato la sensazione della sua pelle contro di lui, non poteva negare di essere molto più a suo agio coperto.

«Ti amo» sussurrò Lara dopo un po'.

«Ti amo anch'io» replicò, provando ancora una volta quella potente sensazione nel petto. «Dormi. I nuovi ospiti con i bambini saranno qui prima che tu te ne accorga, e so che hai altre cose da organizzare con Cora.»

«Già.»

Owl pensò che stesse per dire qualcos'altro, ma la cosa successiva che sentì furono i suoi respiri profondi, mentre il suo corpo si rilassava completamente contro di lui.

La responsabilità che sentiva di avere nei confronti di quella donna era quasi schiacciante. Ma sentiva anche che era destino. La vita insieme a lei sarebbe stata più complicata rispetto a vivere da solo, ma l'aveva sperimentata negli ultimi mesi e si rese conto di essere ansioso di vedere cosa gli avrebbe riservato il futuro. E quella era una novità, visto che da quando era stato salvato si era limitato a seguire il flusso della vita.

Owl le baciò la fronte e sorrise quando lei mormorò qualcosa e si accoccolò di più. Chiuse gli occhi e non poté fare a meno di pensare che le cose per lui stavano finalmente migliorando. Aveva una donna che amava e che lo ricambiava, il Rifugio stava prosperando, i suoi amici erano felici, stavano per comprare un elicottero così avrebbe potuto di nuovo volare, e la possibilità di avere dei figli era all'orizzonte.

La vita era bella e avrebbe fatto di tutto per mantenerla tale.

———

Tre ore più tardi, Owl si svegliò. Rimase per un momento confuso riguardo a dove si trovava e a chi c'era con lui, poi gli tornò tutto alla mente. Lara dormiva pacificamente davanti a lui. Si erano spostati e ora erano girati di fianco; lui era accoccolato contro la sua schiena e la teneva contro il proprio petto.

Sospirò, voltandosi a guardare l'orologio. L'insonnia faceva schifo. Ne soffriva da quando era stato prigioniero di guerra. Tutti dicevano che sarebbe diminuita, che con la guarigione fisica e mentale sarebbe riuscito a dormire tutta la notte, invece, erano passati anni e si svegliava ancora poche ore dopo essersi addormentato. Non importava cosa facesse o quali rimedi provasse. Una volta svegliato, basta. Non dormiva più.

Ma almeno ora poteva rimanere a letto con Lara. Ciò rendeva l'insonnia sopportabile. Gli sembrava un sogno avere finalmente tra le braccia la donna che aveva desiderato per mesi. La rispettava, la ammirava, si preoccupava per lei e sì, la amava alla follia. E lei lo ricambiava.

Poi accadde una cosa sorprendente. Mentre era sdraiato lì, intento a rivivere il sesso più incredibile che avesse mai fatto e a pensare ai nomi degli eventuali bambini e all'aspetto che avrebbe avuto Lara incinta... si sentì assonnato.

Non ci sperò più di tanto; in passato era già successo in rare occasioni. Gli sembrava di addormentarsi, ma poi continuava a rimanere sdraiato per ore e si deprimeva perché non accadeva...

All'improvviso, si ritrovò con una Lara sorridente che lo spingeva per girarlo sulla schiena.

«Buongiorno» lo salutò.

«Giorno» borbottò Owl, poi si irrigidì.

E visto che erano sempre in sintonia, lei si accigliò preoccupata. «Che problema c'è?»

«Ho dormito» rispose, completamente sbalordito.

«Cosa?»

«Mi sono svegliato nel cuore della notte, come sempre, ma poi... mi sono riaddormentato.»

«Mi fa piacere» replicò, rilassandosi contro di lui.

«No, non capisci. È da più di cinque anni che, ogni singola notte, mi sveglio e non riesco più a riprendere sonno. Soffro di insonnia da quando sono stato salvato. Ma questa notte... mi sono svegliato e poi riaddormentato.»

I suoi occhi assonnati si rischiararono un po'. «È fantastico.»

«Sei tu» dichiarò Owl con riverenza.

«Probabilmente è merito dei due orgasmi che hai avuto» replicò con un piccolo sorriso.

«No, sei tu» insistette. «Tenerti tra le braccia, sapere che eri al sicuro... la mia mente ha finalmente bloccato tutti i pensieri che mi tormentavano.»

Lei lo fissò con uno sguardo strano.

«Che c'è?» Fu il turno di Owl di chiedere.

«È solo che... ho avuto un disperato bisogno di te al mio fianco per tanto tempo, e ora...» Si interruppe.

«I ruoli si sono invertiti. Ho bisogno di te per dormire» sostenne senza esitazione.

«Hai bisogno di me» sussurrò Lara.

«Al cento per cento.»

«È... sbagliato che mi piaccia?»

Scosse la testa. «No. Ma sai cosa significa, vero?»

«Cosa?»

«Che non possiamo dormire separati. Mai.» Stava scherzando, ma solo a metà.

«Per me va bene» disse lei in fretta. Poi si fece seria. «Per mesi ho pensato di essere distrutta. Odiavo il fatto di non poterti perdere di vista. Mi faceva sentire debole. E ora, sapere che posso darti qualcosa in cambio... fa sì che siamo un po' pari.»

«Non è una gara» le disse Owl.

«Lo so, e probabilmente non mi sto spiegando molto bene. Ma sapere che posso aiutarti, pur se in questo piccolo modo, anche se non credo sia davvero merito *mio* se hai dormito la notte scorsa, è comunque una sensazione bellissima.»

Era merito suo, Owl non aveva dubbi. Si era rassegnato a non dormire più tutta la notte, e la prima volta che l'aveva tenuta tra le braccia aveva dormito come un bambino. Era assolutamente la sua vicinanza. Lara era ciò che aveva sempre cercato. Averla accanto gli permetteva di spegnere il cervello, di smettere di rivivere tutte le cose brutte che gli erano successe. E... doveva ammettere che probabilmente anche gli orgasmi non avevano guastato.

«Hai fame?» le chiese, all'improvviso desideroso di alzarsi e iniziare la giornata. Si sentiva benissimo dopo quel sonno aggiuntivo.

«Un po' sì.»

«Vuoi che prepari la frittata di patate con prosciutto che ti piace tanto?»

«Mi piacerebbe molto» rispose con un piccolo sorriso.

«Sei indolenzita?»

Lei arrossì. «Un po'.»

«Allora che ne dici di fare un lungo bagno. Quando avrai finito e ti sarai vestita, la colazione sarà pronta.»

«Va bene. Owl?»

«Sì, tesoro?»

«Ti amo.»

Dio, che donna. «Ti amo anch'io.» Poi le diede un rapido bacio sulle labbra e scese dal letto. Si diresse verso il bagno per fare le sue cose e si guardò dietro le spalle. Lara era sdraiata al centro del materasso con le braccia sopra la testa e si stava stiracchiando con un enorme sorriso sul volto.

Sì, Owl poteva abituarsi a tutto ciò... a lei. Anzi, si era già abituato.

CAPITOLO DODICI

LARA SI ASCIUGÒ la fronte mentre sprofondava in una poltrona nell'atrio del lodge, e si voltò a sorridere a Cora. La sua amica era collassata su quella accanto e sembrava altrettanto esausta. Avevano appena salutato l'ultima famiglia che era stata lì per i quattro giorni di prova, e dal suo punto di vista l'esperimento era stato un successo clamoroso.

Non si era resa conto di quanto le mancasse insegnare o stare con i bambini. Avevano il potere di far dimenticare i problemi e apprezzare il momento. E nell'ultima settimana c'erano stati molti momenti piacevoli. Ovviamente, le sembrava anche di aver corso una maratona. Aveva dimenticato quanta energia avessero i piccoli.

«È stato divertente» disse Cora.

«Sì» concordò lei annuendo.

Erano lì da sole e si prese un attimo per godersi quella tranquillità.

«Sono orgogliosa di te» aggiunse la sua amica.

Lara la guardò.

«Dico sul serio. Hai fatto molti progressi in pochissimo tempo. Sei davvero forte e resiliente, e anche dopo tutto quello che è successo, sei rimasta la Lara che conosco e a cui voglio bene, e non so come fai.»

Aveva parlato velocemente, come per affrettarsi a esprimere i suoi pensieri. Quelle parole le provocarono una sensazione di calore nella pancia. «Vuoi sapere come?» chiese.

Lo sguardo di Cora era incollato al suo. «Sì» rispose.

«È grazie a te. Mentre ero in quel seminterrato, spaventata a morte e sofferente, sapevo che non avresti smesso di cercarmi. Quando Ridge è venuto per farmi fare quella videochiamata con te, avrei voluto tanto dirti che non stavo bene, che ero tenuta prigioniera. Ma Carter era lì, sapevo che aveva un coltello e che se ti avessi detto qualcosa mi avrebbe fatto ancora più male di quanto me ne aveva già fatto. Così ho mentito spudoratamente... ma ti ho dato il nostro segnale. Te lo ricordi?»

«Certo che sì!» esclamò. «Quella stupida cosa di grattarsi l'orecchio.»

«Già. Più tardi, quella sera, quando Carter mi ha lasciata finalmente sola, ho chiuso gli occhi e immaginato cosa stavi facendo. Chi stavi tormentando per arrivare a me.»

«Mi dispiace che ci sia voluto così tanto» disse Cora con dolcezza.

Ma Lara scosse la testa. «No, non fare così. Sei venuta. Hai capito che c'era qualcosa che non andava, nonostante nessuno fosse preoccupato della mia improvvisa scomparsa. È così che sono sopravvissuta. Perché sapevo che la mia migliore amica era là fuori a scatenare l'inferno e a radunare la cavalleria per venire a prendermi. E avevo ragione.»

«Ti voglio tanto bene, Lara. Se ti avessi persa...» Si interruppe.

«Ti voglio bene anch'io, e nessuno perderà nessuno» replicò con fermezza. «E l'altro motivo per cui non mi sto più nascondendo sotto il letto spaventata, è grazie a Owl. E a Henley. E a Brick, Tonka, Spike, Pipe, Stone e Tiny. E Melba. Anche Chuck. Il cavallo Bubba, Scarlet Pimpernickel. Tutti quelli che lavorano qui. Gli ospiti, che sono un'ispirazione. È questo *posto*. C'è qualcosa nel Rifugio che rende più facile distaccarmi dai miei pensieri e unirmi a ciò che accade intorno a me. *Voglio* partecipare. *Voglio* vedere i bellissimi panorami. E *voglio* vedere la mia migliore amica che vive la sua vita nel modo migliore.»

Cora tirò su col naso. «Mi stai facendo piangere e questo *non* va bene» si lamentò.

«Cora Rooney che piange?» la prese in giro. «L'inferno si sta ghiacciando?»

«È Cora Clark, grazie. E sì, quando alla gente non importa un fico secco se piangi o no, non è più un gran problema.»

«Sai una cosa? Sono *contenta* che Ridge fosse un bastardo e di essere rimasta bloccata in quella casa.»

«Cosa?» le chiese, aggrottando le sopracciglia.

«Diventare la nuova ossessione di un serial killer è orribile, ma il fatto che io fossi lì ti ha portata *qui*. Da Pipe. Guardati, sei *sposata*. E abbastanza rilassata da piangere. Posso contare sulle dita di una mano il numero di volte in cui ho visto delle lacrime nei tuoi occhi prima d'ora. Sono veramente felice per te.»

Cora si alzò, le si avvicinò e si sedette sulla sua poltrona. Si ritrovarono appiccicate, e Lara dovette mettere un braccio intorno all'amica per far sì che ci stessero bene entrambe.

«Io *non* sono contenta» le disse con foga. «Sei pazza se pensi che io sia contenta del fatto che tu sia stata rapita e torturata. E non mi interessa se sono più felice di quanto non lo sia mai stata in vita mia. Se ho una vita sessuale straordinaria e se sono sposata con l'uomo dei miei sogni... non che abbia mai sognato di trovare un uomo. E non mi importa di aver trovato la famiglia che non ho mai avuto da piccola. Restituirei tutto se ciò significasse che non ti saresti trovata in quella situazione.»

Lara scosse la testa. «No.»

«Sì» insistette, e le afferrò la mano. «Le settimane peggiori della mia vita sono state quando ti abbiamo portata qui al Rifugio. Vederti così... distrutta. L'ho odiato. Avrei fatto *di tutto* perché tu non dovessi provare quel tipo di terrore. Ma ora stai...»

«Sto bene» finì Lara con dolcezza.

«Sì, è così» concordò. Poi sorrise. «E non credere che non abbia notato che negli ultimi giorni tu e Owl vi scopate con gli occhi.»

Lara cercò di mantenere un'espressione seria, ma non riuscì a trattenere un piccolo sorriso.

«Lo sapevo! Ve la state spassando! Ti prego, ti prego, *ti prego* dimmi che quell'uomo è bravo a letto!»

«Shhh» la rimproverò, guardandosi intorno.

«Non c'è nessuno in giro. Sono tutti fuori a salutare il gruppo. Sputa il rospo. Sul serio.»

«Owl è... è fantastico.»

Il sorriso sul volto della sua amica era così grande che sembrava una scema. «E... va tutto bene? Intendo emotivamente, dopo quello che è successo» le chiese con un tono più dolce.

«Incredibilmente, sì. Stare con Owl non è affatto com'è stato in quel seminterrato. Sta molto attento a non fare nulla che mi possa riportare alla mente anche il minimo ricordo negativo. Lascia che sia io a comandare.»

«Oooh, non l'avrei mai detto» disse Cora con un sorriso. «Adoro quando Pipe prende il controllo a letto. Lo negherei se ci fosse un'altra persona oltre a te, ma c'è qualcosa di liberatorio nel lasciare che sia lui a darmi ordini.»

Lara sorrise all'amica. «Sono felice che per te sia così.»

«No, non parleremo di me. Voglio sapere di più su te e Owl.»

«Non c'è molto altro da dire. Negli ultimi giorni sono stata parecchio impegnata con i bambini e quando torno allo chalet sono esausta. Ma...»

«Ma cosa?» le chiese quando non continuò.

«Sono felice di aver seguito i vostri consigli e di aver fatto la prima mossa. Ma ora...» Fece un'altra pausa, non sapendo come spiegare i suoi sentimenti senza sembrare completamente pazza.

«Vorresti che fosse lui a prendere l'iniziativa» concluse Cora.

«Sì. È stato così attento con me. E io adoro stare sopra e dettare il ritmo mentre facciamo l'amore, ma credo di volere che lui prenda un po' di più... il controllo.»

«Non temi di non essere in grado di gestirlo emotivamente?» le chiese, ora seria.

«Un po'» rispose con sincerità. «Ma conosco Owl. Se dovessi cominciare a scivolare nei miei ricordi, lui me lo impedirà.»

Gli occhi di Cora si riempirono di nuovo di lacrime.

«Signore, e *adesso* perché piangi?» la prese in giro, lieta di alleggerire un po' la conversazione.

«Sono solo felice che tu abbia l'uomo che hai sempre desiderato.»

«Potrebbe non durare» la avvertì. «Cos'è che ha detto Sandra Bullock nel film *Speed?* Le storie che nascono in circostanze eccezionali non durano mai? La nostra circostanza è probabilmente la più eccezionale possibile.»

«Come vuoi» disse Cora, agitando una mano con aria di sufficienza. «So quanto ti piace quel film, me lo hai fatto vedere un milione di volte, e non perché ami il genere d'azione, ma perché tratta di eroine in difficoltà.»

Lara sorrise. A un certo punto aveva avuto una lunga conversazione con la sua amica sul fatto che non le piacesse il termine "damigella in pericolo" perché aveva una connotazione negativa e implicava che la donna se ne stesse seduta ad aspettare che un uomo la "salvasse". Eroina in difficoltà non le sembrava altrettanto negativo.

«Adoro quel film» ammise.

«E Owl è il tuo Jack» disse Cora con un sospiro.

«Credo di sì» sussurrò.

«Bene, quindi devi dirgli che vuoi che prenda il controllo» aggiunse con fermezza. «Da quello che so di lui e che ho visto in questi mesi di permanenza qui, se pensa che prendere il controllo in camera da letto possa provocarti dei flashback o danneggiarti emotivamente, non correrà il rischio. Quindi dovrai dirgli che è ciò che vuoi veramente. Che sia lui a dare il via ai momenti intimi tra voi due.»

«Hai ragione.»

«Certo che ce l'ho.» Cora si sollevò un po' e guardò verso la finestra, poi si voltò di nuovo verso Lara. «Stanno salutando con la mano, quindi abbiamo poco tempo prima che tornino tutti e che il tuo uomo ti reclami di nuovo. Sei emozionata all'idea di andare a vedere l'elicottero con Owl e Stone? Sei nervosa all'idea di lasciare il Rifugio?»

Lara si acciglò. «Cosa?»

«In che senso cosa?» le chiese, sembrando confusa.

«Non ho idea di cosa tu stia parlando. Owl e Stone devono *partire*? E comprano un elicottero?»

Cora la fissò per un attimo, poi cercò bruscamente di alzarsi. «Ehm... forse? Devo andare a dare un'occhiata a... Henley. Voglio dire, è incinta e tutto il resto, e...»

Non riuscì a finire la frase perché Lara le afferrò la stoffa della maglia e tirò.

Cora ricadde sulla poltrona. Be'... sulle sue ginocchia, e dovette lottare con lei perché cercava di allontanarsi. Fu una cosa incredibile. Come ai vecchi tempi. Poteva anche essere la sua migliore amica, ma la faceva impazzire abbastanza spesso, e lottare per finta fu come tornare a casa.

Lara la fece cadere a terra e si sedette sulla sua schiena, immobilizzandola.

«Cora Clark – wow, adoro come suona – dimmi subito cosa volevi dire. Owl e Stone vanno via per vedere un elicottero? Sapevo che i ragazzi parlavano di prenderne uno, ma non che lo avessero già *trovato*. Partiranno presto? E cos'è questa storia che io vado con loro?»

«Non è giusto che tu sia più grande di me! Sederti sulla mia schiena è una mossa da stronza» si lamentò ridacchiando. Ma per quanto si sforzasse, non riusciva a liberarsi.

«Parla, donna.»

«Va bene, accidenti! Pensavo lo sapessi. Sì, hanno trovato un elicottero che vorrebbero comprare, ma Owl e

Stone devono andare a ispezionarlo e a testarlo in volo. Per ovvie ragioni, devono essere loro a farlo. A quanto pare si trova a Seattle. Dovrebbero partire la prossima settimana, ma Owl era restio a lasciarti, quindi credo che sia stato Brick a suggerire di portarti con loro.»

Lara era sbalordita. Non le aveva detto nulla di tutto ciò. Non sapeva se essere entusiasta per loro perché avevano trovato l'elicottero che volevano e avrebbero potuto fare più regolarmente qualcosa che amavano, cioè volare, o se essere arrabbiata per il fatto che lui non le avesse detto dell'imminente viaggio.

«Sono sicura che non voleva farti preoccupare» disse Cora con più calma, sempre sotto di lei.

Lara era stata orgogliosa dei progressi che aveva fatto. Si era crogiolata nell'affetto di Owl. Si erano addirittura detti di amarsi. Eppure, glielo aveva tenuto nascosto. Cosa aveva intenzione di fare, presentarsi il giorno della partenza con una valigia pronta e informarla che sarebbe andata con lui?

Oppure... magari aveva deciso di non chiederle di andare perché pensava che lei non potesse gestire la cosa.

Poteva gestirla? Voleva pensare di sì, ma l'idea di lasciare la sicurezza del Rifugio le provocò un'ondata di brividi di terrore lungo la schiena. Carter Grant era ancora libero. Lo sapevano tutti. Si trattava solo di capire quando avrebbe fatto la sua mossa per reclamare ciò che pensava gli appartenesse.

«Lara?» la chiamò Cora preoccupata.

Fece un respiro profondo e si sforzò di controllare le emozioni che all'improvviso la stavano sopraffacendo.

«Che diavolo succede qui?» chiese una voce profonda e divertita.

Lara alzò lo sguardo e vide Tiny, Owl, Pipe e Brick fissarle dall'ingresso del lodge. Lei era ancora seduta sopra la sua amica.

«Stiamo facendo una conversazione a cuore aperto tra ragazze» rispose Cora con una risatina.

Si sentì in imbarazzo per essere stata sorpresa in quella posizione e cercò subito di alzarsi. Prima che riuscisse a fare qualcosa, Owl fu lì e le porse la mano.

Anche se era puerile, non avrebbe voluto prenderla, anzi, avrebbe voluto scacciarla via. Stava soffrendo perché era venuta a conoscenza del viaggio da Cora... ed egoisticamente voleva che anche lui soffrisse. Ma dato che era una persona adulta e voleva evitare di parlarne davanti agli altri, la prese.

E nel momento in cui la loro pelle si toccò, sentì un fremito che scese fino alle dita dei piedi. Era eccitante, ma anche un po' irritante perché era arrabbiata con lui.

Non avevano fatto sesso da quando erano arrivate le famiglie, perché a fine giornata era sempre esausta. E, oltre ai bambini energici, il solo fatto di interagire con così tante persone per la prima volta dopo mesi era stato mentalmente faticoso. Ma *erano* stati in intimità. Owl l'aveva tenuta tra le braccia nel loro letto e si erano addormentati avvinghiati. E lui aveva dormito. Ogni notte. Era una sensazione inebriante per Lara. Lui l'aveva aiutata a sentirsi al sicuro e lei lo aveva aiutato a dormire tutta la notte. Il fatto che entrambi avessero bisogno l'uno dell'altra le aveva dato l'impressione che le cose tra loro fossero più bilanciate.

Ora si sentiva destabilizzata. Perché non le aveva detto che avevano trovato un elicottero che volevano comprare? Era una cosa importante per lui. Averne uno vero da pilotare ogni volta che voleva, invece di doversi accontentare del programma di simulazione era ... importantissimo!

E che lui e gli altri avessero discusso del fatto che sarebbe andata con loro a Seattle, ma Owl non ne avesse parlato con lei, faceva male.

«Ragazze, siete fantastiche» disse Brick con un sorriso.

«Oh mio Dio!» esclamò Alaska, entrando nell'atrio dal piccolo ufficio sul retro. «Ho già ricevuto due mail dalle famiglie che sono partite prima e traboccano di elogi per il Rifugio e, soprattutto, per voi ragazze! Dicono anche che i bambini hanno pianto quando sono andati via perché si sono divertiti tantissimo. Non avrei mai potuto fare ciò che avete fatto voi!»

Brick allungò il braccio e Alaska si accoccolò contro di lui. Tutti le guardavano sorridendo, e per Lara fu travolgente. Le sue emozioni erano già nel caos, e ciò non aiutava. Aveva bisogno di spazio. Aveva bisogno di pensare.

«Grazie. Torno allo chalet» informò il gruppo, poi si diresse verso la porta senza voltarsi.

«È per qualcosa che ho detto?» sentì Alaska chiedere, ma non si fermò. Si stava comportando da maleducata, ma al momento il suo unico pensiero era quello di allontanarsi da tutti e arrivare a casa.

CAPITOLO TREDICI

«Ma che diavolo?» borbottò Owl fissando la schiena di Lara. Fece per seguirla quando si sentì strattonare la maglia. Sì voltò e trovò Cora accanto a lui con un'aria preoccupata.

«Ho fatto un casino» ammise lei. «Le ho detto dell'elicottero e domandato come si sentiva a lasciare il Rifugio. Non sapevo che non le avessi ancora parlato del viaggio o chiesto di venire con te.»

Owl sentì un rimescolio nello stomaco.

«Non le hai detto del viaggio?» chiese Tiny.

«Abbiamo trovato l'elicottero il giorno in cui sono arrivate tutte le famiglie. È stata impegnata, e quando tornava a casa la sera era talmente stanca che crollava. Non volevo opprimerla anche con questa cosa oltre a tutto quello che sta facendo per il Rifugio» rispose Owl un po' sulla difensiva.

«Lo capisco» disse Pipe, mettendo un braccio intorno alla moglie. «Cora è stata una zombie ogni sera, e borbottava di pastelli e lavoretti prima di addormentarsi, due secondi dopo essersi seduta a guardare la TV.»

«È passato un po' di tempo dall'ultima volta che abbiamo lavorato con dei bambini» ribatté lei. «E a Washington stavamo con loro solo durante il giorno. Non dovevamo intrattenerli a cena o fare le cose divertenti che abbiamo fatto qui di sera.»

«Devo parlarle» disse Owl, stringendo le labbra.

«Dalle un momento per pensare» gli consigliò Cora.

Ma lui scosse la testa. «No, ci *rimuginerà* sopra troppo.»

«Forse non è una buona idea, dopotutto» suggerì Brick. «Può restare qui con noi. La terremo d'occhio. Ci assicureremo che stia bene.»

Non aveva dubbi che i suoi amici si sarebbero presi cura della sua donna, ma qualcosa nel profondo si ribellò al pensiero di lasciarla. Poteva essere stata lei quella che aveva avuto paura di perderlo di vista, ma ora era *lui* a non voler allontanarsi. Si era abituato ad averla quasi sempre con sé. Adorava le chiacchierate che facevano. Gli piaceva alzare gli occhi e vederla seduta sul suo divano.

Era completamente dipendente da Lara Osler, e il pensiero di passare una settimana lontano da lei gli faceva accapponare la pelle.

«Lo apprezzo, ma ha bisogno di farlo. Ha bisogno di uscire. Vedere che il mondo non ce l'ha su con lei.»

«E se dovesse succedere qualcosa?» chiese Tiny.

«Allora ce ne occuperemo» rispose Owl con fermezza. In un angolo della sua mente era preoccupato quanto Lara che il suo passato tornasse a perseguitarla. Ma un'altra parte di lui desiderava che Carter Grant facesse una mossa. Avrebbe preferito morire piuttosto che fare qualcosa che l'avrebbe ferita, ma l'incertezza era una rottura. Sapere che quel serial killer era là fuori da qualche parte... alla fine l'avrebbe distrutta. Quindi, se lo stronzo aveva intenzione di fare qualcosa, voleva che lo facesse il prima possibile. Avrebbe commesso un errore e l'FBI lo avrebbe catturato, così sarebbero andati avanti con le loro vite una volta per tutte.

Lara stava progredendo benissimo. Aveva ancora delle battute d'arresto, e con Grant ancora libero non poteva mai rilassarsi completamente... e lo sapevano tutti. Il viaggio a Seattle sarebbe stato il primo passo per riprendersi la sua indipendenza, per dimostrare che, pur avendo vissuto un'esperienza terribile, non era una vittima.

Owl doveva solo convincerla che lui non era un idiota insensibile per non averle detto prima del probabile viaggio. Per aver ovviamente parlato alle sue spalle con i suoi amici, per quanto la cosa fosse stata innocente, e per non averle lasciato più di una settimana per pensare alla possibilità di avventurarsi fuori dalla proprietà.

«Facci sapere se hai bisogno di qualcosa» disse Brick.

«Owl?» lo chiamò Cora prima che lui potesse andarsene.

Cercò di non mostrarsi infastidito, visto che voleva andare da Lara il più in fretta possibile, e si girò verso di lei.

«Non lasciare che ti allontani. Tu sei il suo Jack.»

Non aveva idea di cosa diavolo significasse, ma si limitò ad annuire. «Non lo farò.» Poi si voltò prima che qualcun altro decidesse di fare due chiacchiere e si avviò verso la porta. Doveva sistemare le cose e non sapeva come. Odiava l'espressione di dolore e confusione che aveva visto sul suo viso prima che se ne andasse. Aveva fatto un casino, e in qualche modo doveva risolverlo.

———

Lara fece un respiro profondo quando la porta dello chalet si chiuse alle sue spalle. Per qualche ragione, la passeggiata lungo il sentiero boscoso era sembrata più lunga e più spaventosa. Non era ancora buio, ma era nuvoloso e ciò aveva reso tutto un po' più inquietante.

Andò nella camera degli ospiti, avendo bisogno di una stanza neutrale per elaborare quello che stava provando.

L'aspetto più doloroso riguardo a ciò che aveva appreso da Cora era il fatto che fosse stato *Owl* a tenerle nascoste quelle cose. La testa le pulsava... e sentiva un dolore al petto per il dispiacere. Magari lui aveva una buona spiegazione, ma non riusciva a pensare a quale potesse essere. Aveva avuto tutto il tempo di dirle che avevano trovato un elicottero e, soprattutto, della possibilità che lei andasse a vederlo con loro.

Si rannicchiò in posizione fetale sul letto e fissò con aria assente la stanza in penombra. Forse non *voleva* che andasse? Era per quello che non ne aveva parlato? La cosa l'avrebbe fatta soffrire, ma onestamente non lo biasimava. Cosa ne sapeva lei di elicotteri? Niente. E se avesse avuto un attacco di panico, lui avrebbe dovuto occuparsi di quello invece che del velivolo. L'ultima cosa che voleva era essere un peso.

E per un bel po' di tempo era stata più che un peso per Owl. Accidenti, non era stato in grado di fare un bel niente per mesi senza che lei andasse fuori di testa se lo perdeva di vista. Aveva fatto molta strada rispetto alle condizioni in cui era quando l'avevano salvata, ma nessuno dei due sapeva come avrebbe reagito nel mondo reale. Lì al Rifugio si sentiva al sicuro. Ma nel momento in cui avrebbe messo piede fuori dalla proprietà, sarebbe diventata un bersaglio facile. E aveva la sensazione che lo sapessero tutti.

Il rumore della porta d'ingresso che si apriva e si chiudeva la fece irrigidire. Ma la voce profonda di Owl la fece subito rilassare.

«Sono io!» disse, come faceva sempre quando tornava a casa.

Casa.

Ormai era così che considerava quello chalet. Era il suo posto sicuro. Il suo rifugio personale. E l'ultima settimana e mezza era stata un paradiso. Certo, era stata esausta dopo aver lavorato tutto il giorno con i bambini, ma tornare da Owl era un sogno diventato realtà. E ora stava mettendo in discussione tutto. Era già stata ingannata altre volte, e sebbene pensasse che lui non fosse nemmeno lontanamente paragonabile a Ridge, non poté fare a meno di chiedersi se, ancora una volta, non avesse permesso alle sue speranze e ai suoi sogni troppo romantici di avere la meglio sul suo buonsenso.

Non si stupì molto quando un attimo dopo lui apparve sulla soglia della camera. Non si avvicinò al letto, cosa che lei apprezzò.

Si appoggiò allo stipite e incrociò le braccia.

«Ti chiedo scusa.»

Lara sbatté le palpebre sorpresa. Non sapeva cosa si fosse aspettata, ma, date le esperienze passate, pensava che avrebbe esordito con una sorta di spiegazione difensiva per non averle detto dell'elicottero o del viaggio. Non era sorpresa invece che Cora gli avesse detto di aver spifferato tutto.

Però non replicò.

«All'inizio, quando sei arrivata qui, dormivi in quel modo» le disse sommessamente.

Lei non alzò la testa. Era confusa, ma non poté negare che avesse la sua attenzione.

«Raggomitolata in una piccola palla. Come per proteggerti dal mondo. E il fatto che tu lo stia facendo di nuovo... mi uccide. Perché è per colpa *mia*. Ti ho fatta sentire come se dovessi proteggerti da me.» L'agonia nella sua voce la fece quasi alzare a sedere e aprire le braccia in un invito. Ma rimase dov'era. A osservare. Ad aspettare.

Owl si spostò appena all'interno della stanza e appoggiò la schiena al muro, poi scivolò lentamente verso il basso fino a sedersi. Piegò le ginocchia e vi appoggiò le braccia, sempre continuando a fissarla.

«Mesi fa, quando sei arrivata qui, la gente era stupita perché non mi irritava il fatto che tu ti rifiutassi di perdermi di vista. I miei amici si offrivano continuamente di darmi il cambio. Cora mi pregava sempre di prendermi una pausa e di lasciarla stare con te. Ma io mi rifiutavo. Vuoi sapere perché?»

Lara cercò di frenare la sua curiosità, ma non ci riuscì e annuì piano con la testa.

«Perché avevo bisogno di te quanto tu ne avevi di me. Hai mai guardato uno di quei telefilm sui militari?»

Si accigliò. Le sembrò un brusco cambio di argomento, ma gli fece un altro piccolo cenno di assenso.

«Sì, quelli sui Navy SEAL sono eccezionali. Sono alfa, protettivi, coraggiosi e letali come pochi. L'ideale di ogni donna per quanto riguarda ciò che vuole in un partner. Le serie sui pompieri sono uguali. Quegli uomini corrono negli edifici in fiamme quando tutti gli altri scappano.

Nella vita reale sono eroi. Sono quelli di cui parlano nei notiziari, di cui fanno film e scrivono libri.

Poi ci sono io. Quante volte hai fatto caso alla persona che *guida* un mezzo in quei telefilm? Il tizio che pilota l'elicottero e che schiva i razzi sparati dagli RPG, le montagne, le mitragliatrici e tutti i nemici che cercano di abbatterlo nel raggio di quindici chilometri. O quello che guida il camion dei pompieri, o che pilota gli aerei sopra gli incendi attraverso il fumo e le fiamme per sganciare il ritardante o far scendere i fenomenali vigili del fuoco? *Mai*» disse, rispondendo alla sua stessa domanda.

Lara aggrottò la fronte, comprendendo dove voleva arrivare... e non gradendolo affatto.

«Io e Stone non eravamo SEAL. Non eravamo operatori della Delta Force. Eravamo piloti. Dannatamente bravi, ma solo dei piloti. Non eravamo sicuri che l'esercito avrebbe mandato qualcuno a cercarci quando ci hanno abbattuti. Almeno non con la tempestività necessaria. Perché ci sono sempre altri piloti. Sì, alla fine sono arrivati i soccorsi, ma siamo sicuri sia stato a causa dei video diffusi su internet. Il fatto che fossimo nelle grinfie dei terroristi era una pessima pubblicità per l'esercito. Così hanno inviato uno di quei team cazzuti per riportarci a casa.

Nonostante ciò, non siamo stati trattati da eroi. Non siamo finiti nel notiziario né siamo stati intervistati dalla rivista *People*. Mentre i nostri soccorritori sono stati molto richiesti per dare il loro punto di vista su ciò che era successo. A causa di quei maledetti video, la gente era *imbarazzata* per me e Stone. I nostri corpi nudi, pallidi ed emaciati, non erano i classici fisici muscolosi adatti all'intrattenimento. Eravamo svaniti sullo sfondo. Una semplice nota a piè pagina nella guerra al terrorismo. Invisibili, il che per certi versi era ciò di cui avevamo bisogno... ma ha fatto anche male.

Ma tu, Lara, mi hai *visto*. Per te non ero solo un pilota. Ero importante. Necessario. E mi ha dato una *bella* sensazione. Dannatamente bella. Non mi dispiaceva che avessi bisogno di avermi vicino. Era sbagliato da parte mia, lo so, ma desideravo da molto di essere importante per qualcuno, tanto da non oppormi alla tua dipendenza da me.

E quando hai iniziato a riprenderti, quando non avevi più bisogno di me tutto il tempo... ne ero orgoglioso, ed ero davvero impressionato dal fatto che fossi riuscita a trovare il modo di liberarti dal panico e dalla paura. Devo ammettere che mi piaceva come il nostro rapporto stava cambiando. Non avevi più bisogno di qualcuno a cui appoggiarti, ma sembrava che ti piacesse comunque stare con me, a parlare, a cucinare. A fare cose normali.

Non ti ho detto del viaggio per comprare l'elicottero, *non* perché volessi tenertelo nascosto, ma semplicemente perché volare non è più la cosa più importante della mia vita, Lara. *Tu* lo sei.

Credo di averti amata dal momento in cui abbiamo lasciato l'ospedale in Arizona. Eri così spaventata, così traumatizzata, eppure hai fatto del tuo meglio per rassicurare i tuoi genitori che stavi bene... quando invece non era affatto così. Hai tranquillizzato Cora, cercando di farla sentire meglio riguardo al fatto che eri stata rapita. Da quel momento, mi sono innamorato profondamente. Ho pensato che chiunque potesse essere gentile come te, potesse pensare agli altri anche mentre cercava di superare una prova così orribile, era una persona che volevo avere accanto. Qualcuno che avrei voluto avere nella mia vita per sempre.

Sono entusiasta di avere un elicottero qui al Rifugio, ma questo entusiasmo è eclissato da *te*, Lara. Non pensavo alla potenza del motore o alla capacità del serbatoio quando rientravi di sera in questo chalet; volevo solo sapere com'era andata la tua giornata. Sentire le storie sui bambini che tu e Cora avevate intrattenuto, quanto ti piaceva contribuire. Questo era il mio obiettivo. Poi ci svegliavamo al mattino e io ero così sopraffatto e grato di aver dormito di nuovo tutta la notte... che l'elicottero era l'ultima cosa a cui pensavo.»

A Lara quasi girava la testa. Era sicura di non aver mai sentito Owl dire così tante cose in una sola volta. Era affascinata da quello che le stava raccontando. Non parlava molto di quando era stato prigioniero di guerra o di quello che aveva sopportato dopo essere tornato a casa, ma sentire le sue riflessioni su ciò che gli altri pensavano o non pensavano della sua professione, era stato straziante. E, cosa ancora peggiore... non si sbagliava.

I film di cui aveva parlato non si concentravano affatto sugli audaci piloti di quei mezzi. Mostravano gli elicotteri che entravano e uscivano dalle catene montuose, che raccoglievano i soldati delle forze speciali, che li paracadutavano tra i colpi di artiglieria pesante, ma non riusciva a ricordare che ci fosse stata una volta in cui l'attenzione fosse incentrata sui piloti.

«E negli ultimi giorni eri anche esausta. E felice. Ho intravisto la persona che i tuoi alunni di Washington vedevano ogni giorno. La tua luce interiore brillava così tanto che quasi mi accecava. Non volevo offuscarla facendoti sentire in ansia per un potenziale viaggio lontano dal Rifugio.

Mi dispiace, tesoro. Avrei dovuto trovare un modo per

dirti dell'elicottero. Tex ha trovato un Bell 505. È quasi nuovo e il prezzo è imbattibile. Brick ha scambiato delle mail con il venditore e la nostra commercialista per trovare un accordo. Ci ha fissato un appuntamento per la prossima settimana, per ispezionarlo prima dell'acquisto. Quindici giorni fa, quando tutta questa questione era più che altro una proposta per il Rifugio, Brick ha suggerito che forse potevi venire con noi. Era prima che tu stessi bene come adesso. Ma anche allora volevo che venissi con me, semplicemente perché non mi piaceva l'idea di non averti vicino per un certo periodo di tempo.

Mi sono abituato ad averti con me, tesoro. Al modo in cui canticchi sottovoce quando cucini. Al disordine che non riesci a fare a meno di lasciare in bagno quando ti prepari per la giornata. Alla sensazione che provo quando ti tengo tra le braccia di notte. Ai suoni che emetti quando sono dentro di te. Ti amo, Lara. E mi odio per il dolore e l'incertezza che stai provando e per il fatto che tu sia rannicchiata così perché ti ho fatto dubitare del mio amore per te.»

Quando finì di parlare, nella stanza calò un silenzio pesante.

Ma, sorprendentemente, Lara si sentì... leggera.

«In realtà non sono ferita perché non mi hai detto dell'elicottero in sé. Sono turbata perché ho pensato che forse non volevi che venissi, o che non credevi che potessi farcela... e che fosse per questo che non me ne hai parlato. E anche perché so che è una cosa per cui eri eccitato, ma non mi hai resa partecipe di quell'entusiasmo.

Anch'io voglio che condividi con me le cose che *ami*. Finora è girato tutto intorno a me, e mi ha stancato. Voglio condividere la mia gioia per le gravidanze di Henley e

Reese. Voglio festeggiare i compleanni. Sono stufa che tutti siano cauti con me. Non sto benissimo, ma sto migliorando molto. Henley mi ha aiutata a capire che la vita varia in base a come si reagisce alle esperienze. E non voglio essere la vittima di Carter Grant. Voglio ridere. Fare l'amore. Prendere in giro le mie amiche e far parte della loro vita. E non posso farlo se tutti fanno attenzione a ciò che dicono davanti a me perché hanno paura che io abbia un attacco di panico.»

Owl annuì. «Hai ragione. Prometto di non nasconderti più nulla da questo momento in poi. Se sarò felice, lo condividerò con te. Se sarò arrabbiato, ti permetterò di dispiacerti per me e di calmarmi. Se avrò paura, lascerò che mi conforti. Ho fatto un casino, Lara, lo so e mi dispiace. Ti prego, non lasciare che questa cosa ci separi.»

Il solo pensiero di lasciare quell'uomo le fece provare una fitta al petto. Si alzò lentamente a sedere. «Perché non vieni qui?» gli chiese timidamente.

Owl balzò in piedi e in un attimo fu accanto al letto. Lei si spostò per fargli spazio, e si sdraiarono sistemandosi uno di fronte all'altra. Le accarezzò i capelli fissandola negli occhi.

«Mi perdoni?»

«Credo che ti perdonerei qualsiasi cosa» gli disse, avvolgendogli un braccio intorno alla vita e tenendo l'altro piegato tra di loro e posato contro il suo petto.

«Grazie a Dio» sussurrò chiudendo gli occhi.

Era chiaro che fosse stato agitato quanto lei. Non si era rannicchiato sul letto, ma era stato altrettanto turbato per la tensione tra loro.

«Per la cronaca, io *ti vedo*, Callen Kaufman. E vedo un uomo straordinario. Altruista, generoso e disposto a fare tutto il necessario per rendere felici gli altri. Vedo anche un uomo sexy e bellissimo che mi fa provare cose che non avevo mai provato in vita mia.»

«Ti faccio sentire protetta?» chiese.

«Anche quello» lo rassicurò. «Ma non sono innamorata di te perché mi fai sentire al sicuro, perché mi proteggi.»

Lui sollevò un sopracciglio e Lara non poté fare a meno di pensare che era adorabile quando aveva bisogno di rassicurazioni del genere.

«Mi sono innamorata di te perché non mi hai mai vista distrutta, anche quando lo ero.»

«Non sei mai stata distrutta, tesoro. Ammaccata, forse. Ma non distrutta.»

Sì, amava decisamente quell'uomo. «E comunque la risposta è sì.»

Lui aggrottò la fronte confuso.

«Verrò con te e Stone a Seattle.»

I suoi occhi si illuminarono di eccitazione. «Davvero?»

«Mm-mm. Come posso perdere l'occasione di vederti al volante... aspetta... non è un volante, vero? Ai comandi?»

Owl ridacchiò. «Sì.»

«Perdere l'occasione di vederti ai comandi di un vero elicottero? Voglio dire, il simulatore è fantastico, ma penso che sia molto diverso nella realtà.»

«Sì e no. Io e Stone abbiamo comprato il migliore in circolazione. I pedali sono diversi da quelli veri, e al simulatore non si sente il vento che fa oscillare l'elicottero, ma i comandi sono piuttosto accurati.»

Gli sorrise.

Lui fece una smorfia. «Scusa. Sono un po' emozionato. E ho già parlato con Brick per quanto riguarda la tua sicurezza durante il viaggio. Alloggeremo in un hotel consigliato da Tex e non ci metteremo più tempo del necessario. Andiamo lì, diamo un'occhiata all'elicottero, lo proviamo e torniamo a casa. E non compileremo il piano di volo fino all'ultimo minuto, così se qualcuno è là fuori a osservare, non sarà in grado di rintracciarci. Non permetterò che ti accada nulla. Non se ne parla proprio.»

«Ok.»

«Ok?»

Annuì.

«Hai fame?» le chiese.

L'accenno al cibo le fece brontolare la pancia. Forte.

Owl rise. Si sporse in avanti e la baciò, lasciando le labbra posate sulle sue per un lungo momento. Poi si tirò indietro. «Ho un'altra domanda. Chi diavolo è Jack?»

Lara ridacchiò.

«Sul serio, Cora mi ha detto che sono il tuo Jack, ma non so cosa significhi.»

«Significa che sei mio» rispose con un piccolo sorriso.

«Puoi giurarci» replicò prima di scendere dal letto e tenderle una mano.

Lara la prese e sentì un fremito dentro di sé quando lui non la lasciò andare mentre si avviava verso la porta.

Era felice... ma in fondo alla mente aleggiava il pensiero di quello che aveva detto Sandra Bullock nel film. La frase sulle relazioni iniziate in circostanze eccezionali che non funzionavano.

Sperava di sbagliarsi. Perché se avesse perso Owl, non si sarebbe mai ripresa. L'istinto le diceva che lui era la sua unica e sola possibilità di vivere un amore profondo, vero, che durava per sempre, e avrebbe fatto tutto ciò che era in suo potere per tenersi stretto quel sentimento, per tenersi stretto *lui*, con tutte le sue forze.

———

Carter Grant non riusciva a smettere di sorridere.

Era quasi giunto il momento!

Tutto era pronto.

In meno di una settimana la sua proprietà sarebbe tornata al posto che le spettava. E questa volta si sarebbe assicurato che non potesse scappare.

Aveva pianificato tutti i dettagli possibili. Non sapeva esattamente quando lei e gli stronzi del Rifugio sarebbero arrivati a Seattle, né con quale volo, ma non importava. Aveva istruito accuratamente il suo complice che avrebbe consegnato Lara al suo nuovo nascondiglio. Si trovava in un luogo remoto, e anche se fosse riuscita a fuggire dalla stanza che aveva preparato... non sarebbe stata in grado di lasciare l'isola.

C'erano voluti quasi tutti i soldi che aveva messo da parte – ok, che aveva rubato alla famiglia Michaels – per mettere in sicurezza la casa e pagare il suo complice, ma ne sarebbe valsa la pena. Si era procurato una nuova identità e aveva cambiato aspetto. Nonostante la benda sull'occhio, nessuno avrebbe sospettato subito che fosse il noto serial killer a cui l'FBI dava la caccia. Aveva lasciato crescere i suoi capelli biondi negli ultimi mesi e li aveva tinti di nero. E aveva mascherato l'occhio nocciola con una lente a contatto colorata.

Era anche più intelligente di tutti i suoi nemici. Avrebbe vissuto il resto della vita con il suo giocattolo speciale sull'isola che aveva comprato.

Pensare che Lara fosse ancora una volta alla sua mercé gli fece diventare il cazzo duro. Lo ignorò. Aveva cose più importanti da fare e voleva preservarsi per ciò che sarebbe successo nell'imminente futuro.

Si rilassò sulla poltrona mentre ripassava nella testa i piani per la settimana successiva. Lara e i due stronzi sarebbero arrivati a Seattle e avrebbero passato lì la notte. Poi avrebbero incontrato il suo complice, che si sarebbe spacciato per il proprietario dell'elicottero. Avrebbe permesso al trio di fare un volo di prova, e avrebbero completato tutti i dettagli finanziari...

E dopo aver ottenuto i soldi, il suo complice avrebbe ucciso i due stronzi e portato Lara direttamente sull'isola.

Poi sarebbe iniziato il divertimento.

Non vedeva l'ora.

CAPITOLO QUATTORDICI

Era arrivato il momento, l'indomani sarebbero partiti per Seattle, e Owl doveva ammettere di essere nervoso per Lara. Sì, stava benissimo, erano settimane che non aveva un attacco di panico, ma lasciare il Rifugio sarebbe stato stressante per lei.

Stavano trascorrendo una serata tranquilla nel loro chalet. Avevano usato per qualche ora il simulatore di volo e Owl era rimasto impressionato da quanto fosse diventata brava, per essere una che non era mai stata su un elicottero. Be'... non da cosciente. Non era ancora pronta per arruolarsi nell'esercito e addestrarsi per diventare una Night Stalker, ma gli piaceva vedere la gioia sul suo viso quando riusciva a completare una missione – a livello principiante – senza schiantarsi. Non era il massimo nei decolli e negli atterraggi, ma Owl non aveva dubbi che presto sarebbe riuscita a padroneggiare anche quelli.

«A cosa stai pensando?» gli chiese Lara, mentre erano accoccolati sul divano. Lui stava facendo finta di leggere e aveva pensato che fosse immersa nella sitcom che stavano trasmettendo alla TV. Non avrebbe dovuto sorprendersi che si fosse accorta del fatto che stava rimuginando invece di rilassarsi. Aveva ripassato i loro piani di viaggio, cercando di elaborare scenari diversi su come reagire se fosse successo il peggio.

«A niente di che» mentì. Non voleva assolutamente aggiungere preoccupazioni nella sua mente.

«Sei emozionato?»

«Sì» rispose con un piccolo sorriso. Ed era vero. Mai avrebbe immaginato che un giorno sarebbe stato proprietario di un elicottero tutto suo. E che Stone fosse al suo fianco lo rendeva ancora più bello. Volare per diletto sarebbe stato un gradito cambiamento rispetto alle innumerevoli e stressanti missioni che avevano affrontato nell'esercito.

Gli ultimi giorni erano stati impiegati con i dettagli del viaggio, le mail scambiate con il venditore e, in generale, a cercare di organizzare tutto ciò che sarebbe servito a lui, Stone e Lara per andare a Seattle. Aveva trascorso del tempo con Brick, Pipe e gli altri, accettando i loro consigli per tenerla al sicuro. Suggerimenti che aveva gradito. L'ultima cosa che voleva era che le accadesse qualcosa mentre era con lui. Non se lo sarebbe mai perdonato.

«Sei sicura di voler venire?» le chiese.

«Sì.» La sua risposta fu immediata e sincera, e Owl provò ancora una volta un moto d'orgoglio. La sua Lara era forte.

Si voltò a guardarlo. «*Vuoi* ancora che venga?»

«Certo che sì» rispose, aggrottando la fronte. «Perché pensi che non dovrei volerlo?»

«A causa *sua*. Avermi intorno rende tutto più stressante.»

Si girò verso la donna che amava e le prese il viso tra le mani. «No, non è vero. Sarei stressato comunque. E sai cos'altro? Non dormirei. E ciò renderebbe il viaggio più pericoloso. Perché chi vuole un pilota che non ha riposato abbastanza?»

Lara alzò gli occhi al cielo. «Se lo dici tu.»

«Sono serio» insistette, senza il minimo divertimento nella voce. «Per un uomo che per più di cinque anni non ha dormito una notte intera, tu sei un miracolo.»

«Quindi stai con me perché ti aiuto a dormire» disse, stuzzicandolo.

«No, sto con te perché mi rendi felice. Mi fai sentire di poter essere l'uomo che ho sempre voluto essere. Mi fai desiderare ciò che pensavo non avrei mai trovato... una famiglia. Sto con te perché tu sei *tu*, Lara. E ti amo.»

«Ti amo anch'io.»

La baciò. In quel momento avrebbe davvero voluto spingerla sulla schiena e prenderla in modo duro e intenso. Dimostrarle senza parole quanto lei fosse vitale per lui. Ma si impose di mantenere il bacio tranquillo. Avrebbe preferito infilare il suo uccello in una presa di corrente piuttosto che fare qualcosa che avrebbe potuto riportarle alla mente il trauma che aveva vissuto.

Lara gli afferrò la maglia con forza e si premette di più contro di lui. Owl adorava quando prendeva il controllo, non solo perché significava che anche lei lo desiderava allo stesso modo, ma anche perché lo liberava dalla preoccupazione di rischiare di esagerare durante l'intimità.

Ma all'improvviso lei si bloccò e si tirò indietro, fissandolo. Non riuscì a interpretare la sua espressione, e si accigliò, preoccupato. «Cosa c'è che non va?»

«Niente» rispose in fretta, mordendosi il labbro

inferiore.

«Dimmelo, Lara. Devo chiamare Henley?»

«No! Voglio dire, sto bene. È solo che... ti piace che prenda il controllo quando facciamo l'amore?»

Inarcò un sopracciglio. «Vuoi dirmi che non sai se i miei orgasmi sono veri o no?» scherzò.

Lei sorrise. «No, sono certa che non stai fingendo. Me lo fa capire il tuo sperma che al mattino scivola fuori da me.»

Owl non riuscì a trattenere un sorriso soddisfatto. Gli piaceva riempirla. Amava vedere il suo seme fuoriuscire da lei quando si alzava. Era una reazione puramente maschile, e probabilmente avrebbe dovuto vergognarsi, ma era così dannatamente erotico che non riusciva a trovare l'energia per sentirsi in colpa. La prima mattina si era un po' spaventato, preoccupato della possibile reazione di Lara, ma lei si era limitata a sorridergli timidamente prima di andare in bagno.

Si ricordò che gli aveva fatto una domanda, così le disse con sincerità: «Mi piace quando detti il ritmo.»

«Anche a me, ma...» Si interruppe.

Gli si gelò il sangue. Non era contenta della loro vita sessuale? Aveva fatto qualche cazzata senza rendersene conto? «Ma, cosa?» chiese, con un tono un po' più duro di quanto avesse inteso.

Lei lo fissò. «Io sono sempre sopra» disse.

Owl si accigliò. Gli piaceva un sacco vederla muoversi sul suo cazzo e guardarlo scomparire nel suo corpo mentre si abbassava su di lui. Amava vedere le sue tette rimbalzare mentre lo prendeva. Non c'era una singola cosa che *non* gli piacesse quando ce l'aveva a cavalcioni e facevano l'amore.

«E?» incalzò.

«È solo che... non mi dispiacerebbe se a volte fossi tu a stare sopra.»

Owl si bloccò. L'immagine che gli balenò in testa fu così carnale che dovette sforzarsi per ricordarsi di respirare. «Non voglio riportare alla mente brutti ricordi» sussurrò.

«Lui non... cioè, gli piaceva mettersi a cavalcioni su di me e venire, ma tu non sei *lui*, Owl. Quando sono con te, non penso a quel mostro. Mi fido di te e so che a volte ti trattieni. Voglio che quello che facciamo insieme ti piaccia quanto piace a me. E quando è ovvio che fai di tutto per essere delicato, mi viene da pensare che non provi lo stesso piacere che provo io a fare sesso.»

Era combattuto tra l'essere molto eccitato e incazzato con se stesso. Gli era piaciuto moltissimo tutto ciò che avevano fatto insieme, ma odiava che si fosse accorta che teneva sotto controllo le proprie reazioni.

Si alzò, prendendole la mano. La tirò in piedi e la trascinò in camera da letto.

«Owl? Sei arrabbiato?»

Per tutta risposta, la esortò con gentilezza a sedersi sul materasso e poi a spostarsi verso il centro. Obbedì senza distogliere lo sguardo dal suo. Quando si sdraiò, lui scivolò lungo il suo corpo e rimase sospeso sopra di lei.

«Non sono arrabbiato» le disse, mentre la teneva intrappolata sotto di sé. «Mi piace che tu sia stata abbastanza forte e coraggiosa da fare la prima mossa. Tutto di te mi eccita. Il tuo cervello, il tuo cuore gentile *e* il tuo corpo. Non sono mai stato così soddisfatto come quando ti ho nel mio letto. Vederti riprendere il controllo che quello stronzo ti ha portato via è stata una delle esperienze più belle della mia vita...» Esitò un attimo.

«Ma?» chiese lei.

Le labbra di Owl accennarono un sorriso. La sua Lara era dannatamente perspicace. «Ma» continuò, «se vorrai darmi un po' di quel controllo, lo accetterò volentieri. A una condizione.»

«Quale?»

«Non appena proverai il benché minimo disagio, dovrai dirmelo. Dico sul serio, tesoro. Mi ucciderebbe fare qualcosa che potrebbe turbarti.»

«Ci sto.»

Le braccia di Owl tremarono mentre si teneva sospeso sopra l'amore della sua vita. Il suo cervello urlava *Fallo! Prendila!*, ma il suo cuore lo esortava alla cautela. A procedere con calma.

Lara gli sorrise, e vide il suo corpo rilassarsi. Era arrabbiato per non essersi accorto prima che le sarebbe piaciuto rinunciare a un po' del controllo che le aveva dato volontariamente. Ma si sarebbe fatto perdonare.

Si raddrizzò in ginocchio e si sfilò la maglietta dalla testa. Il sorriso che lei gli rivolse gli fece pulsare il cazzo. Obbligandosi mentalmente a calmarsi, si abbassò ancora una volta e scese lungo il suo corpo finché non si trovò tra le sue gambe. Le tirò giù i leggings e fu sollevato quando lei alzò il sedere per aiutarlo.

Mentre lui si occupava di toglierli insieme alle mutandine, lei si contorse per riuscire a sfilarsi la maglia. Ora era completamente nuda davanti lui, e Owl si chiese ancora una volta come avesse fatto a essere così fortunato. Come fosse possibile che quella donna di classe, bella e appassionata fosse tutta sua.

Abbassò la testa, le allargò di più le gambe e si diede da fare.

———

Lara gemette, afferrandogli la testa. Non era la prima volta che la leccava, ma quella sera Owl sembrava diverso. Certo che lo era. Gli aveva dato il via libera a prendere il controllo. E lui non aveva esitato. La stava divorando come se fosse un uomo affamato e lei un banchetto di quattro portate, senza rallentare nemmeno quando aveva iniziato a contorcersi sotto di lui, ma continuando a usare le labbra, la lingua e persino le dita per portarla sull'orlo dell'orgasmo più e più volte, fermandosi un istante prima di farglielo raggiungere.

«Owl» si lamentò, quando lui sollevò la bocca dal clitoride per quella che sembrava la centesima volta.

«Vuoi qualcosa?» la stuzzicò.

«Sì, te!» esclamò.

Lui saltò praticamente giù dal letto, ma prima ancora che Lara sbattesse le palpebre si era tolto i pantaloni della tuta ed era di nuovo sopra di lei, e si accarezzava il cazzo con una mano mentre le premeva l'altra sulla pancia.

Per una frazione di secondo tornò con la mente di nuovo lì, in quel seminterrato. A guardare il suo carceriere che si masturbava su di lei. Ma poi sbatté le palpebre e vide solo Owl.

Ma naturalmente lui aveva notato la sua reazione e si irrigidì, sedendosi indietro sui talloni.

«No!» esclamò Lara, allungando la mano verso di lui. «Ti prego, Owl, ho bisogno di te!»

«Sei sicura?»

«Sì, ti amo. Sono qui con te e so che non mi faresti mai del male.»

«Puoi giurarci» replicò, poi strinse la mascella con

determinazione e si spostò in avanti, obbligandola a divaricare di più le gambe per fargli spazio.

«Sei così bella. Tutta bagnata per me» le disse con voce rotta.

«Sì» lo incoraggiò. Sentire la sua voce la aiutava a rimanere nel presente.

«Toccami» le ordinò. «Metti le mani sul mio petto. Senti il mio cuore che batte solo per te.»

Fece con piacere come le aveva chiesto, e aveva ragione: il suo cuore batteva forte. Percepì sotto il palmo della mano una delle sue tante cicatrici, e ciò la motivò ancora di più. Owl aveva i suoi demoni, e voleva esserci per lui come lui aveva fatto per lei.

Sentì la punta del suo cazzo sfiorarle le pieghe sensibili, e sussultò.

Poi la penetrò. Non fu esitante, cosa che apprezzò. Si spinse il più profondamente possibile, e nulla le era mai sembrato così giusto in vita sua. Averlo sopra di sé dava una sensazione diversa. Incredibile.

«Tutto a posto?» le chiese, restando immobile.

«È perfetto» sussurrò con un sospiro. «Muoviti.»

E lo fece. All'inizio lentamente, ma ad ogni spinta aumentò in lui la consapevolezza che non le stava facendo male e che, anzi, le stava piacendo, così accelerò.

Ben presto, la stava scopando con intensità, la stava rivendicando. Eliminando qualsiasi possibilità per lei di desiderare un altro uomo. Non che non fosse già così.

«Tuo» mormorava ogni volta che sprofondava dentro di lei.

Lara non poté fare a meno di sorridere. Non era proprio una rivendicazione; le stava dando ancora il potere, affermando di essere *suo*. Era questione di semantica, perché anche lei sentiva di appartenere a lui, ma le piaceva la sua sensibilità verso tutto ciò che lei aveva subito.

Owl le afferrò un ginocchio e si portò la gamba sopra un braccio, fece altrettanto con l'altra e poi, sostenendosi sul materasso, si spinse dentro di lei, facendola strillare perché andò molto più in profondità rispetto a quando era stata a cavalcioni.

«Tuo» ripeté, alla spinta successiva.

«Mio.»

La fissò negli occhi mentre la possedeva. Era indifesa sotto di lui, ma invece di sentirsi spaventata e piccola, si sentì potente. Quando Lara fece scorrere le mani sul suo petto e gli accarezzò i capezzoli, lui rabbrividì. Quando gli mise una mano sulla nuca, sentì che aveva la pelle d'oca. Owl poteva anche essere in una posizione dominante al momento, ma lei aveva altrettanto potere sul loro amplesso. Fu una sensazione inebriante.

«Ti piace» ansimò lei.

«Cazzo, sì, mi piace da morire.»

«Sei così in fondo.»

«Ti riempirò completamente» le disse con voce strozzata. «Ti darò il mio bambino. Se non lo vuoi, è il momento di dirlo.»

Lara sorrise. Non era sicura del perché quella sera fosse diversa da tutte le altre volte in cui era venuto dentro di lei, ma non si sarebbe lamentata. Voleva un bambino da quell'uomo. Lo desiderava con ogni fibra del suo essere.

«Fallo» gli ordinò.

Un impeto di determinazione gli illuminò gli occhi, e smise di trattenersi. La penetrò con forza, grugnendo ogni volta che arrivava in fondo. Un'ondata di piacere attraversò il corpo di Lara, facendola fremere dappertutto, e si portò una mano tra le gambe.

«Oh, cazzo, è maledettamente eccitante» le disse, con lo sguardo ora concentrato sul punto in cui erano uniti.

Si accarezzò il clitoride mentre lui continuava a scoparla. Il piacere si fece sempre più intenso e si perse in quelle meravigliose sensazioni.

«Fallo» la implorò. «Vieni, Lara. Non posso più trattenermi. È troppo bello sentirti così. Sei troppo stretta e calda.»

Mosse più velocemente le dita e con il mignolo gli accarezzò il cazzo ogni volta che usciva da lei. Cercò di spingere i fianchi verso l'alto, ma non aveva modo di fare leva. Era completamente alla sua mercé, e quella consapevolezza fu tutto ciò che le servì per volare nell'estasi.

Un lungo gemito le uscì dalle labbra mentre tremava tra le sue braccia.

Era ancora persa nell'orgasmo quando lui si spinse completamente dentro di lei facendo il ringhio più sexy del mondo. Poi spostò una mano, permettendole di abbassare la gamba, e le afferrò una natica, attirandola più a sé e spingendosi ancora più a fondo nel suo corpo.

Lara aveva una mano intrappolata tra di loro, era sudata e si sentiva tutta scombussolata, ma non era mai stata così appagata in vita sua.

Owl si spostò lentamente per permetterle di abbassare l'altra gamba, ma mantenne la mano sul suo sedere mentre si sistemava sopra di lei. La loro pelle scivolò in modo sensuale e con la mano libera le accarezzò i capelli. Poi gliela posò sulla nuca e la tenne ferma, per appoggiare la fronte contro la sua.

Ansimavano entrambi, e percepì il battito del suo

cuore contro il seno. Avrebbe dovuto sentirsi soffocare, ma avere Owl sdraiato sopra di lei era incredibilmente... giusto.

«Tra nove mesi conosceremo il nostro bambino» le sussurrò.

Lara ridacchiò. «Sei così sicuro di avermi messa incinta?» scherzò.

Lui sollevò la testa e la sua espressione non era per niente divertita quando rispose: «Sì. È impossibile che non lo abbia fatto data l'intensità con cui sono venuto.»

Pensò che avrebbe dovuto sentirsi a disagio. Non era una cosa normale. Gli uomini non erano così ossessionati dall'idea di mettere incinta la loro ragazza. Accidenti, lei non aveva ancora capito cosa fare della sua vita. I suoi genitori si aspettavano che tornasse a Washington prima o poi, e al lavoro le stavano ancora tenendo il posto.

Invece provò solo... sollievo. Tutto ciò che aveva sempre desiderato era essere sposata con un uomo che la amasse sopra ogni altra cosa, e avere una famiglia con lui. Owl *era* quell'uomo, non aveva dubbi. E se fosse stata così fortunata da poter avere dei figli con lui, non avrebbe mai più chiesto altro.

Molte persone non avrebbero capito, ma non le importava. Piegò le gambe finché i piedi furono appiattiti sul materasso e strinse le cosce, chiudendolo in un abbraccio totale. «Non vedo l'ora di conoscere lui o lei» disse solennemente.

La fissò per un attimo, poi sorrise lentamente.

«E tanto perché tu lo sappia... ti sto ufficialmente passando le redini della nostra vita sessuale. Puoi comandare tu.»

Sentì il suo cazzo contrarsi dentro di lei.

«Davvero?»

«Sì.»

Lui strinse la mano tra i suoi capelli e il piccolo strattone sul cuoio capelluto le fece venire la pelle d'oca sulle braccia. «Non ti ho fatto male?»

«No. Neanche lontanamente.»

Il suo cazzo si contrasse di nuovo.

Poi si mise in ginocchio, costringendo Lara ad abbassare le gambe per lasciargli spazio. Si sedette sui talloni e si portò il suo sedere sulle cosce. La posizione era un po' scomoda per lei, ma quando le mise le mani sui seni e le pizzicò i capezzoli, non le importò più.

«Per essere sicuro di metterti incinta verrò di nuovo dentro di te. E poi ancora. Tutte le volte che riuscirò a farlo» promise.

Quel lato dominante del suo uomo era un po' sorprendente, ma forse non avrebbe dovuto esserlo. Magari non era un Navy SEAL o un Delta, ma era abituato ad avere il controllo completo quando pilotava un elicottero del valore di milioni di dollari. E il modo in cui volava con il simulatore, concentrato e allo stesso tempo un po' spericolato, avrebbe dovuto farle capire che il suo uomo poteva anche non comportarsi da dominatore in pubblico, ma a porte chiuse era al cento per cento un alfa.

«Dalla tua fica fuoriuscirà il mio sperma per giorni. Voglio che tu mi senta per tutta la prossima settimana mentre siamo via.»

«Owl» gemette lei.

«Però, prima occupiamoci di te» disse con un piccolo sorriso, poi portò una mano sul suo clitoride.

Sarebbe stata una lunga notte, ma Lara non poteva lamentarsi. Nemmeno un po'.

CAPITOLO QUINDICI

IL MATTINO successivo si ritrovarono tutti al lodge per salutarsi. A Lara sembrava di essere una zombie; non aveva dormito molto perché Owl era stato insaziabile. Aveva fatto proprio ciò che aveva promesso, era venuto dentro di lei tre volte, facendole raggiungere l'orgasmo almeno il doppio di quella cifra. Si sentiva come gelatina, e anche se forse non era stata sua intenzione ridurla così, era troppo stanca, troppo appagata per essere nervosa di lasciare il Rifugio quella mattina.

Da quando si erano alzati Owl l'aveva toccata continuamente in qualche modo, come se non potesse sopportare di non farlo: sfiorandole il braccio con il suo, tenendole la mano o posandole le dita sulla parte bassa della schiena. Era proprio l'uomo dei suoi sogni, che a essere sincera aveva perso ogni speranza di trovare. Invece, eccola lì. Dovette darsi un pizzicotto per essere sicura di non sognare.

Finiti i saluti e mentre Brick stava dando a Owl e Stone

un ultimo elenco di istruzioni e informazioni sull'elicottero e sulla transazione, Cora la prese da parte.

«Sembri stanca, stai bene?»

La preoccupazione della sua migliore amica le diede una bella sensazione. «Sto bene. È solo che non ho dormito molto stanotte.»

«Eri preoccupata?» le chiese, aggrottando la fronte.

Lara le rivolse un timido sorriso. «Per niente.»

A quello capì. «Oh!» disse, con uno sguardo malizioso.

«Già, *oh*.»

«Deduco che passare il controllo a Owl abbia funzionato.»

«Decisamente.»

Cora fece un sorrisetto sciocco. Poi tornò seria. «Sono sbalordita. Di noi due tu sei sempre stata quella intelligente, carina, elegante. E ora sei anche la nostra Wonder Woman. Puoi fare letteralmente qualsiasi cosa ti venga in mente. Dovrei essere gelosissima, invece sono veramente orgogliosa di te.»

«Cora» protestò, sentendosi sopraffatta.

«No. Non si piange. Te lo proibisco» la avvertì, anche se i suoi occhi si riempirono di lacrime.

Allora Lara fece l'unica cosa che poteva fare in quel momento: la abbracciò e la strinse forte.

«Ti voglio bene» mormorò Cora contro la sua spalla.

«Ti voglio bene anch'io.»

Rimasero così per qualche istante, poi un movimento attirò il suo sguardo e vide Owl, Pipe, Stone e Brick che le stavano fissando.

Abbassò le braccia e Cora si voltò.

«Che c'è?» chiese loro. «Due migliori amiche non possono abbracciarsi?»

Pipe ridacchiò e rassicurò la moglie. «Nessuno ha detto niente.»

«Come vuoi» borbottò, mentre lui la attirava con la schiena contro il suo petto e lei gli copriva le mani intrecciate sulla sua pancia.

«Se avete domande per qualsiasi cosa, non esitate a chiamare» disse Brick a Owl e Stone. «Ho esaminato tutti i documenti, quindi si tratta solo di firmare il contratto se approverete l'elicottero dopo il volo di prova. Non appena mi darete conferma che tutto è a posto, chiederò a Savannah di avviare il trasferimento del denaro.»

I due uomini annuirono.

«Avete preso le vostre licenze, vero?»

«Sì, mamma» scherzò Stone.

Brick fece una smorfia. «Scusate. Dovevo solo accertarmene.»

Owl si era avvicinato a Lara mentre il suo amico stava ancora parlando, mettendosi accanto a lei e appoggiando lievemente le dita sulla sua schiena. Quel tocco le ricordò la sera precedente, quando lei si era messa carponi con lui dietro, e le aveva accarezzato proprio quel punto mentre la prendeva con forza.

Rabbrividì.

«Se hai l'impressione che qualcosa non quadri, dillo subito» le ordinò Brick con tono deciso.

Lei annuì.

«E voi due, se vi capita di avere qualche strano presentimento, non esitate. Andatevene subito. Un elicottero non vale la vita di nessuno.»

«Tex ti ha detto qualcosa?» chiese Stone accigliato.

«No. Grant è ancora uccel di bosco. Sono solo prudente.»

«Non succederà nulla a Lara. Ti do la mia parola» giurò Owl.

«Bene. Ma non sono preoccupato solo per lei» disse Brick.

«Ce la caveremo» replicò Stone.

«*Sfido* Carter a farsi vedere» sbottò Lara. «Non che possa sapere dove mi trovo o quali sono i nostri piani, ma se lo facesse verrebbe catturato in un attimo. Non può andare da nessuna parte senza essere riconosciuto... grazie a Cora.» Sorrise alla sua migliore amica. «È facilmente individuabile anche da un chilometro di distanza. Andrà tutto bene.»

«Giusto. Allora forza, avete un volo da prendere» ordinò Brick con fermezza.

Lara abbracciò ancora una volta la sua amica e poi si diresse verso la Jeep Rubicon di Brick con gli altri. Stone si sedette davanti, Owl le tenne aperta la portiera posteriore e salì dopo di lei, e una volta allacciata la cintura di sicurezza le prese subito la mano.

Gli rivolse un timido sorriso stringendogli le dita. Lui ricambiò e le passò il pollice sul dorso. Ciò le fece di nuovo tornare alla mente la notte precedente, i momenti successivi all'ultima volta che avevano fatto l'amore: il letto in disordine, lei tutta sudata... ma non si era mai sentita così contenta. Erano rimasti sdraiati l'uno accanto all'altra, con le dita intrecciate, a riprendere fiato, e Owl le aveva accarezzato la mano con il pollice proprio come stava facendo ora. Anche senza parlare, quel piccolo tocco aveva detto tutto.

Poi si erano alternati ad andare in bagno, si erano rivestiti e quasi subito addormentati l'uno nelle braccia dell'altra.

Owl era il suo compagno ideale. In tutti i sensi. La faceva sentire più forte. Invincibile. Come se fosse in grado di fare qualsiasi cosa. Non avevano parlato di matrimonio, ma non aveva dubbi che quel momento sarebbe arrivato. Non era così all'antica da pensare di dover essere sposata per avere un figlio, ma i suoi genitori sarebbero rimasti delusi se non lo avesse fatto. Non che vivesse per compiacerli, ma dato che era sicura che quello era ciò che lei e Owl desideravano, non sarebbe stato un sacrificio fare quel passo.

Mentre andavano verso l'aeroporto, lui le sollevò la mano e le baciò l'anulare, come se potesse leggerle nel pensiero. Era quasi spaventoso quanto si sentisse calma. Avrebbe dovuto essere terrorizzata. Lasciare il Rifugio era un grande passo, ma con Owl al suo fianco poteva affrontare qualsiasi cosa.

Determinata a non essere un peso, dato che l'acquisto di quell'elicottero era una cosa importante per i ragazzi, fece un respiro profondo. Poteva farcela. Sarebbero andati a Seattle, avrebbero fatto un volo di prova con l'elicottero e poi intrapreso il viaggio di ritorno che sarebbe durato qualche giorno, con soste in piccole città lungo la strada. Una passeggiata.

———

Quella sera, dopo essere arrivata a Seattle e aver quasi avuto un attacco di panico all'aeroporto, il suo ottimismo per il viaggio stava scemando. Era facile essere coraggiosa quando si trovava al Rifugio. Ma lì, con così tante persone in giro, tanti posti in cui un uomo poteva nascondersi e tanti modi in cui quel mostro avrebbe potuto manipolare gli altri per arrivare a lei, stava rimpiangendo la decisione di andare con loro.

Owl, riconoscendo il suo crescente panico, era rimasto incollato al suo fianco, con la testa sempre in movimento per controllare tutto intorno. Le aveva detto che era al sicuro probabilmente un centinaio di volte.

Lara avrebbe voluto urlare che *non era vero*. Che *non* sarebbe stata al sicuro finché Carter Grant non fosse stato dietro le sbarre. Ma tenne la bocca chiusa. Aveva paura che se avesse detto qualcosa, non sarebbe stata in grado di fermarsi. L'ultima cosa che voleva era rovinare quel viaggio. Per Owl e Stone, e per tutti gli altri del Rifugio che non vedevano l'ora di avere un elicottero a disposizione.

Erano appena arrivati all'hotel, e Stone stava facendo il check-in mentre loro due aspettavano seduti su uno dei divani della grande hall. Era schiacciata contro il bracciolo con il corpo di Owl incollato al suo fianco. Gli era praticamente in braccio, ma così si sentiva più sicura.

Stone si avvicinò e si accovacciò davanti a loro, porgendo al suo amico una piccola busta di carta con dentro quelle che Lara suppose fossero le chiavi.

«Siete nella stanza 412. Se volete salire, mi metterò in contatto con Ricky e vi farò sapere a che ora vuole incontrarci domani» disse.

«Tu in che stanza sei?» gli chiese Owl.

Lui scrollò le spalle. «A causa di un equivoco la camera è stata prenotata due volte. Ma non è un grosso problema. Posso stare nell'auto a noleggio.»

Lara si acciglò quando capì cosa stava dicendo. «No» disse, scuotendo la testa. «Assolutamente no.»

L'espressione di Stone si intenerì. «Va bene così.»

«*Non* va bene per niente» replicò, di nuovo in preda al

panico. «Non puoi dormire in macchina. Non è sicuro. Ed è una follia! Perché non vuoi stare in camera con noi? È colpa mia? So che sono stata un po' agitata, ma ti prometto che andrà meglio. Non ti darò fastidio.»

«Non sei tu» replicò senza esitazione, cercando di tranquillizzarla.

Ma lei non glielo permise. «No! Se dormi in macchina, ci dormiremo *tutti*. Non riuscirei a chiudere occhio sapendo che sei là fuori da solo, mentre io sono in un letto confortevole. Se hai paura di essere il terzo incomodo, non è così. Posso dormire sul divano, così puoi riposarti bene per domani. Presumo che la nostra stanza ne abbia uno, ma se non c'è posso dormire sul pavimento.»

«Abbiamo una stanza con due letti da una piazza e mezza, Lara. E anche se ce ne fosse uno solo, non dormiresti comunque su quel dannato pavimento» ribatté Owl accigliato.

«Lo farò, se servirà a non farlo stare in macchina!» Stava quasi urlando. La sua voce era troppo alta, ma con il panico in costante aumento fin da quando avevano messo piede in aeroporto, era sul punto di avere un crollo.

«Va bene. Rimarrò nella stanza» le disse Stone con calma.

«Sul serio! Non capisco perché l'hai pensato. Non sarei dovuta venire. Non avresti nemmeno *considerato* di dormire in macchina se non ci fossi stata io!» Lara era in preda all'agitazione e non riusciva a liberarsene. «Siete migliori amici! Avete superato insieme una situazione orribile e ora non vuoi nemmeno dormire nella nostra stanza? Non voglio rovinare la vostra amicizia!»

Stone si sporse e le prese il viso tra le mani, e all'improvviso lei si calmò. «Stavo cercando di essere educato» disse con dolcezza ma con fermezza.

«Be'... smettila» borbottò.

Le sue labbra ebbero un guizzo. «Ok.»

«Ok.»

«Tutto a posto?»

«Non lo so. Dormirai davvero in camera con noi?»

«Sì.»

«Allora è tutto a posto.»

Stone la tenne così ancora per un attimo, poi la tirò in avanti e le diede un bacio sulla fronte prima di lasciarla andare e rivolgersi al suo amico. «È piuttosto impetuosa. Non l'avrei mai detto.»

Owl le mise una mano sulla nuca e gliela strinse delicatamente. «Per la cronaca, se non ti avesse messo in riga lei, lo avrei fatto io. A cosa diavolo stavi pensando, Stone?»

«Stavo pensando che avevate bisogno di riposare. E sai quanto possono essere brutti i miei incubi. Non volevo rischiare di svegliarti nel cuore della notte perché so che poi ti è impossibile riaddormentarti.»

«Non più» lo informò.

«Cosa? Davvero?»

«Sì. A quanto pare, tenere Lara tra le braccia è la cura per la mia insonnia.»

«Wow. È fantastico.»

«Già. E vaffanculo per aver pensato che mi fregasse qualcosa del fatto che mi avresti svegliato. E per non avermi detto che hai ancora quei dannati incubi.»

Stone scrollò le spalle e si alzò. «Non è una novità. Vanno e vengono. È solo che non volevo disturbarvi nel caso ne avessi avuti mentre eravamo in viaggio.»

Owl si alzò e Lara fece lo stesso, cingendogli la vita con

un braccio, volendo stargli vicino ma sentendosi allo stesso tempo dispiaciuta per Stone.

«Be', se dovesse succedere, pazienza» disse Owl con fermezza.

«Sì, ma nel caso, non permetterle di avvicinarsi a me» lo avvertì.

«Certo.»

«Aspettate un attimo» si lamentò Lara. «Vi sbagliate se pensate che me ne starò a guardare mentre lui soffre a causa di un incubo.»

«Fidati di me, tesoro. Ci penso io. So come affrontarli. E Stone ha ragione, non puoi avvicinarti a lui quando ne ha uno.»

«Divento... violento» le spiegò, mentre premeva il pulsante per chiamare l'ascensore. «Mi odierei se ti facessi del male.»

Provò una stretta al cuore per lui. «Capisco. Allora lascerò che ti aiuti Owl. Ma... dopo che ti sarai svegliato, non stupirti se ti soffocherò di attenzioni.»

Stone alzò gli occhi al cielo. «Come vuoi. Basta che non mi *soffochi* nel vero senso della parola per averti svegliata.»

«Deve fare pratica con queste attenzioni materne» disse Owl con nonchalance quando furono dentro l'ascensore.

«Aspetta... *cosa*? Sei incinta?» chiese Stone incredulo.

«No.»

«Sì.»

Risposero contemporaneamente.

Lui sollevò un sopracciglio, confuso.

«Pensa di avere il super-sperma ed è *sicuro* di avermi messa incinta ieri sera» rispose Lara alzando anche *lei* gli occhi al cielo. Si sentiva le guance accaldate e sapeva di essere arrossita, ma continuò. «Quindi presume di sapere che sono incinta da un giorno, ma finché non vedo la lineetta sul test di gravidanza o non ricevo la conferma da un medico dopo che mi avrà fatto le analisi, per me non è così.»

«Ah... ok. Congratulazioni allora. Visto che sono il primo a saperlo, avrò l'onore di dare il mio nome al vostro bambino?» chiese.

«Hai sentito quello che ho appena detto? Non so nemmeno se sono incinta.»

La porta dell'ascensore si aprì e i tre uscirono al quarto piano.

«Ho sentito, ma conosco il mio amico. Se Owl dice di averti messa incinta, l'ha fatto. È così determinato che non puoi farci niente.»

«Siete pazzi» affermò. Ma in fondo si rese conto che chiacchierare con loro, vedere quanto erano legati, rendeva più facile non rimuginare sulla propria situazione.

«E no, non chiameremo nostra figlia Jack» gli disse Owl.

«Jacketta suona bene. D'altra parte, potreste avere dei maschi.»

«Certo che sì. Il primo sarà un maschio. Poi avremo tre femmine, poi un altro maschio.»

Lara si voltò verso di lui stupita. «Non avremo cinque figli!» esclamò.

«Perché no? Vuoi una famiglia numerosa. Me l'hai detto tu.»

L'aveva detto. Ma, cinque? Poi ci rifletté. «Stiamo davvero parlando di avere cinque figli quando non ne abbiamo avuto ancora nemmeno uno?»

«Sì» le rispose con un piccolo sorriso.

«Vabbè.»

«Stoney è un nome unisex» scherzò Stone, aprendo la porta della loro camera.

Lara rise, e si rilassò quando furono dentro la stanza. Finalmente, dietro a una porta chiusa a chiave e con i due uomini accanto, si sentì dieci volte più al sicuro.

«Cosa facciamo per cena?» chiese Stone. «Sto morendo di fame.»

«Da asporto» dissero contemporaneamente Owl e Lara.

Gli rivolse un sorriso.

«E da asporto sia» concordò lui, sdraiandosi sul letto più vicino alla porta. «Fatemi sapere quando arriva.»

Owl scosse la testa. «Direi di ordinare la pizza con l'ananas, Lara, visto che ti piace tanto. O magari la pasta con i broccoli, che adori. Potremmo prendere la porzione famiglia, così è sufficiente per tutti.»

Era confusa. Non le piaceva l'ananas sulla pizza e comunque non ricordava di averne parlato con lui.

Ma all'improvviso Stone si alzò a sedere e brontolò: «Ok, ordino *io!*» Così capì che Owl aveva voluto punzecchiarlo.

Aveva passato un po' di tempo con tutti gli uomini del Rifugio, ma quella era la prima volta che vedeva in prima persona le dinamiche tra i due migliori amici. Erano molto simili a lei e Cora quando erano insieme, e adorava quell'aspetto.

Si avvicinò al letto, si accomodò accanto a lui che stava scorrendo il telefono, e guardò da sopra la sua spalla. «Mi andrebbe un bell'hamburger succulento, ma la consegna ci mette troppo e di solito le patatine fritte sono già mollicce.»

«Potremmo prendere cucina italiana. Abbiamo un

forno a microonde qui, e potremmo scaldare la pasta se dovesse essere fredda.»

Lara arricciò il naso. «Bistecca?» chiese.

Stone le sorrise annuendo. «Assolutamente sì.»

Dopo essersi accordati e aver inserito tutte le ordinazioni, Stone disse che sarebbe sceso nella hall ad aspettare la consegna.

«Va bene, a patto che non ti chiudi in macchina» disse Lara un po' sarcastica.

Per tutta risposta, Stone la bloccò mettendole un braccio intorno al collo e le strofinò la testa con le nocche. Lei strillò e rise, cercando di allontanarsi da lui, che rise a sua volta, le baciò la testa e si diresse verso la porta.

Owl era rimasto seduto sull'unica poltrona della stanza per tutto il tempo, a osservarli con un luccichio negli occhi.

«Torno tra poco. Non fate nulla che io non farei» li avvertì. Poi, prima di chiudere, sporse la testa all'interno e aggiunse: «E visto che è già incinta, non c'è bisogno che facciate una sveltina. Se quando torno questa stanza puzza di sesso, vado *davvero* a dormire in macchina.» Chiuse la porta prima che uno dei due potesse replicare.

«Vieni qui» le ordinò Owl, non appena furono soli.

Si avvicinò a lui e fece un piccolo verso sorpreso quando le afferrò la mano e la attirò sulle sue ginocchia. Dopo averla sistemata, le chiese: «Come va?»

«Bene.»

«Sul serio, stai bene? Perché stavi per avere una crisi di panico, ed è stato orribile perché non potevo fare nulla per aiutarti.»

Lara gli mise una mano sulla guancia per cercare di calmarlo. Anche se prima lui aveva scherzato con Stone, si rendeva conto che era piuttosto agitato. «Non mentirò, il viaggio è stato più duro di quanto pensassi. Ma ora sto meglio. Stare qui... dentro... è meglio.»

«Mi dispiace...» iniziò, ma lei scosse la testa.

«Non dispiacerti. Con voi sono al sicuro come non mai. E non potevo rimanere nascosta per sempre. È tutto a posto. Va bene così. Prenderemo quell'elicottero e saremo sulla strada di casa prima che ce ne rendiamo conto.»

«Casa» concordò. La baciò con dolcezza. Poi si tirò indietro e sorrise. «Abbiamo almeno una ventina di minuti... *potremmo* fare una sveltina.»

Capì che stava scherzando. «Tu e sveltina siete ossi-mori. Non riusciresti a farne una nemmeno se la tua vita dipendesse da quello.»

«Non lo so, tesoro. Nel momento in cui entro dentro di te, mi sembra di perdere completamente il controllo.»

Pensarlo profondamente dentro di lei la fece un po' dimenare. «Sì, ma ti distrai prima di arrivarci. Pensi davvero di riuscire a vedermi nuda senza prefiggerti come missione di vita di procurarmi due orgasmi prima ancora di penetrarmi?»

Owl arricciò il naso. «Non hai tutti i torti.»

Lara ridacchiò.

«Mi piace.»

«Cosa?» gli chiese.

«La tua risata. Non hai riso abbastanza da quando ti conosco. Farò sì che il mio obiettivo nella vita sia quello di sentirla più spesso.»

«Stare con te e Stone è un buon inizio. Siete molto uniti.»

«Essere abbattuti, braccati e torturati insieme... è un

buon modo per creare legami stretti molto in fretta» disse con un po' di ironia.

Odiava quello che gli era successo, ma allo stesso tempo era contenta che non fosse stato da solo durante quel calvario. «I suoi incubi sono davvero così brutti?»

«Peggio» confermò. «Sono attacchi di panico notturni. Non ne parla con me, non mi dice di cosa trattano, ma posso intuirlo. Pensavo che stesse meglio, ma evidentemente ne soffre ancora. Faceva sul serio prima, se *dovesse* averne uno mentre siamo qui, lascia che me ne occupi io. Non toccarlo. Mi ha lanciato dall'altra parte della stanza più di una volta, e il pensiero che ti faccia del male... be', nessuno di noi due sarebbe in grado di sopportarlo.»

«Non mi avvicinerò a lui. Te lo prometto.»

«Grazie.»

«C'è qualcosa che possiamo fare per aiutarlo?»

«Non trattarlo in modo diverso.»

Lara lo capiva. Odiava quando le persone la guardavano con pietà, anche se era passato molto tempo dall'ultima volta che qualcuno l'aveva fatto, e voleva che continuasse così.

«Ora, cosa posso fare per aiutarti quando inizi a sentirti a disagio?» le chiese.

«Esattamente quello che hai fatto oggi. Stammi vicino. Toccami. Entrambe le cose aiutano molto.»

«Non è un sacrificio. E tanto perché tu lo sappia, oggi sei stata molto più brava di quanto pensi, tesoro. E non lo dico tanto per dire. Il resto del viaggio sarà una passeggiata. Domani andremo all'aeroporto regionale, che è molto più piccolo, dove incontreremo questo Ricky Norman. Prima di tutto porteremo in volo l'elicottero e lo metteremo alla prova, poi torneremo in albergo, concluderemo l'aspetto economico e il giorno successivo torneremo all'aeroporto per iniziare il viaggio di ritorno.»

«Ci vorranno cinque giorni per tornare, vero?»

«Quattro o cinque. A seconda di quello che ci sentiamo di fare.»

«Quindi saremo a casa tra una settimana o giù di lì» disse con un respiro profondo. «Posso farcela.»

«Certo che sì. Puoi fare qualsiasi cosa.»

«Non ne sono sicura. Non so pilotare un elicottero» scherzò.

«Sì che sai farlo. Ti ho vista al simulatore, hai un talento naturale.»

Lei alzò gli occhi al cielo. «L'hai detto tu stesso che il simulatore non è come pilotarne uno vero.»

«Hai ragione, ma sono sicuro che se fosse necessario, saresti in grado di farlo.»

«Speriamo di non doverlo mai scoprire» disse rabbrividendo.

«Basta parlare di questo. Visto che una sveltina è fuori discussione... sei contraria a qualche bacio?»

«Con te?» lo stuzzicò.

Owl ringhiò, la afferrò per i fianchi e le fece il solletico.

Lara strillò e cercò di allontanarsi da lui, ma la sua presa era troppo forte. Per fortuna smise e la abbracciò.

Quando Stone tornò si stavano ancora baciando, e sospirò in modo drammatico vedendoli avvinghiati sulla poltrona.

«Volete che me ne vada e torni più tardi?» scherzò.

«No! Sto morendo di fame» rispose Lara.

«Anch'io» mormorò Owl sottovoce, spostandola dal suo cazzo duro come l'acciaio e aiutandola ad alzarsi.

Lei ridacchiò e si rese conto di sentirsi già più tranquilla, grata che il suo attacco di panico non fosse durato per ore. Dopotutto, quel viaggio sarebbe andato bene. Se lo sentiva.

———

Il suo piano avrebbe funzionato. Carter Grant ne era sempre più sicuro a ogni minuto che passava.

Entro due giorni avrebbe finalmente riavuto Lara. E si sarebbe assicurato che non se ne andasse... finché non avesse finito con lei. E ci sarebbe voluto molto tempo prima che ciò accadesse.

Il suo complice gli aveva comunicato che il volo di prova si sarebbe svolto l'indomani come previsto. Avrebbe voluto esserci, per vedere la sua faccia quando avrebbe capito cosa stava succedendo.

Ma non poteva lasciare l'isola. Aveva deciso che era ancora troppo riconoscibile, anche con le piccole modifiche che aveva fatto al suo aspetto. Probabilmente in quel momento era l'uomo più ricercato del Paese, e visto che il suo obiettivo era così vicino, aveva bisogno di starsene nascosto. Non gli piaceva affidarsi a qualcun altro per portare a termine i piani che aveva elaborato con tanta cura, ma doveva sperare che i soldi che avrebbe dato al suo complice sarebbero stati sufficienti per far sì che non stravolgesse in alcun modo le sue istruzioni.

«Presto» mormorò Carter, guardando la stanza in cui avrebbe vissuto la sua Lara. Era perfetta. Le catene sul letto, la lingerie che aveva scelto e la porta da cui non avrebbe avuto alcuna speranza di uscire. Questa volta non ci sarebbe stato nessun altro in casa a cui dover nascondere la sua presenza. Sarebbe stata completamente isolata e alla sua mercé. Avrebbe potuto urlare quanto voleva, tanto nessuno l'avrebbe sentita.

Doveva solo resistere altri due giorni. Poi la sua proprietà gli sarebbe stata restituita. L'attesa lo rendeva quasi euforico. Non sentiva il pulsare dell'occhio mancante. Non provava un briciolo di rimorso per quello che stava per fare. I due stronzi insieme a lei meritavano di morire per avergli tenuto lontano ciò che gli apparteneva. E Lara?

Avrebbe avuto ciò che si meritava. E non vedeva l'ora.

CAPITOLO SEDICI

LARA AFFERRÒ il bordo del sedile, sia per l'apprensione sia per l'eccitazione. Finalmente era arrivato il momento.

Quella mattina, dopo aver incontrato all'aeroporto regionale Ricky Norman, il venditore, erano stati accompagnati a vedere l'elicottero. Owl e Stone avevano esaminato ogni singolo centimetro del Bell 505 che si trovava sulla pista. Ma per tutto il tempo, Owl l'aveva tenuta d'occhio, mentre lei stava in disparte sotto il sole a osservare.

Non si era sentita nervosa per il fatto di essere all'aperto, anzi, aveva provato un senso di calma. Nessuno avrebbe potuto avvicinarsi a loro di soppiatto, almeno finché erano così in vista, e Owl sarebbe arrivato a lei molto prima che qualcuno potesse raggiungerla.

La serata precedente era stata piena di trepidazione; i due uomini erano sembrati come dei bambini la notte prima del loro compleanno. Avevano dormito come sassi – per fortuna Stone non aveva avuto incubi – e si erano svegliati prima ancora che suonasse la sveglia, pronti a raggiungere l'aeroporto e a mettere gli occhi sul loro potenziale nuovo elicottero.

E non erano rimasti delusi quando l'avevano visto; il mezzo era elegante e lucido, e i due avevano praticamente sbavato.

Stone aveva gentilmente lasciato a Owl il privilegio di stare per primo ai comandi. Entrambi potevano pilotarlo, e la sera precedente avevano discusso sull'opportunità di rimuovere o meno i comandi dalla parte del copilota, decidendo che, almeno per il momento, preferivano che rimanessero. I due erano abituati a volare insieme e, a essere sincera, la confortava sapere che se fosse successo qualcosa a chi stava pilotando, l'altra persona avrebbe potuto prendere il controllo del mezzo. Magari in futuro avrebbero cambiato idea, se avessero avuto più interesse a fare dei tour e bisogno di quel posto davanti per ospitare i clienti, ma per il momento erano contenti di lasciare l'elicottero così com'era.

Dato che in cabina c'era un gran rumore, tutti e tre avevano indossato delle cuffie, che consentivano loro di parlarsi e di comunicare con la torre di controllo. Avevano appena dato loro il via libera al decollo, e Lara trattenne il respiro mentre l'apparecchio si sollevava lentamente da terra.

Stava accadendo, e percepì l'eccitazione intorno a lei.

All'inizio non riuscì a distogliere lo sguardo da Owl, notando subito che era nel suo elemento. Aveva un piccolo sorriso sul volto mentre manovrava i comandi. Lo aveva già ammirato in precedenza, ma vederlo pilotare un vero elicottero la impressionò ulteriormente.

Il mezzo si muoveva fluido nell'aria mentre lui usava la cloche per farli avanzare e la leva a lato del sedile per controllare l'altitudine. Conosceva le informazioni di base della leva e della cloche, ma con il simulatore faticava ancora a padroneggiare i pedali. Owl non aveva problemi di quel tipo. Lui e Stone continuavano a chiacchierare di meccanica, di velocità del vento e di altre questioni tecniche che a lei non interessavano.

Nonostante Stone avesse i comandi sul suo lato, teneva le mani in grembo mentre il suo amico sorvolava le splendide città e foreste, e di tanto in tanto riportava ciò che riferiva uno degli schermi davanti a loro.

Lara rivolse la sua attenzione al finestrino accanto a lei e osservò il paesaggio che scorreva. L'area di Seattle era bellissima e avevano avuto la fortuna che ci fosse una splendida giornata per fare il volo di prova. Il sole brillava sull'acqua e si stupì ancora una volta di quante isolette ci fossero al largo della costa.

Ma per quanto bella fosse quella zona, si rese conto che in realtà le piaceva di più il New Mexico. Non l'aveva visto dall'alto, ovviamente, ma amava molto i boschi intorno al Rifugio e aveva anche un debole per l'aria secca, rispetto all'umidità di Seattle.

«Che ne pensi, tesoro?»

Il suono della voce di Owl che le rimbombò nelle orecchie attraverso le cuffie la fece fremere. Si voltò a guardarlo. Aveva voltato la testa e la stava fissando.

«Non dovresti prestare attenzione alla strada... ehm... al cielo? Quello che è, insomma» lo rimproverò.

I due uomini ridacchiarono. Nelle sue orecchie sembrarono in stereo.

«Non è come una macchina» spiegò Stone. «Finché tiene le mani ferme sui comandi, continueremo ad andare sempre in una direzione alla stessa altitudine.»

«E se non tiene fermi i comandi?»

Lui scrollò le spalle. «Allora ci schianteremo» rispose semplicemente.

«Chiudi il becco, Stone. È tutto a posto. Non ci schianteremo» la tranquillizzò Owl. «Cosa ne pensi?» le chiese di nuovo.

«Ehm... è ok?» Non era sicura di cosa volesse sapere.

«Com'è il sedile là dietro? È comodo? Riesci a vedere bene fuori dal finestrino? La cintura di sicurezza si adatta, non stringe da qualche parte? Non hai nausea o altro?»

«Oh, i sedili sono perfetti. Cioè, non sono come il tuo divano o altro, ma non sono scomodi. E sì, i finestrini vanno benissimo. La cintura stringe il giusto e, non me l'hai chiesto, ma queste cuffie sono fighissime! Vi sento come se fossimo uno accanto all'altro al lodge. E non soffro affatto il mal d'aria. Probabilmente perché sei un ottimo pilota.»

«Vedremo come ti sentirai quando toccherà a Stone» scherzò.

Il suo amico gli diede un pugno sulla spalla. «Figurati. Sappiamo entrambi che so volare meglio di te in qualsiasi circostanza.»

I due amici erano di ottimo umore e ciò la fece rilassare ancora di più. Lassù erano più felici che mai. E nessuno poteva farle del male. Nessuno poteva costringerla a fare qualcosa che non voleva o raggiungerla di soppiatto. Era libera. Libera dalle preoccupazioni, libera dalla paura.

Owl volò ancora per un po', avvertendola ogni volta che stava per provare qualcosa, così invece di essere terrorizzata quando l'elicottero scendeva bruscamente, o quando lo faceva virare a destra o a sinistra, era euforica. Si fidava completamente di lui. Sperimentare la sua abilità di pilota in prima persona era molto più impressionante che vederlo esercitarsi al simulatore al Rifugio... e con quello era già piuttosto eccezionale.

Quando fu soddisfatto del comportamento del velivolo, Owl passò i comandi a Stone. Sorprendentemente, Lara riuscì a distinguere le sottili differenze tra le abilità dei due piloti. Mentre Owl manovrava in modo fluido, tanto che lei era riuscita a malapena a capire quando aveva cambiato quota, Stone aveva una guida un po' più pesante, ma non così tanto da farle venire la nausea. Era più propenso a usare i pedali per far girare la prua a destra o a sinistra, consentendogli di vedere meglio l'area che stava sorvolando semplicemente manovrando il rotore di coda.

Lara non preferiva una tecnica all'altra. Con Stone ai comandi non doveva alternare lo sguardo dalla parte anteriore dell'elicottero al finestrino laterale. Grazie al modo in cui lui girava continuamente il velivolo, poteva semplicemente guardare di lato.

Ancora una volta, mentre i due parlavano di lavoro lei si godette il momento. Aveva la sensazione che quando sarebbero tornati nel New Mexico avrebbe preferito non volare per un po', ma per ora stava vivendo un'esperienza nuova e unica.

Quando finalmente toccarono di nuovo terra, Lara non poté fare a meno di condividere l'eccitazione dei due uomini. Erano più che soddisfatti di come l'elicottero rispondeva bene ai comandi e convinti che tutto sembrasse perfetto.

Si diressero verso l'edificio principale dell'aeroporto e incontrarono nuovamente Ricky Norman.

«Allora?» chiese l'uomo. «È tutto come vi avevo detto?»

«È perfetto» rispose Stone.

«Già» confermò con un sorriso. «Allora, concludiamo l'affare?»

«Concludiamolo» disse Owl, e gli porse la mano.

I due uomini se la strinsero e Ricky fece altrettanto con Stone. «Quindi ci vediamo domani? Avete tutte le informazioni necessarie per il pagamento?»

«Daremo il via libera alla nostra commercialista non appena ce ne andremo da qui» lo informò Stone.

«Bene, bene. Sarò qui domattina presto per farvi firmare i documenti. Poi potrete ripartire.»

«A domani» disse Owl con un cenno del capo, prendendo la mano di Lara.

Se non fosse stata intenta a guardare Ricky, non avrebbe notato il modo in cui il suo sguardo si fissò sulle loro mani e la smorfia che fece con le labbra.

Non riusciva a immaginare perché si fosse infastidito così tanto. Di certo due persone che si tenevano per mano non era una cosa sconvolgente. No?

Ma prima che potesse rimuginare su quella strana reazione, Owl si voltò portandola con sé e si diresse verso le porte. Stone era già al telefono con Brick e gli stava comunicando che l'elicottero era perfetto. Da quello che aveva sentito nelle conversazioni precedenti, sapeva che il loro amico avrebbe contattato Savannah per far partire il bonifico.

Era difficile credere che stesse davvero accadendo. Il Rifugio stava per possedere un elicottero. Guardò Owl e gli strinse la mano. «È emozionante.»

Le sorrise. «Già. Avere un elicottero ci farà risparmiare molto tempo se dovessimo cercare escursionisti dispersi o aiutare nei soccorsi. E ho la sensazione che presto inizieremo a fare molti soldi con i tour panoramici.»

Lara annuì. «Stone era il tuo copilota quando eravate nell'esercito, giusto?»

«Occasionalmente lo faceva un altro Night Stalker, ma ero soprattutto in coppia con lui. Perché?»

Scrollò le spalle. «Mi chiedevo come funzionasse. Stone manovrava il rotore di coda mentre tu facevi le altre cose?»

Owl ridacchiò. «No. Il copilota assiste il pilota in volo con cose come le comunicazioni radio e l'elenco dei controlli da eseguire.»

«Oh, quindi entrambi avevate i comandi ai sedili, come in questo elicottero?»

«Sì.»

«Forte.»

«Già. Io e Stone... mi piaceva lavorare con lui. Era sempre quello più calmo in qualunque situazione. Ce la siamo vista brutta un paio di volte, ma non l'avresti mai detto guardandolo o ascoltandolo. Ha la capacità di mantenere la calma e di seguire la corrente. Quando siamo stati abbattuti, è stato quasi stoico. Mentre piombavamo giù, mi ha spiegato con calma come fare per evitare che ci schiantassimo in modo incontrollato.»

Lara era affascinata. Owl le aveva raccontato alcune cose su quel terribile periodo della sua vita, ma i ricordi lo rendevano sempre teso. Ora, al contrario, sembrava rilassato. «Esiste davvero un incidente che possa chiamarsi controllato?» chiese scettica.

Lui ridacchiò. «In realtà, sì. Ogni incidente in cui non si muore è ritenuto controllato.»

«Giusto.»

«Comunque, è stato anche quello che ha mantenuto la calma quando ci hanno catturati, spogliati e gettati in quelle celle. All'inizio mi faceva impazzire. Non riuscivo a capire perché non fosse più... emotivo. Ma il suo stoicismo ci ha aiutato a mantenere il controllo. Gli devo tutto.»

Lara gli strinse la mano.

«Credo sia per questo che ha quegli attacchi di panico notturni» disse a bassa voce. Stone era ancora al telefono e non stava prestando attenzione, ma era ovvio che Owl non voleva che li sentisse parlare di lui. «Perché fa il possibile per nascondere nel profondo quella roba, che inconsciamente viene a galla quando ha la guardia abbassata... quando dorme.»

«È probabile» concordò.

«Grazie per essere venuta con noi» disse, cambiando argomento. «So che non è facile per te, ma averti qui... è bello. Per me e anche per Stone.»

«È bello anche per me. Mi sembra di aver ripreso il controllo della mia vita. Carter è ancora in giro, lo so, ma il fatto di essere qui è come sputargli in faccia. Come se stessi vivendo davvero, anche se lui non vuole che lo faccia.»

«È così. E ogni giorno imparo qualcosa di nuovo su di te.»

Lara gli sorrise. «Che cos'hai imparato oggi?»

«Che ti piace volare. L'espressione che avevi dimostrava che provavi ciò che provo io nel profondo quando sono in aria.»

Le piaceva molto quella cosa. «Volare in elicottero è così diverso rispetto all'aereo.»

«Già.»

«Tutto sistemato!» disse Stone, interrompendo quel momento intimo.

Non le diede fastidio. Non vedeva l'ora di vivere una vita di altri momenti come quelli con l'uomo al suo fianco.

«Brick è stato felice di sapere che abbiamo verificato tutto. Farà partire il trasferimento del denaro. Domani a quest'ora saremo in volo diretti a sud, verso casa.»

«Siamo a posto per la prima sosta per il carburante e il pernottamento?» chiese Owl.

«Sì.»

«Fantastico.»

«Allora... cosa faremo per il resto della giornata?» domandò Stone.

Lara sentì Owl scrollare le spalle e lo guardò.

«Tesoro?»

Una parte di lei avrebbe voluto tornare in albergo. Nascondersi, rimanere lontana dalla gente. Lontana da chiunque avrebbe potuto farle del male. Ma non aveva appena detto che le piaceva aver ripreso il controllo della sua vita? Che godersela era come sputare in faccia a Carter? Voleva tenersi aggrappata a quella sensazione. Inoltre, non era che Owl, o Stone se era per quello, l'avrebbero abbandonata da qualche parte.

La cosa che la convinse fu la profonda certezza che Owl avrebbe fatto ciò che lei sentiva il bisogno di fare. Se avesse detto di voler tornare all'hotel, l'avrebbe portata lì senza pensarci due volte e senza arrabbiarsi o amareggiarsi. Si sarebbe seduto con lei in quella piccola stanza e avrebbe trovato un modo per intrattenerla. Probabilmente lo avrebbe fatto anche Stone. Ma la mattinata era stata così divertente ed eccitante che non voleva rovinare il loro buon umore.

«Ho sentito dire che la vista dallo Space Needle è straordinaria. Cioè, sono sicura che non è paragonabile al panorama visto dal finestrino di un elicottero, ma...»

I due uomini le rivolsero un sorriso così grande che li

fece sembrare quasi degli sciocchi.

«E c'è il mercato di Pike Place. Oh! A Seattle c'è il Gum Wall, vero? Sapete, il muro di gomme, credo sia vicino al mercato.»

«Un muro di gomme?» chiese Stone, con aria confusa.

«Sì! È un muro ricoperto di gomme masticate!» rispose con entusiasmo.

«Che schifo» mormorò Owl.

«E questo è in cima alla tua lista di cose da vedere?» le domandò Stone, con evidente scetticismo.

«Spero solo che non lo abbiano ripulito di recente» rifletté Lara.

«Bene, quindi, il mercato di Pike Place, lo Space Needle e il disgustoso muro di gomme... altro?» chiese Owl.

«Ivar's?» rispose, sfidando la sorte.

«Chi è?» domandò Stone.

«Non chi, ma cosa. È un ristorante. Hanno delle ostriche deliziose... almeno così ho sentito dire.»

«Non ti facevo un'amante delle ostriche, ma se è ciò che vuoi, è quello che prenderemo» replicò Owl.

«Speriamo che abbiano anche gli hamburger» mormorò Stone.

Non riusciva a smettere di sorridere. Non avevano ancora fatto nulla, ma si sentiva meravigliosamente. Come la vecchia Lara. Owl la condusse all'auto a noleggio e lanciò le chiavi al suo amico. «Guida tu» ordinò, mentre si sistemava sul sedile posteriore con lei.

«Fantastico, ora sono anche un autista» borbottò.

Una volta allacciata la cintura, appoggiò la testa sulla spalla di Owl, poi sospirò soddisfatta quando le posò una mano sulla coscia. La preoccupazione era ancora presente, ma era riuscita a spingerla nel profondo dentro di sé, abbastanza da poter fingere di essere una donna normale, in un normale viaggio di lavoro con il suo normale fidanzato.

Non c'era niente di normale, c'era ancora un serial killer che aveva dichiarato che lei era sua, ma per ora, solo per quel giorno, avrebbe cercato di ignorare l'ansia che viveva dentro di lei. Carter Grant non poteva portarla via. Non con Owl e Stone al suo fianco. Si sarebbe goduta la giornata, visitando i luoghi di cui aveva solo letto, e poi l'indomani avrebbe fatto qualcosa che pochissime persone avevano la possibilità di fare... avrebbe attraversato il Paese in elicottero.

«È tutto pronto» disse Ricky Norman non appena Carter rispose al telefono.

Non poté trattenersi dal fare un sorriso enorme. «Ci sono stati problemi?»

«Nessuno. Hanno fatto volare l'elicottero come previsto.»

«Lei era lì?»

«La ragazza? Sì.»

«Come ti è sembrata? Era spaventata? Nervosa?» chiese con impazienza.

«Non proprio. Anzi, sembrava piuttosto rilassata. Soprattutto vicino al suo uomo.»

«*Cosa?* Quale uomo?»

«Quello vestito da fighetto. Quello senza occhiali. Quando se ne sono andati si tenevano per mano e sembravano piuttosto intimi. Non avevi detto che era la tua ragazza?» chiese Ricky.

Fu travolto da una furia improvvisa che gli rese difficile pensare e parlare. Alla fine ringhiò: «È *mia*.»

«Ok. Come vuoi. I soldi dell'elicottero dovrebbero essere trasferiti in giornata, ma tu non mi hai ancora pagato.»

«Avrai il tuo compenso quando consegnerai la merce» gli rispose a denti stretti.

«Non credo sia giusto» incalzò Ricky. «Sono io quello che si prende tutti i rischi. Disattivare le telecamere dell'aeroporto, liberarmi di due persone, rapirne una terza. È probabile che dopo tutto questo sarò ricercato. Direi che mi devi almeno la metà in anticipo.»

«No» ringhiò.

«Bene. Allora l'accordo salta.»

Carter vide rosso. Era così incazzato che se Ricky fosse stato davanti a lui, lo avrebbe ucciso senza pensarci due volte. «No, non penso proprio» sbottò.

«Allora è meglio che mi mandi metà dei soldi che mi spettano oggi stesso. Se non saranno sul mio conto entro le cinque di questo pomeriggio, l'accordo salta. La tua ragazza e i suoi... amici... domani se ne andranno con il loro nuovo elicottero e vivranno felici e contenti in quella fortezza giù nel New Mexico, e tu dovrai trovare un altro modo per riprendertela.»

A Carter tremavano le mani per la rabbia. «Bene» sibilò.

«Bene, cosa?» chiese Ricky.

«Ti manderò la metà dei soldi oggi. Ma se qualcosa va storto, non riceverai il resto.»

«Niente andrà storto. Hai pianificato tutto» replicò con calma.

«Esatto, cazzo. Ripassiamo.»

Ricky sospirò, ma poi disse con un tono quasi annoiato: «È previsto che vengano qui per chiudere l'affare domani mattina, prima che apra l'aeroporto. Non hanno nemmeno battuto ciglio per l'orario. Li accompagno all'-hangar dove è parcheggiato l'elicottero. Al momento è l'unico che c'è. Mi occuperò prima degli uomini, drogherò la ragazza con un sedativo, la porterò sulla tua isola e me ne andrò con il mio nuovo elicottero che non ho dovuto pagare. Cambierò il numero di serie, lo rivenderò e andrò a vivere felice e contento in un posto caldo.»

Carter fece un grugnito di approvazione, soddisfatto che il suo complice avesse memorizzato tutti i dettagli.

Tranne l'unico che non conosceva: Ricky non avrebbe lasciato il Paese con i suoi soldi. Una volta atterrato con Lara, sarebbe stato bello che morto.

Carter era un serial killer ricercato e, da quello che sapeva, c'era una ricompensa di centomila dollari per chi aveva informazioni che avrebbero portato al suo arresto. Dato che Ricky sapeva dove si trovava il suo nuovo nascondiglio, non poteva permettergli di vivere per raccontarlo a qualcuno. Quell'uomo era assetato di denaro, avrebbe fatto la spia in un batter d'occhio.

Una volta che gli avesse dato ciò che voleva, Carter lo avrebbe ucciso. Avrebbe smaltito l'elicottero pezzo per pezzo, e poi lui e Lara sarebbero vissuti felici e contenti.

Be'... *lui* l'avrebbe fatto. Lara probabilmente non sarebbe stata molto felice, ma non importava.

«Va bene. Ci vediamo domani. Non fare tardi» lo avvertì.

«È stato un piacere fare affari con te» replicò l'altro con un tono sprezzante. «Mi aspetto la metà dei miei soldi.» Poi riattaccò.

Carter stava ribollendo di rabbia. Non aveva programmato di dare dei soldi a Ricky; una volta morto molto probabilmente sarebbero spariti per sempre. Ma alla fine si calmò. Non contava quanto sarebbe costato, l'importante era riavere il suo giocattolo preferito.

Tutto ciò su cui riusciva a concentrarsi in quel momento era che entro domani, a quell'ora, avrebbe avuto davanti una Lara Osler legata, tremante e terrorizzata, che si sarebbe pentita di aver osato sfidarlo. Non vedeva l'ora.

———

Ricky si accigliò dopo aver chiuso la chiamata con quello stronzo di Carter. Era stato difficile non fargli sentire il suo disprezzo nella voce mentre parlavano. Quell'uomo era arrogante, presuntuoso e troppo sicuro che con l'intimidazione e la paura tutti avrebbero eseguito i suoi ordini. Be', i piani che aveva scrupolosamente elaborato non sarebbero andati come si aspettava.

Ricky non era il galoppino di nessuno. Aveva un piano tutto suo per l'indomani... e prevedeva ottenere altri soldi.

Avrebbe incontrato Lara e i due uomini, naturalmente, ma avrebbe fatto le cose a modo *suo* e Carter avrebbe dovuto semplicemente accettarlo. Sapeva cosa si aspettava l'altro, ma non era l'unico ad avere conoscenze criminali.

Ricky aveva fatto un accordo alle sue spalle, che avrebbe portato un sacco di soldi sul suo conto senza doversi sporcare le mani con un omicidio.

Sarebbe stato divertente. Era ansioso di vedere l'espressione non solo di Carter quando avrebbe appreso cos'aveva fatto, ma anche delle sue vittime alla scoperta che non sarebbero partite con il nuovo elicottero.

CAPITOLO DICIASSETTE

Quella sera, Lara era sdraiata sul letto della camera d'albergo, ed era così piena che le veniva un po' da vomitare. Ma era anche davvero felice. La giornata era stata molto divertente. Lo Space Needle era stato affollato ma bellissimo, e nessuno di loro era rimasto troppo colpito dalla vista. Come avrebbero potuto dopo aver osservato la città dall'elicottero?

Avevano gironzolato per il mercato di Pike Place, erano stati disgustati dal muro di gomme da masticare e avevano mangiato da Ivar's. Era riuscita a provvedere al conto, anche se Stone e Owl si erano arrabbiati con lei per aver teso un agguato alla cameriera quando era andata in bagno. Avevano insistito che si trattava di un viaggio di lavoro e che il Rifugio avrebbe pagato, ma in quel modo aveva voluto ringraziarli entrambi personalmente. E non era che avesse speso soldi di recente. Aveva un conto in banca molto consistente, grazie ai suoi genitori, e si sentiva in colpa per non aver contribuito a pagare la sua parte.

La stanza era buia e la televisione accesa. Tutti e tre si

erano preparati per andare a letto e stavano guardando una replica di *Seinfeld*. Adorava quel telefilm; era stupido, con personaggi sopra le righe, ma anche divertente.

Girandosi su un fianco, studiò il profilo di Owl.

Doveva aver percepito il suo sguardo perché si voltò verso di lei. «Che c'è?» le chiese preoccupato.

«Niente. Sono solo contenta» rispose con dolcezza.

Le sorrise. «Anch'io.»

Non molto tempo dopo si addormentò, e a un certo punto, non aveva idea di quanto tempo fosse passato, sentì Owl girarla e accoccolarsi dietro di lei. Gli si rannicchiò contro e si riaddormentò subito. Nemmeno l'eccitazione per il fatto che il mattino seguente avrebbero ritirato l'elicottero riuscì a impedire che la stanchezza e la pancia piena avessero la meglio su di lei.

Non sapeva cosa l'avesse svegliata una seconda volta, la TV era spenta e la stanza era buia e silenziosa. L'unica luce proveniva dal parcheggio e filtrava dalle tende che non erano state chiuse del tutto.

Poi uno strano rumore la spaventò, facendola sobbalzare. Sembrava un misto tra un pianto e delle urla. Doveva essere stato quello a svegliarla. Si alzò sul gomito e guardò verso la direzione da cui proveniva, dall'altro lato della stanza... e si rese conto che era Stone a emettere quei versi strazianti.

Era disteso sull'altro letto, si girava e rigirava lamentandosi e gemendo angosciato.

«Resta qui» le ordinò Owl scendendo dal letto.

Lara non sarebbe riuscita a muoversi per niente al mondo. Credeva di sapere cosa significava avere un incubo, dato che ne aveva avuti molti anche lei, ma così era orribile.

Stone muoveva la testa a destra e a sinistra e teneva le mani alzate quasi a difendersi. Ogni tanto sussultava, come se stesse reagendo a uno stimolo esterno... come se qualcuno lo avesse colpito. Dalla sua bocca non uscivano parole vere e proprie, almeno nessuna che lei riuscisse a capire. Avrebbe voluto svegliarlo, scuoterlo, per fargli smettere di sperimentare qualsiasi cosa il suo cervello gli stesse mostrando facendogli credere di star davvero vivendo un'esperienza orribile.

Ma, ancora più straziante, era il pensiero che qualcuno gli avesse fatto quelle cose nella vita reale. Probabilmente stava rivivendo gli eventi di quando era stato prigioniero di guerra. Qualsiasi cosa stesse sognando doveva essere accaduta veramente. E Owl l'aveva vissuta con lui.

Il suo uomo si trovava tra i due letti, posizionato tra lei e Stone. La stava proteggendo proprio come aveva fatto in quel seminterrato.

«Svegliati, Stone!» lo chiamò con urgenza.

Quelle parole sembrarono non sortire alcun effetto perché continuò a dimenarsi, come per difendersi dai nemici fantasma, emettendo ancora quei versi terribili che provenivano da dentro di lui.

«Sei al sicuro. Non siamo più lì. Svegliati, Stone» ripeté. Poi gli toccò la spalla.

Il che sembrò farlo combattere ancora di più.

Con sua grande sorpresa, l'uomo tranquillo che aveva imparato a conoscere nell'ultimo mese, all'improvviso si trasformò in una persona che non riconobbe. Stone si alzò a sedere di scatto, con gli occhi spalancati ma assenti, e si scagliò contro il suo amico. E non ci andò nemmeno piano. Cercò davvero di fargli del male. Per proteggersi.

Era spaventoso. E velocissimo. Owl riuscì a bloccare il

primo pugno, ma non fu altrettanto fortunato con il secondo. Il tonfo sordo che fece al contatto con la guancia la fece trasalire.

«Stone! Sono io! Owl. Va tutto bene. Sei a Seattle. Svegliati!»

La paura e la preoccupazione nel suo tono le fecero venire voglia di piangere. Si era alzata a sedere, sentendosi impotente perché non sapeva come aiutare. Ora capiva perché i due erano stati così categorici sul fatto che se Stone avesse avuto un incubo lei non avrebbe dovuto toccarlo, e perché si era offerto di dormire in macchina.

Servirono ancora un paio di minuti, che le sembrarono ore, ma alla fine Owl sembrò riuscire a convincerlo.

«Ecco, svegliati. Sei al sicuro. Io non sono loro. Sei qui a Seattle con me e Lara.»

Stone sbatté le palpebre e si irrigidì.

«Puoi accendere la luce, tesoro?» le chiese Owl, tenendo una mano sulla spalla del suo amico e accovacciandosi per sembrare meno minaccioso.

Fece come richiesto e corrugò il viso mentre gli occhi si abituavano alla luce intensa.

Quando riuscì a vedere di nuovo chiaramente, Stone era completamente sveglio, e sembrava... devastato. I suoi capelli erano sparati dappertutto, e senza occhiali sembrava ancora più vulnerabile.

«Cazzo» imprecò, passandosi una mano tra le ciocche arruffate e spostandosi indietro sul letto per crollare contro la testiera.

«Va tutto bene» lo tranquillizzò Owl.

«Col cazzo che va tutto bene! Odio sognare» disse, con un tono che non gli aveva mai sentito usare prima. Era desolato. Sconfitto.

«Non odiare i sogni, odia gli uomini che li hanno causati» ribatté Lara prima di ripensarci.

Stone si girò verso di lei. La fissò male per un attimo, poi sospirò e tutte le emozioni sul suo volto scomparvero, come se non ci fossero mai state.

Lei fece un respiro profondo e continuò. Magari non avrebbe apprezzato i suoi pensieri, ma *non* poteva fare a meno di dirli.

«Odiare i sogni è come odiare se stessi, e non ha senso. Sei passato dall'avere il controllo completo a non averlo affatto. Dopo aver osservato te e Owl oggi, e visto come avete maneggiato con disinvoltura quell'elicottero, capisco un po' meglio quanto sia stato difficile per voi accettare il fatto di passare dall'avere un tale controllo all'essere abbattuti e imprigionati.

Ho odiato non avere il controllo sulla mia situazione... anche se quello che mi è successo non è paragonabile a ciò che avete sperimentato voi. Personalmente, sono impressionata che siate così equilibrati.»

Stone ridacchiò. Fu un suono un po' debole e non proprio divertito, ma almeno non era più intenzionato a uccidere Owl. «Non ci va leggera, eh?»

«No» rispose, anche se non stava parlando con lei. «Non più. Senti, probabilmente sono la persona meno adatta a dare consigli, anch'io sono ancora piuttosto incasinata, ma credo che avere degli incubi sia normale dopo quello che hai passato. Non normale nel senso di bello o piacevole, ma sei un uomo piuttosto equilibrato, Stone. Sei affascinante, simpatico, non sembri introverso, né tanto meno turbato da quello che ti è successo... esternamente. È chiaro che non lasci affatto trapelare i tuoi pensieri o i tuoi sentimenti. Quindi i tuoi sogni sono un mezzo per farlo.

Penso che tu debba trovare un modo per far uscire il veleno che ti sta contaminando dentro. Finora è avvenuto solo tramite gli incubi. Forse è il momento di dedicarsi a un hobby. Tagliare la legna, fare kung fu, wrestling... qualsiasi cosa che possa liberare un po' dell'aggressività che provi ancora nel profondo di te verso ciò che è accaduto.»

Nella stanza cadde il silenzio e Lara temette di aver esagerato. Odiava vedere il suo nuovo amico così... indifeso. Perché Stone era tutt'altro che indifeso. Anzi.

«Scusa. Ovviamente non so di cosa sto parlando e...»

«No, non scusarti. Hai ragione. So che hai ragione. È solo che... è difficile.»

«Lo so. Credimi, lo so. Ma ora sono qui, lontana dal Rifugio, e fidati, non è stato facile uscire dalla mia zona di comfort e unirmi a voi. Non sono guarita, l'ansia è ancora presente. Ho ancora paura che Carter mi trovi, ma rimanere nascosta significa anche farlo vincere. E l'ultima cosa che voglio è che *vinca*.»

Stone aveva un'espressione pensierosa e annuì prima di alzare lo sguardo verso Owl. «Stai bene? Ti ho fatto male?»

«Con il tuo gancio sinistro da femminuccia? Proprio per niente.»

Lara poteva vedere il livido sulla guancia del suo uomo anche dal letto. Stone non si era trattenuto e il suo pugno era stato tutt'altro che da femminuccia. Ma amava ancora di più Owl per aver minimizzato quello che gli aveva fatto il suo amico.

Stone inspirò profondamente prima di tornare a guardarla. «Tu stai bene?»

«Sì» lo rassicurò subito.

«Meno male. E... grazie.»

«Figurati.» Era contenta che sembrasse più tranquillo.

Ma ora che aveva visto quanta rabbia, dolore e, sì, terrore teneva nascosto nel profondo, lo ammirava ancora di più. Il fatto che riuscisse a rimanere *calmo* di fronte al pericolo era ancora più impressionante, considerando il tumulto che si agitava dentro di lui. Non sapeva se fosse mai stato in terapia, e supponeva di sì, ma era chiaro che non avesse ancora metabolizzato del tutto quella brutta esperienza.

Owl si alzò e andò in bagno, tornando con una salvietta bagnata. La porse a Stone. «Per la mano. Bisogna contenere il gonfiore perché non ho intenzione di pilotare da solo fin nel New Mexico. Anche tu dovrai fare la tua parte.»

Lui ridacchiò, e rispetto a prima ora sembrava più se stesso. «Come se avrei lasciato a te tutto il divertimento» brontolò, anche se si mise l'impacco fresco sulle nocche.

Owl afferrò l'amico sulla spalla e lo fissò negli occhi. Poi annuì e spense la lampada sul comodino tra i due letti.

Gli occhi di Lara ci misero un po' ad abituarsi, e nel frattempo sentì il materasso abbassarsi un attimo prima che il suo uomo la cingesse con le braccia, attirandola di nuovo contro di sé.

Passarono alcuni minuti in silenzio, poi Lara sospirò e disse nella stanza silenziosa: «Questo significa che *nessuno* di voi due dormirà per il resto della notte? Perché pensavo di aver guarito Owl da questo punto di vista.»

Entrambi gli uomini risero.

«Verrai qui ad accoccolarti con me per aiutarmi a dormire?» la stuzzicò Stone.

«Assolutamente no» rispose Owl per lei.

Lara ridacchiò. «No, ma non voglio nemmeno che tu rimanga lì a fissare il soffitto per il resto della notte, come faceva lui. Se hai bisogno di alzarti, fare una doccia, mangiare, guardare la TV, andare a correre... fallo. Cosa fai di solito quando ti svegli a causa di un incubo?»

«Rimango a letto a fissare il soffitto» rispose in tono piatto.

Lei sospirò e si alzò a sedere. «Bene. Visto che siamo tutti svegli ed è probabile che nessuno qui intorno stia dormendo, perché non ordiniamo dal servizio in camera?»

«Non è possibile che tu abbia di nuovo fame» disse Owl incredulo.

«Un po' sì» replicò con un'alzata di spalle. «E poi non ho detto che voglio un pasto completo. Ho visto che nel menu notturno c'erano dei biscotti. E la cheesecake. Ho bisogno di un po' di zuccheri. Negli hotel ci sono ancora i film in pay-per-view?»

«Potremmo collegarci al mio Netflix e trovarne uno» propose Stone.

«Va bene, ma deve essere qualcosa con tanto testosterone. Tipo pieno di uomini che fanno saltare in aria le cose, esplosioni, combattimenti e roba del genere. Ne hai bisogno» sostenne Lara.

Non sapeva come fosse arrivata a quella conclusione, ma quando entrambi annuirono, si sentì sollevata di aver presupposto correttamente.

«Ora riaccendo la luce. Chiudete gli occhi» li avvertì.

Una volta che la stanza fu illuminata si raddrizzò e si voltò verso Owl. La stava guardando con amore e adorazione. Si sentì pervadere dall'eccitazione, perché di solito la guardava in quel modo dopo essere venuto dentro di lei. Ma non sarebbe successo nulla con Stone lì, ed era più preoccupata per il loro amico che di fare sesso.

Owl le strinse la coscia sotto le coperte, poi si alzò di

nuovo. Andò a prendere il menu del servizio in camera e lo porse a Lara. «Scegli tu.»

«Ok» acconsentì allegramente. Lanciò un'occhiata a Stone e vide che la stava studiando. «Che c'è?» gli chiese, inclinando la testa.

«Ho capito perché Owl ora riesce a dormire tutta la notte.»

Lei aggrottò la fronte. «Davvero?»

«Mm-mm.» Scambiò uno sguardo con il suo amico da sopra la sua testa.

Lara si voltò a guardarlo, ma lui si limitò a scrollare le spalle. Decise che non aveva importanza perché Stone pensasse di sapere il motivo per cui Owl non soffriva più d'insonnia, era solo contenta che fosse successo... e quella notte non contava; circostanze attenuanti e tutto il resto.

«Ok» disse, riportando l'attenzione sul menu. «Patatine e salsa, due porzioni di biscotti con gocce di cioccolato, cioccolata calda e una fetta di cheesecake alla fragola da dividerci. Vi va bene?»

«Saremo stracarichi di zuccheri per quando usciremo per andare all'aeroporto» disse Stone, mentre portava le gambe giù dal materasso. A differenza di lei e di Owl, lui dormiva solo in boxer. A parte ammirare il suo fisico evidentemente tonico, Lara non provò alcuna attrazione per quell'uomo.

«Se ti tremeranno le mani, piloterò io» esclamò Owl, stuzzicando ancora una volta l'amico.

Lui gli mostrò il dito medio, ma non si voltò mentre entrava in bagno.

Non appena la porta si chiuse, Owl si sedette sul letto accanto a lei, che con la mano gli toccò delicatamente il segno scuro sulla guancia. «Ti fa male?» gli chiese a bassa voce.

«No. Grazie.»

«Per cosa?» chiese, aggrottando la fronte.

«Per non aver dato di matto. Per aver detto tutte le cose giuste. Per aver avuto un approccio tranquillo.»

«Perché non avrei dovuto?» domandò, sinceramente confusa.

«La maggior parte delle persone non sarebbe stata così comprensiva. Avrebbe potuto farti davvero male.»

«Be', è un problema loro, non di Stone. E non mi avrebbe fatto del male. Non con te qui.»

«Hai ragione. Ti amo, Lara. Tantissimo.»

«Anch'io ti amo. E voglio bene ai tuoi amici. Comunque, stare al Rifugio mi ha insegnato che le cose brutte accadono sempre alle persone buone. È il modo in cui reagiamo a queste cose che ci definisce. E non voglio avere paura per il resto della vita.»

«Se fossimo soli...» iniziò, ma Stone scelse quel momento per tornare nella stanza.

«Ma non lo siete» disse ridendo. «Quindi smettetela di spupazzarvi e lasciale ordinare il cibo, se non l'ha già fatto.»

«Spupazzarci? Che cavolo di parole usi?» borbottò Owl, sedendosi e lasciando spazio a Lara.

«In realtà, è uguale a spassarvela. Ma in questo caso mi sembrava più simpatica e adatta a voi due che siete sempre lì a farvi coccole e carezze.»

«Sei proprio strano» gli disse scuotendo la testa.

Ma Lara non riusciva a smettere di sorridere. Sembrava che Stone si fosse scrollato di dosso i postumi dell'incubo, e non poteva essere più felice di vedere i due amici scherzare di nuovo tra loro.

«Fate silenzio voi due, e lasciatemi chiamare il servizio in camera. L'ultima cosa che vogliamo è che qualcuno ascolti le vostre strane conversazioni e chiami la polizia» scherzò, prendendo il telefono.

Owl le tenne la mano sulla gamba mentre lei ordinava, e nel giro di venti minuti i tre erano seduti sul letto di Stone con davanti a loro un mucchio di "schifezze" mentre in TV davano *Die Hard 2*.

Non era esattamente così che aveva immaginato di finire la giornata, ma pensare che forse era stata in grado di aiutare Stone invece di essere la destinataria delle preoccupazioni di tutti, fu una sensazione straordinaria. E insinuò in lei la fiducia e la speranza che, in un futuro non troppo lontano, sarebbe riuscita a rimettersi in sesto, e che l'orribile ansia che sembrava sempre in agguato si sarebbe lentamente dissolta.

CAPITOLO DICIOTTO

OWL ERA STANCO, ma non eccessivamente. Non era la prima volta che dormiva poche ore, e nonostante ultimamente si fosse abituato a fare tutta una tirata fino a mattina, il suo corpo poteva ancora funzionare con poco riposo.

La notte precedente era stato molto preoccupato per Stone, ma in qualche modo Lara non solo era riuscita a scrollarlo dalla depressione che l'incubo gli procurava sempre, ma lo aveva anche fatto sorridere e scherzare a malapena mezz'ora dopo.

Era sempre stato consapevole che fosse una donna straordinaria, e con quell'episodio lo aveva dimostrato una volta di più. Aveva un cuore enorme e lui avrebbe fatto di tutto per proteggerlo, a qualunque costo.

Lara si era addormentata guardando il film, e vederla sdraiata con tanta fiducia accanto al suo migliore amico gli aveva suscitato un senso di contentezza come non succedeva da tempo. Si era girata mentre dormiva, accoccolandosi contro Stone come se avesse saputo che aveva ancora bisogno di conforto. Owl non aveva provato gelosia quando lui le aveva posato con dolcezza una mano sulla nuca, continuando a guardare il film.

Avevano parlato a bassa voce per non svegliarla; dell'elicottero che stavano per comprare, di come stava andando il viaggio, di quando sarebbe stato completato l'hangar al Rifugio e di altre cose banali.

Solo quando Owl aveva riportato Lara sul loro letto e spento di nuovo la luce, Stone gli aveva detto sommessamente: «Sei un uomo fortunato.»

«Fidati, lo so. C'è qualcuno là fuori anche per te» si era sentito in dovere di dirgli.

Ma lui aveva sbuffato: «Ne dubito. Chi mai vorrebbe mettere la propria vita a rischio solo dormendo accanto a me notte dopo notte?»

Non aveva saputo bene cosa rispondere, ma il suo amico aveva chiuso la conversazione aggiungendo: «Forse possiamo fare un sonnellino di un'ora o due prima di doverci alzare.»

Così Owl si era accoccolato dietro Lara e l'aveva tenuta tra le braccia. Non si era riaddormentato, e probabilmente nemmeno Stone, ma erano entrambi più che pronti a tornare a casa. La sera prima avevano restituito l'auto a noleggio, e quella mattina avrebbero preso un taxi per andare all'aeroporto regionale.

Si alzarono alle prime luci dell'alba, fecero i bagagli, la doccia e poi scesero nella hall per fare il check-out. Il taxi arrivò proprio mentre uscivano dall'hotel, e salirono.

Quando l'auto si fermò all'aeroporto, Owl notò che non c'era nessuno in giro. Era presto, ma gli sembrò strano che non ci fosse movimento all'interno del terminal. Proprio quando stava pensando di chiedere al tassista di aspettare un attimo, Ricky Norman apparve da dietro un angolo. Si avvicinò salutandoli con la mano.

«Buongiorno! Sarà un'ottima giornata per volare» disse con un tono gioviale.

«A quanto pare è una persona mattiniera» borbottò Lara sottovoce.

«Se volete seguirmi nell'hangar, potrete aiutarmi a tirare fuori l'elicottero e a prepararlo.»

Owl annuì, e si mise al fianco di Lara mentre oltrepassavano un cancello della recinzione che circondava la pista e si dirigevano verso un hangar a poca distanza dal terminal.

«Prima sbrigheremo le pratiche burocratiche, e per quando avremo finito quella roba e i vostri controlli prevolo, gli addetti alla torre di controllo dovrebbero essere qui» spiegò loro.

«È normale che non siano ancora arrivati?» chiese Stone.

«In questo aeroporto, sì» rispose con un cenno del capo. «Ce n'è uno più grande non troppo lontano da qui che viene usato dalla maggior parte delle persone, ma questo mi è sempre piaciuto di più. Non è difficile inserirsi nei programmi di volo ed è molto più tranquillo.»

Di solito Owl sarebbe stato d'accordo, ma il fatto che in quel momento il posto fosse deserto non gli piaceva. Lara doveva essere dello stesso parere, perché la sentì avvicinarsi un po' di più a lui. Le afferrò la mano e gliela strinse per rassicurarla. Lei gli rivolse un sorriso riconoscente, ma si sarebbe sentito molto meglio una volta in volo.

Ricky li condusse nel piccolo hangar. Il posto era molto buio senza la grande porta aperta, ma quando vide l'elicottero si sentì riempire d'orgoglio. Presto quella bellezza sarebbe stata loro.

Si diressero tutti verso una piccola area amministrativa che fiancheggiava una parete, e cercò di essere paziente mentre Ricky frugava tra una pila di carte.

Owl non sapeva cosa lo avesse spinto a voltarsi e a guardare dietro di sé. Forse un rumore impercettibile... tipo dei passi leggeri o il fruscio di indumenti che sfregavano mentre qualcuno si avvicinava.

Ma quando si rese conto di ciò che stava succedendo, era già troppo tardi.

Un uomo muscoloso che indossava un completo nero a tre pezzi stava calando sulla testa di Stone un grosso mazzuolo in gomma.

Fece per urlare un avvertimento al suo amico, ma gli uscì più che altro un grugnito quando sentì la mano di Lara venire strappata via dalla sua.

Si girò e vide la sua donna bloccata contro il petto di Ricky. Le aveva stretto un braccio intorno al collo e nell'altra mano teneva una siringa. Owl si bloccò mentre Stone cadeva a terra con un forte tonfo. L'uomo con il mazzuolo era evidentemente riuscito a coglierlo di sorpresa.

Gli si gelò il sangue. Era letteralmente il suo incubo che diventava realtà.

Vagliò freneticamente le opzioni a disposizione, che in quel momento erano piuttosto scarse. Avrebbe dovuto dar retta alla sensazione di disagio che aveva provato appena arrivati.

Ma non avrebbe permesso che il suo errore fosse la rovina di Lara.

«Io non lo farei» lo avvertì Ricky, stringendola più forte

quando Owl fece un passo, pronto a balzare contro l'uomo che tratteneva la donna che amava. Lei era impallidita e cercava disperatamente di divincolarsi dalla presa del bastardo.

«Smettila di muoverti, se non vuoi che ti pianti questa» ringhiò.

Owl si girò leggermente, tenendo tutti in vista. La sua attenzione vacillava tra Lara e Ricky, Stone – disteso immobile per terra – e l'uomo con il mazzuolo.

«Immagino che vi stiate chiedendo cosa diavolo sta succedendo» disse Ricky in modo quasi colloquiale.

«Lasciala andare» sibilò Owl a denti stretti.

«Mi dispiace, non posso farlo. Riceverò un sacco di soldi in cambio. Però qualcuno si prenderà mooolta cura di lei.»

Lara emise un lamento e quel verso quasi gli spezzò il cuore. Erano stati così attenti! E ora era chiaro che proprio la persona a cui si erano affidati per l'acquisto dell'elicottero lavorava con un serial killer.

Non aveva dubbi che fosse così. Carter Grant aveva assunto qualcuno che facesse il lavoro sporco per lui. E se Owl non avesse trovato una soluzione entro pochi secondi, era molto probabile che Lara si sarebbe ritrovata nel suo peggior incubo. E sapeva che non si sarebbe ripresa così bene una seconda volta.

«Sono tutti tuoi» disse Ricky all'uomo che aveva steso Stone.

«Il capo ne vuole solo uno.»

«*Cosa*? Non era questo il piano!» si lamentò, con evidente irritazione nella voce.

«I piani cambiano» ribatté l'uomo muscoloso, senza

dare l'impressione che gli importasse della rabbia dell'altro.

Owl doveva eliminare Ricky. Era pericoloso, soprattutto con quell'ago così vicino alla pelle di Lara, e non sapeva cosa contenesse la siringa. Se era una sostanza come il fentanyl, avrebbe potuto ucciderla in pochi minuti. Se si trattava di un sedativo, sarebbe svenuta rendendo difficile la fuga da quel macello.

Ma chi voleva prendere in giro? La fuga era già altamente improbabile. Perché per niente al mondo avrebbe lasciato Stone nelle grinfie di quegli stronzi. Se il suo amico fosse stato cosciente, gli avrebbe ordinato di andarsene da lì con lei. Ma non poteva lasciarlo. Non dopo l'orribile esperienza che avevano sperimentato insieme in passato.

Se almeno fosse riuscito ad allontanare Lara da Ricky, lei avrebbe potuto scappare. Cercare aiuto. Owl avrebbe provato a resistere il più possibile contro i due uomini... sperando di farlo abbastanza a lungo perché qualcuno potesse andare a soccorrerli.

Con i muscoli tesi per balzare verso Ricky, sentì un altro rumore impercettibile e, altrettanto improvvisamente, il tizio in completo elegante gli puntò contro una pistola.

Prima che Owl potesse sbattere le palpebre, l'uomo premette il grilletto.

Si aspettò di provare il dolore del proiettile che gli lacerava il corpo, invece, quando guardò in basso, vide un dardo piantato sul petto.

Lo strappò via urlando di rabbia, ma cominciò subito a sentire l'effetto del sedativo che conteneva. Cercò di costringersi a rimanere in piedi, ma non servì a nulla.

Cadde in ginocchio, e non sentì nemmeno dolore all'impatto con il cemento.

Alzando lo sguardo vide l'orrore nel volto di Lara, che riverberò nella sua anima.

L'aveva abbandonata nel momento del bisogno. E aveva abbandonato anche Stone. Poi non sentì più nulla, mentre cadeva a faccia in giù sul pavimento.

———

Lara urlò quando l'uomo con il vestito elegante sparò a Owl. Si era aspettata di vedere del sangue, ma il dardo ai suoi piedi le fece capire tutto. Era stato narcotizzato. Quando lui si accasciò a terra, lottò ancora più forte contro la presa di Ricky.

«No!» urlò, mentre il suo amore giaceva immobile ai piedi dell'altro uomo.

«Mi dispiace, ma sì» le disse allegramente Ricky all'orecchio.

«Ti darò un milione di dollari se ci lasci andare!» offrì Lara disperata.

«Mi dispiace, tesoro, ma riceverò quella cifra solo per consegnarti. Inoltre, non ho bisogno di mettermi contro Carter Grant.»

Rabbrividì nel sentire la conferma che ci fosse lui dietro a tutta quella storia. Aveva avuto il terrore che potesse accadere, e non si era sbagliata.

L'uomo in completo infilò di nuovo la pistola nella fondina all'altezza della schiena, poi si chinò su Stone. Lo afferrò sotto le ascelle e cominciò a trascinarlo verso la parte buia dell'hangar.

«È stato bello lavorare con te» disse il tizio mentre lo portava via.

«Aspetta, tornerai a prendere l'altro, vero?» gridò Ricky, indicando con la testa il corpo di Owl.

«No.»

Lo stronzo continuò a urlare minacce, ma al tizio in completo sembrava non importare. Continuò a trascinare Stone. Ora che gli occhi si erano un po' adattati alla luce fioca, riuscì a vedere quella che le sembrò una berlina nera dall'altro lato dell'elicottero.

«Merda, cazzo, maledizione!» imprecò Ricky.

Lara si dimenò più forte contro di lui. Doveva liberarsi. Doveva aiutare Owl e Stone. *Non* poteva permettergli di portarla ovunque Carter la stesse aspettando. Non sarebbe sopravvissuta se fosse stata di nuovo prigioniera. Non era possibile. Anche solo ricordare ciò che quel mostro le aveva già fatto era troppo da considerare in quel momento.

«Calmati!» le gridò Ricky.

Non si sarebbe calmata. Per niente al mondo. Sapeva cosa c'era in ballo.

Proprio quando stava pensando che sarebbe riuscita a scappare, sentì la puntura di un ago sul braccio.

Ricky la spinse via all'improvviso e lei cadde carponi sul pavimento duro. Ma non esitò ad allontanarsi dall'uomo per avvicinarsi a Owl. Lo scosse freneticamente. «Owl, svegliati!»

Lui non mosse un muscolo.

Ricky rise dietro di lei e le venne da vomitare. Si girò lentamente e si alzò in piedi, mettendosi tra Owl e l'uomo malvagio che non aveva problemi a consegnarla nelle mani di un serial killer. Per quanto la riguardava, era crudele quanto Carter.

«Mi dispiace dirtelo, tesoro, ma non si sveglierà tanto presto» le disse con un ghigno.

Odiò sentire il vezzeggiativo che usava Owl uscire dalle labbra di quell'uomo. «Non riuscirai a farla franca.»

Lui si limitò a ridere più forte. «L'ho già fatto. Guardati intorno, vedi qualcuno che sta venendo a salvarvi? No, perché non c'è nessuno. E non arriveranno per almeno un'altra ora. E per allora saremo già lontani.»

La porta dall'altro lato dell'hangar si sollevò e l'auto nera uscì lentamente.

Lara era in preda al panico e il cuore le batteva freneticamente nel petto. Stone! Lo stavano portando via e lei non poteva fare un bel niente! «Se pensi che verrò con te in silenzio, ti sbagli di grosso» sbottò.

Era a circa un metro di distanza da lei con le braccia incrociate sul petto e quel maledetto ghigno. «Sei tu che ti sbagli. Il sedativo che ti ho dato dovrebbe fare effetto da un momento all'altro.»

Si irrigidì. Aveva sentito un leggero dolore al braccio ma lo aveva ignorato, troppo sollevata di essere libera dalla presa dell'uomo e più vicina a Owl. Ma mentre lo pensava, si rese conto che il suo corpo si comportava in modo... strano. Era come se stesse guardando la scena dall'alto. Barcollò.

«Perché non ti siedi prima di cadere?» le disse l'altro con fare amichevole.

Lara lo fissò torva. Informazioni. Aveva bisogno di informazioni! Non sapeva come, ma avrebbe trovato il modo di condividerle con qualcuno del Rifugio. Con Brick. Pipe. Forse anche con quel tizio tecnologico di cui tutti erano amici. *Con qualcuno.*

I suoi pensieri erano ormai lenti, ma si ricordò del telefono. Doveva tirarlo fuori dalla tasca e cercare di chiamare qualcuno senza che Ricky se ne accorgesse. Cora! No, non la sua migliore amica... magari Tiny?

Aveva creduto di essere furtiva, ma il bastardo rise di nuovo e si avvicinò a lei proprio mentre infilava la mano in tasca. Lara cercò di indietreggiare, ma inciampò su Owl. Cadde e gemette per il dolore, e Ricky la girò malamente su un fianco, palpandole il sedere, mentre le sfilava il cellulare dalla tasca posteriore.

«Peccato che non possa tenere per me un bel bocconcino come te» borbottò, gettando il telefono a terra prima di calpestarlo.

Lara fissò i pezzi come se fosse in trance. La stanza girava, e sapeva che era solo questione di tempo prima che svenisse. Ma il pensiero di dove si sarebbe svegliata, e con chi, la fece combattere contro gli effetti della sostanza che gli aveva iniettato.

«Dove hai intenzione di portarci?»

«Be', dovevi esserci solo tu, ma non posso lasciare qui il tuo ragazzo, perché lo troverebbero e rovinerebbe tutto. Quindi direi che deve venire anche lui.»

Si concesse di aggrapparsi a un barlume di speranza. Aveva più probabilità di salvarsi con Owl al suo fianco. Si rifiutava di pensare a ciò che avrebbe potuto accadergli per mano di Carter Grant, ma egoisticamente era sollevata dal fatto che non sarebbe stata sola. Almeno per un altro po'.

«Qualcuno scoprirà che siamo spariti» disse con la massima sicurezza possibile, anche se aveva la sensazione che le sue parole fossero biascicate e di non riuscire a convogliare quella minaccia come avrebbe voluto.

«Certo. Ma non molto presto. L'elicottero che hanno comprato i tuoi amici non sarà più qui e tutti penseranno che siate partiti come previsto. Ci vorranno ore prima che qualcuno si accorga che c'è qualcosa che non va, quando non arriverete al punto di sosta per la notte. E sì, non ho dubbi che i vostri piani siano stati trasmessi agli altri in quello stupido ritiro in cui vi siete rintanati da tempo.»

«Rifugio» lo corresse. «Non ritiro.»

«Ma che cazzo mi frega. Non ha importanza. *Tu* non sei importante. Sei un mezzo per raggiungere un fine, e quel fine sarà molto più bello per *me* che per te e il tuo ragazzo.»

«Ti prego» lo supplicò. Non aveva problemi a implorare se poteva servire. Se ciò l'avesse tenuta lontana da Carter Grant. «Ti prego, lasciaci qui.»

«No. Assolutamente. Ho una bella ricompensa che mi aspetta.» Ricky si accovacciò a mezzo metro da lei, studiandola con un sorrisetto. «Capisco perché Carter sia così ossessionato da te. Capelli biondi, occhi azzurri, alta, snella... incarni un sogno proibito, tesoro. Ed è quello che scatena i suoi "giochi" proibiti» disse con un ghigno. «Lasciati andare. Se non sei cosciente, ciò che sta per succedere sarà più facile.»

«Carter non ti pagherà. Non lascia testimoni. Ha ucciso l'ultimo uomo che mi ha consegnata a lui... cosa c'è che ti rende diverso?» Le era sempre più difficile tenere gli occhi aperti e aveva la sensazione di biascicare, ma non poteva arrendersi. La sua vita e quella di Owl erano in pericolo.

«Dovresti essere più preoccupata per te stessa che per me, tesoro» ribatté.

Lara sbatté le palpebre e le ci volle più di qualche secondo per riaprire gli occhi. La droga in circolo stava facendo il suo lavoro. «Non la farai franca» ripeté debolmente.

«L'ho già fatto. L'unico ostacolo ai miei piani è quest'uomo qui. Carter non sarà felice quando si unirà alla festa, ma come ho detto prima, non posso lasciarlo qui perché venga trovato. Ma non importa, sono sicuro che diventerà cibo per pesci non appena atterreremo.»

«Dove ci porterai?» riuscì a chiedere.

Ricky si chinò, la prese per la nuca e la abbassò quasi con delicatezza sul pavimento. Si sentiva debole, completamente incapace di reagire. Quell'uomo senza scrupoli che incombeva su di lei, si abbassò e la *leccò*, dall'angolo delle labbra, lungo la guancia, fermandosi accanto all'occhio.

Lara avrebbe disperatamente voluto pulirsi da quel tocco, liberarsi della sensazione viscida della sua saliva sulla pelle. Ma non riusciva a muoversi. Le sembrava che gli arti pesassero cinquecento chili.

«Nella nuova isola di Carter. Vive lì da solo. Niente domestici, niente vicini. Ha voluto assicurarsi che questa volta non potessi scappare.»

Emise un lamento. O almeno credeva di averlo fatto, perché non sentì alcun suono uscire dalla sua bocca.

«Non sarà difficile gettare il corpo del tuo ragazzo nell'oceano. Gli squali si occuperanno di lui» disse. Poi si alzò in piedi all'improvviso, e aveva l'aspetto del diavolo in persona mentre torreggiava su di lei e Owl.

«E il vostro amico... anche lui è bello che andato.»

«Dove?» sussurrò, con le sue ultime forze.

«È stato venduto. Non faceva parte del piano di Carter, ma ciò che non sa non lo nuocerà. Ho guadagnato parecchio con lui. Ho conosciuto un tipo... un vero bastardo. Ama i soldi quasi quanto me, e aveva bisogno di un uomo. Non mi ha detto perché e non gliel'ho chiesto, ma immagino che non lo voglia come ospite per il tè pomeridiano. E il mio conto in banca è diventato molto più consistente grazie a *questa* transazione.» Poi Ricky lanciò un'occhiata a Owl. «*Cazzo*. Non posso credere che quello stronzo l'abbia lasciato qui perché me ne occupi io!»

Fu l'ultima cosa che Lara sentì prima che la droga avesse la meglio.

———

Ricky si passò un braccio sulla fronte e imprecò tra sé e sé. L'uomo era più pesante di quanto sembrasse e non fu facile portarlo nell'elicottero. Non si preoccupò di legarlo, si limitò a buttarlo per terra davanti ai sedili posteriori. Non gli importava nemmeno della ragazza, ma a Carter sì, e se gliel'avesse consegnata con qualche livido, o se fosse sembrato che non si era preso molta cura di lei, ne avrebbe pagato il prezzo.

L'aveva legata al sedile anteriore e le aveva addirittura messo le cuffie. Il tempo stringeva e doveva partire prima che la gente cominciasse ad arrivare al piccolo aeroporto. Tuttavia, si prese un momento per palpare e strizzare avidamente le sue tette.

Era *davvero* bella. Peccato che non potesse farsela prima di consegnarla. Non gli sarebbe importato che fosse svenuta, una fica era una fica, e preferiva che le sue donne non lottassero quando le scopava. Ma Grant si aspettava che la sua proprietà fosse consegnata senza contusioni... e a lui piaceva lasciare dei segni.

Chiuse con foga il portello, corse fino alla parte anteriore e afferrò la maniglia del carrello su cui poggiava l'elicottero. Diede un'altra occhiata all'interno dell'hangar, assicurandosi che non ci fosse nulla di strano. Aveva già caricato le tre valigie e raccolto i pezzi del cellulare di Lara, che era stata così stupida da pensare che le avrebbe permesso di usarlo, e aveva preso i documenti di vendita.

Il denaro che il Rifugio aveva inviato per l'acquisto era già sul suo conto, e insieme a quello che Grant gli aveva già pagato e a quello ricevuto da Jason Feldman, l'uomo che aveva comprato Jack "Stone" Wickett, era più che a posto.

Avrebbe eseguito la consegna sull'isola, ottenuto il resto dei soldi e poi sarebbe decollato, dirigendosi verso sud, oltre il confine. Una volta arrivato in Messico avrebbe venduto l'elicottero, magari a un cartello della droga; quegli stronzi avevano un sacco di soldi e probabilmente avrebbero gradito avere un mezzo del genere nel loro arsenale. Poi avrebbe passato il resto della vita a bere, a scopare e a godersi la valanga di soldi che aveva accumulato, la maggior parte dei quali solo grazie a quel lavoro.

Entro poche ore sarebbe finito tutto. Non avrebbe pensato alla donna seduta accanto a lui e a quello che le sarebbe successo. O all'uomo svenuto sul retro. Non erano un suo problema. A Ricky Norman interessavano solo i soldi. E stava per averne più di quanto avrebbe mai potuto spenderne. Mancava solo una consegna al pensionamento.

Soddisfatto di sé, spinse l'elicottero fuori dall'hangar, tolse il carrello da sotto e lo riportò dentro. Poi chiuse il portone, salì sul velivolo, indossò le cuffie e sorrise, mentre iniziava la procedura per il decollo. Prima avrebbe consegnato la merce a Grant, prima avrebbe potuto lasciare il Paese.

CAPITOLO DICIANNOVE

RYAN CAMMINAVA AVANTI e indietro accanto alla sua Ford Explorer, mordicchiandosi l'unghia del pollice mentre si chiedeva come comportarsi. Fare ciò che era *giusto* avrebbe significato esporsi, rivelare chi era veramente. Ed era l'ultima cosa che voleva. Amava il suo lavoro al Rifugio e non aveva dubbi che confessare tutto avrebbe significato perderlo.

Inoltre, avrebbe perso i migliori amici che avesse mai avuto. Le persone che vivevano e lavoravano lì l'avevano accolta con calore. L'avevano trattata come una di famiglia... e non come un mostro, qualcuno di cui diffidare. Ryan aveva fatto del suo meglio per proteggere i suoi nuovi amici in segreto, ma ora...

Aveva bisogno di aiuto.

Fece un respiro profondo, ignorando la nausea che le agitava lo stomaco, e si diresse a passo veloce verso il lodge. Brick e gli altri stavano tenendo una riunione del personale. Ryan avrebbe dovuto andare lì più tardi con Jess e Carly per aggiornarli sulle loro mansioni. Era una cosa che amava di quel lavoro: i proprietari del resort accoglievano con piacere i suggerimenti di tutti. Erano sinceramente interessati al funzionamento di ogni parte dell'attività, e ciò significava ascoltare le persone che ci lavoravano.

Ma doveva assolutamente parlare *subito* con Brick, Tonka, Spike, Pipe e Tiny. Non poteva rimandare.

Mentre si dirigeva verso la sala conferenze, salutò distrattamente con la mano Alaska, che era seduta dietro al bancone della reception. Sentì vagamente la sua amica chiedere perché fosse arrivata così in anticipo per la riunione, ma non si fermò a spiegare. Probabilmente quella era l'ultima volta che le avrebbe parlato in modo amichevole. Le informazioni che stava per rivelare avrebbero cambiato tutto. E non in meglio, per quanto la riguardava.

Spinse la porta e si assicurò di chiuderla dietro di sé mentre fissava i cinque uomini seduti al lungo tavolo rettangolare. Ryan li aveva conosciuti tutti abbastanza bene nell'ultimo anno o giù di lì, e aveva condiviso alti e bassi con il personale.

Esitò per un attimo. Avrebbe potuto tacere e non perdere la cosa migliore che le fosse mai capitata, ma la sua coscienza ebbe la meglio. Doveva informarli. Era la cosa giusta da fare. Poi avrebbe affrontato le conseguenze come faceva sempre... da sola.

Avrebbe trovato un altro posto dove nascondersi.

«Cosa c'è che non va?» le chiese Brick quando lei non disse nulla.

Doveva avere un'aria spaventata perché quell'uomo imperturbabile si mostrasse così preoccupato.

«Owl, Stone e Lara sono nei guai» sbottò, poi fece una

smorfia. Non era esattamente il modo in cui avrebbe voluto iniziare quella conversazione.

Con sua sorpresa, gli uomini non balzarono subito in piedi a gridare o a chiedere risposte. Fu Tiny, tra tutti, a spingere indietro la sedia e ad avvicinarsi a lei. La prese per il braccio e la condusse delicatamente al tavolo facendola accomodare vicino a lui.

Avrebbe voluto piangere. Era così gentile... ma sapeva che non sarebbe durato.

Tra tutti gli uomini presenti lì, Tiny era quello da cui Ryan si era sentita più attratta. Le ricordava il protagonista di uno dei suoi film preferiti, *Sixteen Candles: Un compleanno da ricordare*. Tutti ci scherzavano su, ma era evidente che odiasse essere paragonato a lui.

Anche se negli ultimi anni il film era stato criticato per i contenuti razzisti e sessisti, e non poteva negare che ci fossero momenti decisamente poco sensibili, lei era sempre stata attratta dal protagonista. La sua parte preferita era la scena finale; lui che si presentava dalla festeggiata e il bacio al di sopra della torta di compleanno... la mandavano sempre in estasi.

Vedere Tiny ogni giorno le provocava lo stesso brivido. Ma Spencer Denny, conosciuto come Tiny, non era affatto come il ragazzo del film. Era due volte più alfa e più scontroso, anche se sempre premuroso con tutti al Rifugio. A volte lo aveva sorpreso a osservarla con uno sguardo che sembrava mostrare un sentimento diverso dalla semplice amicizia, ma per il resto non aveva mai fatto o detto nulla che potesse darle l'impressione di voler essere qualcosa di più del suo datore di lavoro.

Voci di corridoio dicevano che aveva seri problemi di fiducia, e dato che lei stessa aveva già abbastanza rogne da affrontare, non aveva mai cercato di capire dove avrebbe potuto portare quell'interesse reciproco. Soprattutto quando entrambi facevano il possibile per ignorare tale interesse.

E ora era certa che non appena avesse detto a quegli uomini perché si trovava lì e cosa sapeva, la poca fiducia che Tiny poteva averle concesso, sarebbe svanita in un soffio. E il bello era che non poteva nemmeno biasimarlo.

«Parla, Ryan» le ordinò. «Perché pensi che i nostri amici siano nei guai? Lara ti ha chiamato o mandato un messaggio?»

Fece un respiro profondo, si sforzò di bloccare i suoi sentimenti, di attenersi ai fatti, così avrebbe accelerato le cose. Poi avrebbe potuto fare le valigie e sparire di nuovo.

«Non mi chiamo Ryan. Non sono nemmeno Samantha, Julie, Riley, Rebecca o Maryann, tutti nomi che ho usato negli ultimi anni. Sono venuta qui con una falsa identità. Ho fatto delle ricerche sul Rifugio e ho pensato che sarebbe stato il posto perfetto per rifugiarmi. Alexis... l'addetta alle pulizie che se n'è andata perché ha ricevuto quell'eredità improvvisa... be', l'eredità non arrivava da un lontano parente. Sono stata *io*. Ho fatto in modo che ricevesse quei soldi, così si è licenziata e io ho potuto prendere il suo posto.»

«Ma che cazzo?» disse Spike sottovoce.

Ryan non si fermò. Era arrivata fino a lì, doveva continuare.

«Sono brava con i computer.» Era l'eufemismo del secolo, ma spiegare le sue *eccezionali* capacità in quel momento sarebbe stata una perdita di tempo.

Invece incontrò lo sguardo di Tonka. «Quando Jasna è stata rapita, ho seguito le tracce di Christian. Ero in macchina con Henley quando ha saputo della scomparsa della figlia e ha detto chi sospettava fosse il colpevole. La polizia avrebbe impiegato troppo tempo per ottenere un mandato di perquisizione, mentre per me è stato semplice rintracciare il suo cellulare. Sono andata alla casa dove avevo localizzato il segnale e l'ho visto uscire. Ho sbirciato dalla finestra e ho visto Jas. Ho continuato a tracciare i suoi movimenti e quando si è fermato a un fast-food, sono entrata e l'ho presa. Ho chiamato la polizia e ho dato loro la soffiata su dove trovare lui e la baita. Poi ho lasciato Jasna dove sapevo che l'avresti trovata.»

«Sei *tu* lo sconosciuto? La persona misteriosa che mi ha mandato un messaggio?» chiese Tonka incredulo.

Ryan annuì. Poi si rivolse a Spike. «E sono stata sempre io a rintracciare il localizzatore di Reese.»

«Porca puttana!» imprecò.

«E hai scritto a Stone in Arizona» disse Pipe. Non era una domanda. «E hai sbloccato i disturbatori che Grant aveva in casa, permettendomi di parlargli.»

Annuì di nuovo.

«Come facevi a sapere dei bunker?» chiese Brick.

Scosse la testa. «Non è importante in questo momento.»

«Col cazzo che non lo è» affermò Tiny con voce bassa e dura.

Aveva evitato di guardare l'uomo che le era seduto accanto, ma si voltò e vide che era appoggiato allo schienale della sua sedia, il più lontano possibile da lei, con le braccia incrociate sul petto. Si era reso completamente inaccessibile pur rimanendo nella stanza.

Non avrebbe dovuto sentirsi ferita, sapeva esattamente

che sarebbe stata quella la sua reazione una volta scoperto l'inganno, eppure fu comunque un duro colpo.

«Ero preoccupata per Lara, per il fatto che lasciasse il Rifugio. Ho attivato un alert sul suo telefono che mi informasse della sua posizione. E sapevo che stamattina sarebbero andati a prendere l'elicottero. Non volevo impicciarmi, lo giuro... so che è sbagliato, ma... ero curiosa di sapere come stavano andando le cose. Ho hackerato il microfono del suo cellulare e ho ascoltato.»

«Esiste davvero la possibilità di fare una cosa del genere?» chiese Pipe.

Ryan si guardò le mani. «Sì, se sai come fare. Tutti i telefoni hanno un microfono. Così come i computer, i tablet e quegli aggeggi che gestiscono la casa e rispondono alle domande. Quelli ascoltano *davvero* tutto ciò che si dice. Le aziende usano quelle informazioni per vendere robaccia inutile. Non parliamo poi di quanto sia facile essere una spia al giorno d'oggi. Tutti hanno un apparecchio elettronico con sé, in ogni momento.»

«Continua» ringhiò Tiny.

Ryan deglutì a fatica, anche se dentro di sé si sentì venir meno. *Odiava* quando le persone si arrabbiavano con lei. Quando urlavano. Aveva passato la maggior parte della vita a essere trattata di merda, a essere sgridata, a sentirsi dire che non era altro che una stronza inutile... tanto che soffriva anche lei di disturbo post-traumatico da stress quando qualcuno intorno a lei si incazzava.

«Ok. Così ho ascoltato le loro chiacchiere mentre andavano all'aeroporto. Erano tutti e tre felici ed eccitati di tornare a casa oggi. Ho sentito il venditore salutarli. Ma quando sono entrati in quello che presumo fosse l'hangar... le cose si sono messe molto male.»

Tutti si sporsero in avanti, tranne Tiny.

«Cos'è successo?» chiese Brick con urgenza.

Ryan raccontò rapidamente tutto ciò che aveva ascoltato. «Poi quel Ricky deve aver distrutto il cellulare di Lara: ho sentito che ha colpito qualcosa, probabilmente il pavimento, e quando sono riuscita a entrare in quello di Owl, mi ero già persa un sacco di cose. Ma l'uomo si stava vantando di ciò che avrebbe fatto, e sicuramente implicava portare Lara su un'isola dove la stava aspettando Carter Grant. Le ha detto che Carter avrebbe ucciso Owl e gettato il suo corpo nell'oceano.»

«E Stone? Dov'è?» chiese Tiny.

«Non lo so. Ricky ha detto di averlo venduto a un tizio, ma non dove sarebbe andato o per quale motivo il compratore lo voleva.»

«Porca puttana!» imprecò Pipe.

Gli altri mormorarono sottovoce parolacce ben peggiori.

«Non riesco a rintracciare Stone. La persona che l'ha portato via deve avergli preso il telefono e l'ha distrutto o spento. E quello di Lara è sicuramente rotto.»

Sentì Tiny muoversi accanto a lei. «E quello di Owl?»

«È ancora acceso» rispose.

«Stai ancora ascoltando?» domandò Tonka.

Annuì.

Brick aprì il portatile davanti a sé e lo spinse quasi con violenza verso Ryan. «Usa questo per far ascoltare anche noi.»

Ryan fissò il computer atterrita. Avrebbe dovuto riflettere meglio su tutta la faccenda. «Non posso» mormorò. «Voglio dire, devo usare il mio.»

«Mi stai dicendo che un hacker non può usare un

computer qualsiasi per offrire i suoi servizi?» chiese Tiny in modo brusco. «Non me la bevo. Se sei così brava come affermi, e se stai dicendo la verità, lo farai. Adesso. *Subito*.»

Ryan si piegò su se stessa di fronte all'ostilità nella sua voce. Non che non potesse usare il computer di Brick, il problema era che se lo avesse fatto, se avesse usato un qualsiasi dispositivo non sicuro, l'avrebbero trovata. Sarebbe stata solo una questione di tempo prima che la rintracciassero.

Ma *anche quello* era colpa sua. Avrebbe dovuto portare con sé il suo. Era stata così spaventata, così preoccupata per Owl, Stone e Lara, che aveva lasciato l'appartamento in tutta fretta con l'unico obiettivo di arrivare al Rifugio il più velocemente possibile per far sapere agli altri che i loro amici erano in pericolo.

La sua partenza era appena stata anticipata, ma pazienza. Se sacrificare la sua sicurezza personale significava riuscire a salvare gli altri, l'avrebbe fatto.

Inoltre... aveva tradito tutte quelle persone. Era in obbligo con loro.

Attirò più vicino il computer di Brick e le sue dita corsero sui tasti mentre si introduceva nel dark web e apriva il programma che aveva progettato e nascosto tra migliaia di altri programmi fai-da-te di spionaggio, tutti disponibili a pagamento per ladri e altre persone che li avrebbero usati per scopi nefasti. Aveva reso inutilizzabile il suo di proposito... a meno che non si fosse bravi come lei o non si sapesse esattamente quali comandi digitare.

Ci vollero meno di due minuti per accedere al microfono del cellulare di Owl, ma la tensione nella stanza era palpabile, intensa come una bufera di neve in montagna.

L'ostilità di Tiny era come un piccolo coltello che le incideva la pelle.

Alla fine premette play sul programma e fece una smorfia dato che l'unico suono proveniente dagli altoparlanti fu un fortissimo ronzio.

«Che cazzo è? Pensavo che fossi brava con questa roba» brontolò Tiny.

«L'elicottero» disse Brick quasi con calma.

«Puoi localizzarlo?» domandò Pipe.

Ryan tenne il microfono aperto, aprì una nuova scheda e ricominciò a digitare furiosamente. Strinse le labbra e sospirò mentre girava il portatile per mostrare a tutti una mappa. «Non ho la posizione precisa, ma solo il punto in cui il telefono si è agganciato al ripetitore.» Sulla mappa c'era un punto rosso in mezzo a una striscia di blu, al largo della costa occidentale.

«Ricky ha detto che c'era un'isola.»

«Cazzo, ci sono... quante? Centinaia di isole da quelle parti?» chiese Tonka.

«Probabilmente migliaia» rispose Spike cupo.

«Chiamo Tex. Forse ha qualche idea» disse Brick.

Ryan fece involontariamente una smorfia.

«Lo conosci?» le domandò Pipe notando la sua espressione.

«Non personalmente. Ma potrei essere entrata nei suoi database per trovare informazioni che lui non era riuscito... informazioni da dare a voi» ammise.

Sorprendentemente, Brick sorrise. «Oh, vorrà sapere tutto di te. Che cos'ha detto quando ha cercato di aiutarci a trovare Jas?»

«Che chiunque fosse lo sconosciuto, era migliore di lui» rispose Tonka.

Si sentì rimescolare la pancia. Non era sicura di voler parlare con Tex faccia a faccia... o al telefono in quel caso. Non era il tipo d'uomo che avrebbe accettato di buon grado che qualcun altro hackerasse i suoi dispositivi. Al suo posto si sarebbe sentita esattamente come lui.

«Se cerchiamo un'isola, dobbiamo coinvolgere la Guardia Costiera» dichiarò Tonka. «Ho ancora dei contatti. Faccio qualche telefonata e vedo cosa riesco a ottenere.»

«Io chiamo l'FBI per informarli su Carter e sul rapimento di Stone» aggiunse Spike.

«E io mi metto in contatto con il Dipartimento della sicurezza interna. Dovrebbero essere in grado di rintracciare quell'elicottero» disse Pipe.

Ryan deglutì a fatica mentre tutti gli uomini intorno a lei prendevano i cellulari e si davano da fare per ritrovare i loro amici. Lanciò una breve occhiata a Tiny, solo per scoprire che la stava fissando.

«Come ti chiami?»

«Come, scusa?» chiese, sorpresa dalla domanda. Con tutto ciò che aveva appena detto loro, era *quello* che voleva sapere?

«Il tuo nome. Quello che ti hanno dato alla nascita. Voglio sapere qual è. *Adesso*.»

«Perché?» sussurrò.

Tiny si sporse in avanti, e in quel momento ebbe l'impressione che loro due fossero le uniche persone nella stanza. Si sentì bloccata dai suoi gelidi occhi turchesi, mentre la fissava come se potesse leggerle nel pensiero.

«Perché sì.»

Non era una risposta, e lo sapevano entrambi. Ryan avrebbe potuto inventarsi un nome, lo faceva da anni ormai. Ma per qualche motivo lasciò uscire dalla sua bocca quello che non aveva mai osato pensare dal giorno in cui era fuggita... tanto meno pronunciare ad alta voce. «Ryleigh. Ryleigh Lodge.»

Tiny si appoggiò di nuovo allo schienale e annuì. «È una cosa intelligente mantenere il tuo nome attuale il più simile possibile a quello vero... *Ryleigh*.»

Era praticamente il motivo principale per cui aveva scelto Ryan. Non era un nome tipicamente femminile, ma si avvicinava moltissimo a Ryleigh. Aveva rischiato troppo quando non aveva risposto agli altri nomi che si era inventata in passato.

Sentendosi a disagio e avendo bisogno di spazio, spinse indietro la sedia e fece per alzarsi.

Ma Tiny le afferrò il braccio di scatto. Non così forte da farle male, ma abbastanza da farle capire che se avesse voluto allontanarsi da lui, avrebbe dovuto usare un po' di forza. «Dove stai andando?»

«A fare i bagagli» rispose, ma il tono della sua dichiarazione fu molto più debole di quanto avesse inteso.

«Oh, non andrai da nessuna parte» ringhiò lui. «Abbiamo bisogno che trovi Owl e Lara... e quello stronzo di Grant. Poi ovviamente dovrai rintracciare Stone per riportare qui il suo culo. E devi rispondere a *molte* altre domande prima che ti sia permesso di andartene.»

Non le piacque il luccichio che balenò nei suoi occhi mentre diceva quell'ultima parte, ma non se ne sarebbe andata se quegli uomini volevano il suo aiuto. Avrebbe dovuto impegnarsi più di prima per trovare Carter Grant. Era lei quella da biasimare. Avrebbe dovuto sopportare quel senso di colpa... insieme a tutti gli altri che già si portava dietro.

Annuì lentamente e Tiny le lasciò il braccio. Ma anche dopo che lui si risistemò sulla sedia, sentì un fremito nel punto in cui l'aveva toccata. Non era un buon segno. Come poteva essere ancora così attratta da quell'uomo quando era evidente che lui la odiava?

Mise da parte le preoccupazioni e fece un respiro profondo. Doveva usare tutto ciò che aveva imparato su computer e tecnologia per aiutare Lara e Owl. Non importava nient'altro in quel momento.

CAPITOLO VENTI

Lara aveva la bocca secca. Tremendamente secca. Si leccò le labbra, ma non servì a molto. Girò la testa, chiedendosi perché si sentisse così male, e sbatté con stanchezza gli occhi per poi richiuderli.

Inizialmente non aveva idea di dove si trovasse e non ricordava come ci fosse arrivata. Ma a ogni secondo che passava alcuni scenari le balenarono in testa...

La stanza d'albergo e gli spuntini notturni. L'elicottero nell'hangar. Stone che veniva trascinato via. Owl disteso immobile per terra. Ricky davanti a lei che le diceva che l'avrebbe portata da Carter Grant.

Quell'ultimo pensiero la fece ansimare e aprì gli occhi di scatto.

La prima cosa che vide fu Owl. Era sul pavimento e la fissava, mentre lei sembrava essere su una sorta di divano.

Lui si portò subito un dito sulle labbra per indicarle di fare silenzio e mimò *"Stai bene?"* con la bocca.

Lara deglutì, e pensò per un attimo alla sua domanda prima di annuire.

Poi il motivo per cui voleva che non parlasse divenne chiaro.

«Ti *avevo detto* che volevo solo lei!»

Avrebbe riconosciuto quella voce ovunque.

Era *lui*. Carter Grant.

Rabbrividì, e ogni muscolo del suo corpo si tese. Sapeva che alla fine sarebbe finita lì, ma ora aveva molto di più da perdere.

«E io *ti* ho detto che se l'avessi lasciato in quell'hangar, qualcuno l'avrebbe già trovato e probabilmente avrebbe già rintracciato questo elicottero. Così almeno ho un certo lasso di tempo per lasciare il Paese prima che tutto il mondo si metta a cercarlo!»

Girando lentamente la testa, Lara guardò dietro di sé, verso dove provenivano le voci, ma non riuscì a vedere né Ricky né Carter; lo schienale del divano su cui era sdraiata le impediva di vederli... e a loro di vedere lei.

Sobbalzò spaventata quando qualcosa le toccò il braccio, e si voltò di nuovo, sollevata che fosse solo Owl che si era avvicinato. Non aveva ricordi di come fossero arrivati lì – ovunque *lì* fosse – ma era più sollevata di quanto potesse esprimere a parole che ci fosse anche lui. Supponeva che essere felice che anche l'uomo che amava fosse nelle mani di un sadico serial killer la rendesse una persona orribile, ma Owl era l'unico che la faceva sentire al sicuro.

«Dobbiamo raggiungere la finestra» le sussurrò. Lo aveva detto così piano che riuscì a malapena a sentirlo. Ma annuì con foga.

Non aveva idea di quale fosse il piano, *se* avevano un piano. All'improvviso ricordò che prima di perdere i sensi Ricky le aveva detto che sarebbero andati su un'isola. Non potevano certo correre a casa dei vicini e chiedere di usare il loro telefono, dato che l'aveva informata che Carter viveva lì da solo.

Ma se uscire dalla finestra l'avrebbe allontanata da quel mostro, le andava benissimo. Pur di liberarsi di lui, se fosse stato necessario sarebbe tornata a Seattle a nuoto nelle acque gelide e infestate dagli squali.

«Lo porterai via con te quando te ne andrai!» urlò Carter a Ricky.

«Va bene, ma ti costerà.»

«Cosa? Non esiste, cazzo!»

I due uomini continuarono a discutere e Owl la aiutò a rotolare giù dal divano senza cadere di faccia e senza fare rumore. Quando fu a terra, la abbracciò forte. Poi si tirò indietro e la guardò negli occhi. Le tenne il viso tra le mani e Lara ebbe la sensazione di vedere la sua anima nel suo sguardo quando disse: «Non permetterò che ti faccia del male.»

Lei annuì... anche se non gli credeva al cento per cento. Oh, sapeva che ci avrebbe provato, che avrebbe fatto tutto ciò che era in suo potere per tenerla al sicuro, ma la realtà era che Carter Grant era supportato dalla malvagità che aveva dentro e non avrebbe esitato a ucciderlo.

Quel pensiero le fece venire voglia di passare all'azione, *subito*, mentre i due uomini erano occupati a litigare. Sembrava che lei e Owl si trovassero in una biblioteca o un ufficio. C'erano scaffali che coprivano un'intera parete e decine di scatole accatastate ovunque. La stanza era anche piena di polvere, come se fosse stata abbandonata per anni. Non aveva idea se Carter avesse comprato quel posto o lo stesse occupando abusivamente, ma non aveva importanza. L'unica cosa che contava era scappare.

Usando le varie scatole come copertura, si diressero

verso una grande finestra, già semi aperta forse per cercare di arieggiare la stanza che puzzava di muffa. Lanciò un'occhiata dietro le spalle e finalmente vide i due uomini a circa due metri dal divano. Erano così immersi nella discussione che non si accorsero nemmeno che i loro prigionieri stavano scappando.

Ringraziando il disordine, le grandi dimensioni della stanza e la rabbia crescente dei due bastardi, Lara trattenne il respiro mentre lei e Owl si facevano strada verso la libertà.

«Puoi sparargli in testa e gettarlo nell'oceano, invece vuoi che lo carichi sull'elicottero e lo porti con me. E per fare cosa? Non c'è il pilota automatico, genio, quindi non posso spingerlo fuori mentre siamo in volo, e se si svegliasse mentre stiamo viaggiando sarei fottuto! Mi va bene se vuoi che mi prenda tutti i rischi con quell'uomo, ma voglio un altro milione prima di lasciare l'isola» sostenne Ricky, suonando stranamente insicuro e sicuro allo stesso tempo.

«Un milione? Ti sei drogato?»

«È troppo? Non c'è problema. Me ne andrò da solo… una volta che mi avrai pagato la seconda metà del mio compenso.»

«Non ti darò un altro dannato centesimo.»

«Bene. Io mi prendo la stronza e tu potrai occuparti di *lui*.»

«Non osare toccarla!» urlò Carter, sembrando fuori di sé. «È mia! *Mia*!» Tirò fuori una pistola e gliela puntò contro, con la mano che gli tremava per la rabbia.

«Calma, amico» disse Ricky, alzando le mani come se si stesse arrendendo.

Owl aveva raggiunto la finestra e nessuno dei due se ne

era ancora accorto. Ma era solo questione di tempo prima che succedesse. Lara odiò sentire il tono possessivo di Carter che dichiarava che lei era sua. Per fortuna era totalmente immerso nella discussione, e fu grata per quel piccolo vantaggio.

Mentre Owl cercava di tirare su la finestra abbastanza per farli uscire, Lara non riusciva a distogliere lo sguardo da Carter Grant. Il suo aspetto era più minaccioso di quanto ricordasse. Probabilmente a causa della benda sull'occhio. Per un attimo provò un senso di soddisfazione. Era merito di Cora, che aveva cercato di proteggere Pipe affinché non venisse sopraffatto. Non riusciva a immaginare di avere un contatto così ravvicinato con qualcuno per fargli del male...

Ma poi tornò a guardare Owl. Era accigliato, le sopracciglia aggrottate mentre si sforzava di sollevare quella maledetta finestra... e in quell'istante Lara decise che avrebbe fatto tutto il necessario per assicurarsi che non si sacrificasse per lei.

Le sembrava sempre più probabile che fossero completamente nella merda. La finestra non si muoveva, e senza quella possibilità non aveva idea di come avrebbero fatto a scappare.

«Non ti darò un altro centesimo. Anzi...»

Proprio in quel momento Owl riuscì finalmente a spingerla verso l'alto di qualche centimetro.

Purtroppo il cigolio del telaio fu abbastanza forte da indurre *entrambi* gli uomini a smettere di discutere e girarsi verso di loro.

Lara si irrigidì, e per un attimo nessuno si mosse.

Carter sembrava così furioso da farle pensare che stesse

per avere un infarto. Ma ovviamente non furono così fortunati.

Il bastardo si girò e ora la pistola era puntata contro di *lei*. «Vieni qui» le ordinò.

Ma non sarebbe andata da nessuna parte. Soprattutto non dove voleva *lui*.

Owl si alzò e tirò in piedi anche lei. La finestra non aveva un'apertura sufficiente da permettere loro di uscire, e se fossero corsi verso la porta, avrebbero dovuto oltrepassare i due uomini.

«Ti ho detto di *venire qui*. Subito!» le urlò con un tono feroce.

Ancora una volta, non si mosse. Si rannicchiò dietro a Owl, spaventata a morte.

Ricky ridacchiò.

«Zitto!» gli gridò Carter.

«È un classico. Sembra che tu sia a un punto morto.»

Carter era chiaramente stanco delle provocazioni dell'altro uomo. Puntò di nuovo la pistola contro di lui e ringhiò: «Pensi che sia divertente?»

Nel frattempo Ricky aveva estratto la sua arma dalla schiena e l'aveva puntata contro Carter. «Esilarante» replicò.

I due uomini erano a pochi metri di distanza l'uno dall'altro, entrambi con le pistole puntate all'altezza della testa... indietreggiarono lentamente e iniziarono a girare in tondo, fissandosi negli occhi. Erano completamente concentrati in quella situazione di stallo.

Mentre si muovevano, dovettero aggirare le scatole che li intralciavano, il che li separò di più... e li allontanò dal percorso che portava alla porta.

Il battito del cuore di Lara accelerò. L'adrenalina salì alle stelle. Forse, *forse*, sarebbero riusciti a raggiungerla.

Owl le cinse al vita, un po' con difficoltà dalla sua posizione davanti a lei, e si allontanarono dalla finestra trascinandosi insieme lungo il muro, avvicinandosi sempre di più alla porta. «Quando ti dico di correre, fallo. Esci da qui. Nasconditi» sussurrò.

«Non voglio lasciarti» sbottò.

«Col cavolo che non lo farai» mormorò.

«*No!*»

Probabilmente non era il momento giusto per imporsi, ma non avrebbe potuto continuare a vivere se Owl fosse stato ucciso nel tentativo di proteggerla. In passato, il fatto che si fosse frapposto tra lei e l'uomo che le aveva reso la vita un inferno era stata l'unica cosa le aveva permesso di respirare un giorno dopo l'altro, ma ora era una persona diversa. Non necessariamente abbastanza forte da affrontare un serial killer da sola, ma per niente al mondo avrebbe sacrificato l'uomo che amava.

Ogni muscolo del corpo di Owl era teso mentre avanzavano lentamente verso l'uscita; gli altri due erano ancora concentrati l'uno sull'altro e sulle pistole che tenevano in mano.

Ricky lanciò loro una rapida occhiata per tornare subito su Carter. «E adesso, Grant, come la mettiamo? Il tuo giocattolo si sta preparando a fuggire, ma sai che ti ammazzerò se punterai l'arma verso di loro.»

Il viso di Carter era così rosso che Lara cominciò a pensare che forse sarebbe *davvero* morto d'infarto. Sarebbe stato il miracolo di cui avevano bisogno.

«Vaffanculo» esclamò. E premette il grilletto.

Ricky, ovviamente, anticipò la sua mossa, perché si

gettò dietro il divano prima che il proiettile lasciasse la canna.

Carter gli sparò di nuovo, poi la scioccò girando l'arma verso di lei e Owl. Ma prima ancora che avesse il tempo di urlare di terrore o che le orecchie smettessero di fischiarle a causa degli spari, ne partì un altro.

Invece di sentire dolore in qualche parte del corpo, grugnì quando Owl la spinse con forza verso la porta.

Carter si era nascosto dietro a una pila di scatole e Ricky era ancora dietro il divano, lasciando libera la strada verso la porta. Lara riuscì a malapena a evitare di sbattere contro lo stipite mentre correva. Istintivamente cercò la maniglia. Doveva uscire da quella stanza!

Risuonò un altro sparo, proveniente però dal punto in cui si trovava Ricky. Aspettandosi di essere uccisa da un momento all'altro, quasi singhiozzò di sollievo quando finalmente riuscì a girare la maniglia aprendo la porta che dava in un corridoio.

«Vai!» disse Owl, spingendola con una mano sulla schiena.

«Da che parte?» urlò, certa di parlare a voce troppo alta, ma non riusciva a regolare il tono con le orecchie che ancora le fischiavano.

«A destra!»

Ricky e Carter stavano ancora sparando, ma non aveva idea se contro di lei e Owl o tra di loro. Supponeva che non avesse importanza. L'unica cosa che contava era uscire da quella casa.

«Stanno scappando!» Ricky lo schernì allegramente.

«È una cazzo di isola. Non possono andare da nessuna parte!» urlò Carter. «Avrò ciò che mi spetta quando sarai *morto*!»

Pensò che fosse un'ottima cosa che i due stronzi stessero cercando di farsi fuori a vicenda, ma non poté fare a meno di farsi prendere dal panico. Carter aveva ragione. Se erano su un'isola, e non aveva motivo di dubitarne, non potevano *davvero* andare da nessuna parte. Sperava che ci fosse una barca, lui era arrivato lì in qualche modo dopotutto.

«Ecco! Di qua, Lara. Sbrigati!» incalzò Owl, mentre la spingeva verso una grande stanza in fondo al corridoio. Sentiva ancora i due uomini urlarsi e spararsi contro, quindi pregò di avere un po' di tempo per trovare un posto dove nascondersi.

Lanciò un'occhiata a Owl. Sembrava feroce e determinato, e sentì di amarlo ancora di più.

Poi notò che zoppicava.

Quasi inciampò quando vide la scia di sangue che si stava lasciando dietro.

«Stai sanguinando!» esclamò.

«Già» replicò lui con aria truce. «Dobbiamo andarcene da qui.»

Lara stava ancora cercando di metabolizzare ciò che vedeva. Owl le teneva una mano sulla schiena mentre con l'altra si stringeva la coscia, ovviamente cercando di fermare il sangue proveniente dalla ferita causata dal proiettile. Ma non stava funzionando. I suoi pantaloni erano fradici e praticamente camminava dietro di lei trascinando la gamba. Anche se avessero trovato un posto dove nascondersi, avrebbe potuto morire dissanguato, e la traccia che stava lasciando avrebbe portato Carter dritto da loro.

Il panico le fece accelerare il respiro. Si sentiva stordita e aveva perso ogni speranza. Avevano *sparato* a Owl. Si era messo davanti a lei come uno scudo umano e si era preso una *pallottola* al posto suo. Anche ora, stava facendo tutto il possibile per portarla via da lì, per assicurarsi che fosse al sicuro, mentre avrebbe dovuto preoccuparsi di non morire dissanguato!

«Owl» disse ansimando, ma lui scosse la testa.

«No, continua a correre, tesoro.»

«Ma la tua gamba!» protestò.

«Lo so. Ma tu stai bene, è l'unica cosa che conta.»

Non era così. Owl era lì a causa sua. Perché Carter la *voleva*. Non avrebbe dovuto essere ferito. Un senso di impotenza minacciò di sopraffarla.

«Bingo! Lì! A sinistra, Lara. La porta. Dobbiamo uscire prima che uno di loro uccida l'altro e venga a cercarci.»

Aveva ragione. Fece il possibile per riprendere il controllo. Se Owl riusciva a stare così calmo dopo essere stato colpito e con il sangue che gli usciva dalla gamba, poteva farlo anche lei.

Raggiunse la porta che le aveva indicato, la aprì... e sbatté le palpebre sorpresa quando vide cosa c'era lì fuori.

Un grande cerchio di terra, sgombro da alberi e cespugli.

E il Bell 505 che lei, Stone e Owl avevano provato il giorno precedente.

Dio. Era passato solo un giorno? All'improvviso le sembrava fossero settimane. Erano successe così tante cose in così poco tempo.

«Vai, Lara! Vai!»

Corse verso l'elicottero. Una volta raggiunto, Owl la superò e spalancò il portello. La scaraventò praticamente sul sedile anteriore e lo chiuse di botto. Lara lo guardò con il cuore in gola zoppicare verso l'altro lato, aprire il portello e cercare di salire.

Il suo volto era bianco come un lenzuolo e ogni volta che cercava di sollevare la gamba buona per salire sul sedile, barcollava all'indietro.

«Cazzo» sussurrò, alzando lo sguardo verso di lei.

Lara si mosse rapidamente, si sporse oltre il sedile e gli afferrò il braccio. Era terrorizzata vedendo quanta poca forza gli fosse rimasta. Unendo gli sforzi, e con molta fatica, riuscirono a issarlo nell'elicottero.

Owl cominciò subito ad azionare interruttori e premere pulsanti... e in pochi secondi i rotori lentamente cominciarono a girare.

«*Cazzo!*» imprecò di nuovo, chiudendo gli occhi e accasciandosi sul sedile.

«Owl?» gridò lei angosciata.

«Non posso...» mormorò lui. «Ci ucciderei entrambi.»

«Cosa?» gli chiese. «Owl? Cosa non puoi?»

«Pilotare» rispose, con un'espressione devastata. «Mi dispiace! Mi dispiace tanto, Lara... ti ho delusa.»

«Cosa? Non è vero! Tu puoi pilotare! Sei *nato* per farlo.»

«Sto per... svenire. Se dovesse succedere... mentre siamo in volo... ci schianteremo.»

Lo fissò. Non potevano essere arrivati così vicini alla fuga per poi fallire adesso. «Dobbiamo fermare l'emorragia» gli disse con determinazione. «Piegati in avanti.»

Gli slacciò la cintura dei pantaloni e la fece scivolare dai passanti.

«Non è il momento di... spogliarmi» ansimò Owl.

Lara non poteva sorridere in quel momento. Gli sollevò la gamba destra e trasalì quando si vide la mano ricoperta di sangue. Gli avvolse la cintura sopra la ferita e la strinse.

«Di più» le disse a denti stretti.

Tirò con tutta la sua forza e riuscì ad allacciarla. Per fortuna non era di quelle con i buchi. Aveva la fibbia tipo cricchetto che bloccava il cuoio. Quando l'aveva vista per la prima volta lo aveva preso in giro, dicendo che era comodo possedere una cintura che poteva aumentare insieme al girovita. Ma ora era veramente grata per l'ingegnoso design.

«E adesso?» chiese. «Owl? Cosa devo fare adesso?»

Lui sollevò la testa, e per un attimo i suoi occhi sembrarono limpidi come sempre. «Tieni duro... ci porterò via da qui.»

Le si strinse il cuore. Amava Owl, lo riteneva incredibile, ma più il suo viso impallidiva, più temeva che avesse ragione: non poteva pilotare.

«Lo farò decollare... poi dovrai pensarci tu. L'hai fatto abbastanza... spesso... con il... simulatore. Sai cosa fare. La pedaliera... controlla... il rotore anticoppia... quello di coda. La cloche tra le gambe... controlla il movimento avanti... indietro... destra e sinistra. E la leva... di fianco al sedile... su e giù. Puoi farcela, tesoro. Credo in te. Sei... la donna più forte... che abbia mai conosciuto.»

Non poteva farlo! Era impossibile che riuscisse a pilotare quell'elicottero. «Non posso, Owl. Non posso!» gridò, con gli occhi pieni di lacrime.

Lui incontrò di nuovo il suo sguardo, poi annuì. «Va tutto bene, tesoro. Va tutto bene.»

Non andava bene. Neanche lontanamente.

Un rumore di spari alla sua destra la fece voltare verso la porta da cui erano usciti, e vide Carter irrompere nello spiazzo. Ma invece di andare verso l'elicottero, si voltò verso la casa, mirò e sparò.

Lara guardò di nuovo Owl, che non le aveva tolto gli occhi di dosso, poi di nuovo Carter... e prese la decisione. L'unica possibile.

«Ok. Facciamolo.»

Stava sudando copiosamente e temeva che avrebbe vomitato, ma lui sembrava tranquillo come nel volo di prova mentre abbassava lo sguardo sui comandi annuendo tra sé e sé. Il giorno precedente le aveva spiegato ciò che significava ogni suono e ogni parola mostrata sugli schermi, ma ora Lara sentiva solo il battito del suo cuore.

Tornò a guardare la casa e vide che Ricky teneva un braccio intorno allo stipite della porta, usando il muro come copertura mentre sparava a Carter. Entrambi gli uomini stavano cercando disperatamente di uccidersi a vicenda. Quella che era iniziata come una feroce discussione si era trasformata in una sparatoria mortale. E sapeva che chiunque avesse vinto, avrebbe puntato subito gli occhi su di loro. In un certo senso voleva che vincesse Ricky. Anche se li avrebbe sicuramente uccisi per poter prendere l'elicottero.

Ma se avesse vinto Carter...

Rabbrividì. Non poteva pensarci in quel momento.

I rotori giravano sempre più velocemente e Lara ancora non riusciva a credere che stesse considerando di pilotare quell'affare. Sperava che magari Owl non stesse così male come pensava, che una volta in volo sarebbe stato in grado di riportarli a Seattle.

Ma quando lo guardò di nuovo, quella speranza svanì.

Aveva un brutto aspetto. Teneva gli occhi socchiusi e la mascella serrata, come se stesse impiegando tutte le sue forze per rimanere cosciente. Era bianco come un lenzuolo e sudava copiosamente.

Se fossero riusciti ad alzarsi da terra senza essere colpiti, doveva davvero essere lei a portarli via da lì. Probabilmente avrebbe finito per uccidere entrambi... ma se non ci avesse provato, sarebbero *sicuramente* morti.

«Puoi... farcela» disse Owl. «Credo in te. Mettiti... le cuffie... di' a chiunque ti risponda... quello che sta succedendo... che sei una principiante... ti... aiuteranno.»

Lara annuì e prese le cuffie. Le indossò e subito tutti i rumori svanirono, tranne i respiri affannosi di Owl.

Guardò di nuovo verso la casa.

Vide con orrore che uno dei proiettili di Carter aveva finalmente fatto centro e Ricky era caduto a terra davanti alla porta.

Carter si girò verso l'elicottero e puntò la pistola.

«Si... parte!»

Lara mise le mani sui comandi e li sentì muoversi mentre Owl iniziava il decollo. Lui sollevò la leva del collettivo accanto al suo sedile, che sentì anche lei nella mano, e applicò una leggera pressione su uno dei pedali per contrastare la coppia del motore, proprio come le aveva insegnato a fare con il simulatore nel suo chalet al Rifugio.

Anche con la sua esperienza, il decollo non fu facile. Owl stava lottando per non svenire, e la perdita di sangue aveva sicuramente influito sulla sua coordinazione occhio-mano. L'elicottero sobbalzò e per un attimo Lara pensò che si sarebbero schiantati prima ancora di essersi alzati di un metro da terra...

Non fu piacevole e se qualche pilota avesse assistito all'ascesa dell'elicottero, probabilmente si sarebbe chiesto se la persona ai comandi fosse ubriaca o drogata, ma Owl ce l'aveva fatta. Erano in volo.

Lara non aveva idea di cosa l'avesse spinta a guardare ancora una volta verso il basso, ma non avrebbe mai dimenticato la furia assoluta sul viso di Carter mentre gli sfuggiva di nuovo.

Ciò che però la sorprese fu Ricky che si sollevò lentamente fino a tenersi su con il gomito.

Non riuscì a sentire gli spari, ma vide Carter sussultare e barcollare prima di cadere a faccia in giù sull'erba.

Ricky crollò di nuovo a terra e poi rimasero entrambi immobili.

Non ebbe il tempo di elaborare ciò che aveva appena visto – i due che si erano uccisi a vicenda, la fine appropriata per degli uomini così malvagi – che sentì un basso gemito attraverso le cuffie, e si voltò verso Owl.

Era accasciato di lato. Li aveva fatti decollare, ma ora era davvero svenuto.

Le tremarono le mani quando si rese conto che adesso era *lei* che pilotava. Da sola! Senza Owl a darle consigli per non precipitare.

«Oh, merda! Non posso farlo» sussurrò.

Ma lui non rispose.

Per un attimo si sentì prendere dal panico e dimenticò tutto ciò che le aveva insegnato quando erano seduti al sicuro sul suo divano, mentre lei rideva e faceva schiantare di continuo l'elicottero del simulatore. Era stato così paziente, ogni volta le aveva spiegato perché era successo esortandola a riprovare.

Carter Grant era morto. Doveva crederci. Non le avrebbe più dato la caccia. Poteva essere libera. Lei e Owl avrebbero potuto vivere per sempre felici e contenti, proprio come i personaggi dei suoi film e libri preferiti.

Ma solo se avesse ripreso il controllo delle sue emozioni e li avesse portati via in sicurezza dall'isola.

Si sentì carica di determinazione. Doveva portare Owl in ospedale. Lui l'aveva protetta, l'aveva tenuta al sicuro per mesi. Era arrivato il momento di ricambiare.

Fece un respiro profondo e parlò. «Ehi? C'è qualcuno? Mayday, Mayday! Sono su un elicottero e siamo appena decollati da un'isola, non so dove, il pilota è svenuto e ha bisogno di un'ambulanza. Mi chiamo Lara Osler, non so cosa sto facendo e ho bisogno di aiuto!»

Le sue dita erano così strette intorno ai comandi che era sollevata di non doverle staccare per comunicare. C'era un interruttore che passava la conversazione a privata per gli occupanti dell'elicottero, ma Owl l'aveva spostato su pubblica prima di svenire.

«Ehi? Mayday! C'è un'emergenza. Qualcuno mi sente?»

«Ti sento.»

Lara quasi singhiozzò a quelle due parole.

«Vedo che sei in un Bell. Qual è l'emergenza?»

«Non sono un pilota! Non ho mai pilotato un vero elicottero. Io e il mio ragazzo siamo stati rapiti da Carter Grant. È un serial killer ricercato dall'FBI. Siamo stati portati su un'isola e lui e un altro criminale si sono uccisi a vicenda. O almeno credo! Ma Owl è stato ferito e sta sanguinando molto e io sto pilotando, ma non sono brava e ho paura di schiantarmi e di ucciderci entrambi e non so dove siamo o come leggere gli schermi per sapere dove andare!»

Stava dicendo troppe cose, parlando troppo velocemente, ma non riusciva a smettere. «Ho pilotato un elicottero solo al simulatore e sono terrorizzata!»

«Fai un respiro profondo. Stai andando bene. Lo stai

mantenendo in volo orizzontale, il che è positivo. Sullo schermo di fronte a te c'è una sorta di radar verde. Al centro c'è una linea che probabilmente si muove su e giù. La vedi?»

La voce dell'uomo nelle cuffie era bassa e rilassante, e ciò contribuì non poco a calmarla. «S-sì, credo di sì.»

«Bene. Il tuo compito è quello di mantenere quella linea il più possibile piatta. Capito?»

Annuì, all'improvviso la sua bocca era troppo secca per parlare.

«Ok. Abbassa un po' la cloche tra le gambe. Così. Bene. Stavi andando un po' troppo veloce. Puoi alzare un po' la leva alla tua sinistra?»

«Non voglio andare più in alto!» esclamò, di nuovo in preda al panico. Più saliva, più si sarebbe fatta male se fosse precipitata.

«Solo un po'. Voglio assicurarmi che tu sia molto al di sopra del livello delle onde. Bene. Ok, Lara, ecco cosa faremo. Devi virare a destra. In questo momento stai venendo dritta verso la città e penso che tu non voglia sorvolare degli edifici.»

«No!» praticamente urlò.

«Bene, allora ti farò arrivare a un piccolo aeroporto a sud di Seattle.»

La nausea le rimescolò di nuovo la pancia.

«Non sono molto brava ad atterrare» ammise.

«Sarà un gioco da ragazzi. Ti aiuto io.»

«Come ti chiami?» gli chiese, con l'improvviso desiderio di saperlo.

«Lucas.»

«Voglio chiamare il mio primo figlio come te» sbottò.

Lui ridacchiò. «Fantastico. Ora, ecco cosa devi fare.»

I venti minuti successivi furono tra i più spaventosi della sua vita. Continuava a guardare tra Owl, che era ancora immobile accanto a lei, e gli schermi che aveva di fronte, trasmettendo a Lucas le informazioni che richiedeva.

Durante quel volo mise in una nuova prospettiva tutto ciò che le era successo in passato. Essere alla mercé di Carter in confronto era stata una passeggiata.

Nel momento in cui intravide la terraferma, fu quasi travolta di nuovo dal panico, pensando a cosa sarebbe successo se fosse precipitata sopra la gente. Ma Lucas la incoraggiò e riuscì a calmarla abbastanza da farle virare l'elicottero più a destra e seguire la costa verso sud.

Quando si avvicinò all'aeroporto dove voleva farla atterrare, le sue mani iniziarono ad avere i crampi per aver stretto con forza i comandi. Ma la voce dell'uomo non vacillò mai. Per fortuna aveva liberato lo spazio aereo, così non avrebbe dovuto schivare altri velivoli che decollavano o atterravano. Riuscì a vedere un'ambulanza e diverse auto della polizia e dei vigili del fuoco parcheggiate vicino al terminal... la spaventarono e allo stesso tempo le diedero un immenso sollievo.

«Ok, ci siamo. Sei in fase di volo stazionario, vero?»

«Sì.»

«Bene. Abbassa lentamente, *molto lentamente*, la leva accanto a te, e contemporaneamente esercita una leggera pressione all'indietro sulla cloche tra le tue gambe.» Il muso dell'elicottero si inclinò leggermente verso l'alto e la coda si abbassò mentre si avvicinava alla zona di atterraggio. «Ecco, così. Piano... un po' più piano, stai andando benissimo, Lara.»

Non era vero. L'elicottero balzava leggermente avanti e

indietro e non lo stava facendo scendere abbastanza lentamente, ma all'improvviso voleva solo *toccare terra*. Ora capiva perché la gente scendeva dagli aerei e baciava il suolo.

Quando l'elicottero si avvicinò all'asfalto, il flusso d'aria del rotore cambiò il modo in cui percepiva i comandi. Quella era la parte in cui di solito sbagliava con il simulatore e si schiantava nel tentativo di atterrare. Il sudore le colava dalle tempie, ma non osò staccare la mano per asciugarsi. La verità era che era completamente terrorizzata. Non per se stessa, ma per Owl. Non voleva ucciderlo dopo tutto quello che aveva fatto per lei.

Il flusso del rotore fece oscillare un po' il mezzo avanti e indietro, e mentre i pattini sfioravano il suolo, Lucas disse: «Ci sei quasi! Riduci la potenza e spingi in basso la leva accanto al tuo sedile.»

L'elicottero si posò violentemente sull'asfalto, e le ci volle un attimo per rendersi conto di avercela fatta. Era effettivamente atterrata! Lucas si congratulò con lei attraverso le cuffie.

«Ce l'hai fatta, Lara! Sei a terra! Dovrebbero esserci molte persone che si stanno avvicinando, ma non hai ancora finito. Riduci del tutto la potenza. L'hai fatto?»

«Sì» rispose con voce roca.

«Bene. C'è un interruttore rosso sul pannello di controllo, fallo scattare, bloccherà il flusso del carburante al motore. Renderà più sicuro ai primi soccorritori raggiungerti.»

Lara eseguì le istruzioni di Lucas, ricordando vagamente che Stone aveva fatto lo stesso quando erano atterrati dopo il volo di prova. I rotori cominciarono a rallentare e Lara provò un momento di incredulità per aver pilotato davvero un elicottero e averlo fatto atterrare senza schiantarsi.

Girò la testa e vide che auto e camion con luci lampeggianti e, supponeva, con sirene accese che non poteva sentire visto che indossava le cuffie, l'avevano quasi raggiunta.

«Grazie» sussurrò.

«Non ho fatto niente» disse Lucas, e ciò le fece venire voglia di piangere e allo stesso tempo ridere.

Come se lui sapesse ciò che stava provando, continuò: «Davvero. È stata tutta opera tua. Il programma di simulazione del tuo ragazzo deve essere eccezionale. Non conosco nessun altro che avrebbe potuto fare ciò che hai appena fatto tu.»

«È un Nightslayer» sussurrò.

«Un cosa?» le chiese.

«Un Nightslayer. Uno di quegli straordinari piloti di elicottero dell'esercito.»

«Intendi un Night Stalker?»

«Oh, sì. Quello. Scusa.»

«Wow. Sono fantastici. Hai avuto decisamente un ottimo insegnante. Ora togliti le cuffie e parla con i primi soccorritori.»

«Voglio conoscerti. Mi hai salvato la vita. L'hai salvata a *entrambi*.»

«Hai fatto tutto da sola» ribadì, rifiutando di accettare le sue lodi. «Ma farò il possibile per organizzare un incontro. Ora vai.»

Lara staccò le mani dai comandi quasi come un automa e si tolse le cuffie. Si voltò verso Owl proprio mentre i soccorritori li raggiungevano.

Dopodiché, gli eventi si svolsero molto rapidamente.

La fecero scendere dall'elicottero mentre prendevano Owl per sdraiarlo su una barella. Lo portarono nell'ambulanza e lo caricarono sul retro, la stessa in cui accompagnarono lei. Dovette sedersi davanti, ma si girò a guardare attraverso il finestrino mentre i paramedici si prendevano cura di lui.

Aveva perso così tanto sangue. Il sedile dell'elicottero era fradicio e le lenzuola della barella erano diventate rapidamente rosse perché continuava a fuoriuscire.

Non era possibile che qualcuno potesse sopravvivere dopo averne perso così tanto... o sì?

Una volta arrivati all'ospedale, Owl fu trasportato lungo un corridoio, mentre Lara fu condotta con delicatezza, ma con fermezza, in una piccola stanza. Passò almeno due ore a raccontare alla polizia tutto quello che era successo. Poi, quando arrivò l'FBI, dovette ricominciare tutto da capo. Non aveva idea di dove si trovasse l'isola, ma disse alle autorità il nome dell'aeroporto in cui erano stati rapiti e che Lucas avrebbe saputo indicare loro almeno la zona in cui aveva captato il segnale della comunicazione. Li pregò anche di trovare Stone. Diede loro le poche informazioni che aveva, che erano *davvero* poche, e cercò di non prendere sul personale i loro sguardi poco rassicuranti.

Quando la porta si aprì per quella che sembrò la centesima volta, Lara non alzò nemmeno lo sguardo. Era esausta, spaventata e incredibilmente carica di adrenalina. Non aveva voglia di parlare con nessun altro. Voleva solo vedere Owl. Le avevano detto che era stato portato in sala operatoria per cercare di riparare il danno all'arteria, ma era tutto ciò che sapeva.

Quando sentì pronunciare il suo nome con una voce

gentile ma familiare, alzò lo sguardo sorpresa. Sulla porta c'era Alaska.

E tutti gli altri del Rifugio.

Be'... quasi tutti. Quando il suo sguardo passò da un volto all'altro, non vide Tiny, ma il resto degli uomini e le loro donne erano lì.

Lara scoppiò a piangere, non riuscendo più a trattenersi. Vedere i suoi amici, sapendo che l'avrebbero sostenuta, le permise di abbassare la guardia. Era finalmente al sicuro...

Ma senza Owl, non credeva di poter essere di nuovo completa.

CAPITOLO VENTUNO

IL PRIMO SUONO che Owl sentì quando riprese conoscenza fu un fastidioso e incessante bip. Il secondo fu una risata sommessa. E avrebbe riconosciuto quella risata ovunque.

Lara.

Si sentiva fluttuare a causa degli antidolorifici che gli scorrevano nelle vene, ma ricordava tutto... fino allo svenimento. Era ovvio che lei li avesse portati in salvo, proprio come sapeva sarebbe riuscita a fare. L'orgoglio che provò fu quasi incontenibile.

Riuscì ad aprire gli occhi e la vide seduta accanto al suo letto. Ora che si stava svegliando, si rese conto che gli teneva delicatamente la mano. Guardava i loro amici e stava rivolgendo un sorriso stanco a Cora, che era seduta accanto a lei con Pipe dietro che le teneva una mano sulla spalla.

Involontariamente, strinse le dita di Lara, che girò subito la testa verso di lui.

«Ehi» disse Owl con voce roca. Odiava avere le labbra e la bocca secche, non gli piaceva l'odore degli ospedali: ne aveva frequentati talmente tanti dopo essere stato prigioniero di guerra che gli sarebbe bastato per tutta la vita. Ma svegliarsi vicino a Lara e ai suoi amici rese quell'esperienza meno terribile.

«Owl!» praticamente urlò. Balzò su dalla sedia e si chinò su di lui. «Owl?» disse un po' più piano.

«Stai bene?» le chiese.

La sua Lara ridacchiò e scosse la testa. «Sì, è per *te* che siamo tutti preoccupati. Dovevi proprio andare a fermare un proiettile con la gamba. E siccome sei uno che vuole strafare, ha graffiato un'arteria e sei quasi morto dissanguato!»

«Mi dispiace» mormorò. Ma lo fece sorridendo. Era così dannatamente felice di essere vivo che non poteva arrabbiarsi per una ferita da proiettile. Ma poi il suo sorriso si affievolì quando pensò a tutto il resto.

«Grant?» chiese.

«Morto» disse Pipe da dietro Lara.

Lei si raddrizzò lentamente e si sistemò di nuovo sulla sedia, ma non gli lasciò la mano, cosa che apprezzò.

«Siamo volati tutti a Seattle non appena abbiamo scoperto che eravate nei guai. Ma prima che potessimo mettere in atto un piano, Tex ci ha chiamati per dirci che stavate andando in ospedale. Mentre tu oziavi, dormendo in sala operatoria, abbiamo salvato Lara da un interrogatorio dell'FBI, l'abbiamo fatta mangiare, e anche se abbiamo insistito perché dormisse un po', si è rifiutata di lasciare il tuo fianco. Ci ha messo al corrente di tutto ciò che è successo. Brick e Spike stanno lavorando con Tex per cercare di trovare Stone. Tonka è all'hotel con le altre donne.»

Era molto da elaborare in quel momento. Poi si accigliò. «Non avete trovato Stone?»

«Non ancora. Ma lo faremo» rispose Pipe con fermezza.

«E Grant è morto?» chiese, dovendo tornare su quel punto.

«Senza ombra di dubbio. Lui e quello stronzo che aveva assunto per fare il doppio gioco con voi si sono uccisi a vicenda. Sei fortunato a essere stato colpito da *un* solo proiettile, se quello che dicono i detective è vero.»

«Cosa dicono?»

«Che quella casa è così piena di buchi da sembrare un formaggio svizzero.»

«Ti ringrazio. Ma se lo farai di nuovo, mi arrabbierò di brutto» gli disse Lara.

«Fare cosa?»

«Prenderti una pallottola per me» rispose.

«Non l'hai ancora capito? Farei qualsiasi cosa per assicurarmi che tu sia al sicuro. E sono tanto, tanto orgoglioso di te. Hai pilotato un elicottero.»

«E l'ho fatto atterrare. Non con molta grazia, però.»

«Ogni volta che si tocca terra e si esce camminando, è un atterraggio perfetto.»

«Non sei proprio uscito camminando» replicò ironicamente.

«Ma non per colpa tua» ribatté Owl.

Non staccò lo sguardo dal suo. Era impressionato dalla sua donna. Ricordava solo di essere decollato, poi il vuoto. Era un po' arrabbiato per non averla vista pilotare. Poteva scommettere che era stata magnifica. Costringendosi a interrompere il contatto visivo, guardò l'amico. «È *davvero* morto?» Aveva bisogno di essere sicuro. Totalmente sicuro.

«Sì. Sono andato io stesso all'obitorio per identificare il corpo, visto che sono uno dei pochi che ha avuto il dispiacere di incontrarlo di persona. Era lui. È morto davvero.»

Owl si sentì sollevato, ma subito dopo provò un po' d'ansia. Se Carter Grant era morto, significava che Lara era libera. Poteva tornare a Washington. Raccogliere i pezzi della sua vecchia vita, se voleva. E ciò lo spaventava a morte.

Come se gli avesse letto nel pensiero, gli disse: «Non vedo l'ora di tornare a casa con te. Credo di aver socializzato abbastanza che mi basterà per un po'. Volevo restare qui finché non avessimo trovato Stone, ma Brick mi ha promesso che lo ritroverà lui e sarebbe stato meglio se fossi tornata al Rifugio, così nessuno si sarebbe dovuto preoccupare anche di me. Aspetta di sentire quello che mi ha detto Cora di Ryan! Non ci crederai mai. Quelli dell'FBI hanno confiscato l'elicottero fino alla fine delle indagini, ma ci hanno assicurato che ce lo restituiranno al più presto. E hanno detto che ci restituiranno i soldi che avete pagato, quindi avremo un elicottero *gratis*! Oh, e ho invitato Lucas a venire al Rifugio per poterlo conoscere, e puoi farlo anche tu. È l'uomo che ha risposto al mio *mayday* e mi ha aiutata a volare e atterrare. Gli ho detto che avrei chiamato nostro figlio come lui... spero che vada bene. Ti lascerò scegliere il secondo nome. Le nostre valigie erano ancora nell'elicottero, così quando sarai dimesso avrai qualcosa da metterti. Mi è stato detto che mi porteranno un letto qui, così potremo stare insieme...»

C'erano molte cose da risolvere e molte altre di cui Owl voleva parlare con lei, ma al momento riusciva solo a concentrarsi sul fatto che lei volesse tornare al Rifugio... e che lo aveva chiamato casa. Il resto poteva aspettare. Soprattutto perché sembrava strana. Quasi iperattiva.

«Hai una stanza d'albergo?» chiese a Pipe.

«Certo.»

«Porta lì Lara e siediti sopra di lei finché non dorme. O meglio, fai sedere Cora su di lei.»

«Cosa? No!» protestò Lara.

«A me sembra una buona idea» borbottò Cora.

«Almeno otto ore» insistette Owl.

«Owl! Voglio restare qui con te» si lamentò.

«Hai bisogno di dormire. Io sto bene. Grant è morto. Sei al sicuro. Pipe si assicurerà che tu sia a posto. Ho bisogno che tu sia in salute, tesoro. Non esiste che ti ammali perché ti preoccupi per me.»

Lara chiuse gli occhi e si accasciò sulla sedia.

«Quando avrai dormito un po', mangiato qualcosa e fatto una doccia, parleremo. Voglio sapere tutto quello che è successo da quando mi sono fatto un sonnellino nell'elicottero. Voglio sapere di Stone, di Ryan e di questo Lucas. Ma non prima che tu sia un po' più lucida. Va bene?»

Aprì gli occhi e aggrottò le sopracciglia.

«Ti prego» la implorò.

Lei annuì con riluttanza.

Ne fu sollevato. «Bene.» Avrebbe voluto parlare con Pipe, ma sentiva le palpebre pesanti e aveva la sensazione che si sarebbe addormentato non appena Lara avesse lasciato il suo fianco. «Vieni qui» le ordinò.

Si alzò di nuovo e si chinò su di lui.

«Più vicino.»

Avvicinò il viso al suo.

«Ti amo» disse dolcemente. «Sapevo che ce l'avresti

fatta. Non avevo alcun dubbio che tu potessi pilotare quell'elicottero.»

«Sei pazzo» mormorò, scuotendo leggermente la testa.

«Ti ho osservata con il simulatore. Hai un buon istinto e le mani ferme. Se non avessi pensato che ce l'avresti fatta, non ti avrei portata su quell'elicottero. Avrei trovato un posto dove nasconderci. Sarei salito su una barca. Avrei affrontato Grant e gli avrei rubato la pistola. Qualsiasi altra cosa. Ma l'elicottero era il modo migliore e più veloce per andarcene da lì. Lontano da quei pazzi. E anche se stavo perdendo molto sangue e sapevo che avrei perso conoscenza, ho scelto comunque di decollare. Perché tu, Lara Osler, puoi fare qualsiasi cosa ti metti in testa.»

Le scese una lacrima che gli cadde sul viso, ma non si scostò. «Owl» protestò debolmente.

«Sei incinta?» le chiese.

Ansimò. «Perché me lo chiedi?»

La sua risposta evasiva gli disse tutto quello che doveva sapere.

«Ci sposeremo. Lucas non nascerà senza che i suoi genitori siano legalmente sposati.»

«L'abbiamo fatta visitare da un medico e quando le ha chiesto se poteva essere incinta, lei ha esitato» disse Cora dietro di loro. «Così le ha fatto fare pipì in un bicchiere.»

«*Sapevo* di averti messa incinta quella prima volta» sostenne compiaciuto.

Lara alzò gli occhi al cielo. «Però, dovresti chiedermelo.»

«Mi vuoi sposare?» le domandò senza esitare.

«Certo.»

«Per questo non te l'avevo chiesto. Sapevo già la tua

risposta.» Poi lo realizzò. Lo realizzò *veramente*. «Abbiamo creato un bambino» sussurrò.

«Sì, l'abbiamo fatto» concordò Lara.

«Lucas Jackson Kaufman» dichiarò con fermezza, per lo sconosciuto che li aveva salvati... e per il suo migliore amico, che era ancora disperso. «Luke per abbreviare.»

«È perfetto» sussurrò Lara.

«No, tu lo sei. Ora baciami e poi vai a dormire. E assicurati di mangiare. Ho bisogno di te e di mio figlio per rimanere in salute.»

«Sarai insopportabile durante la gravidanza, vero?»

«Se intendi iperprotettivo e paranoico, sì» ammise senza esitazione.

Ma lei non sembrò irritata. Si limitò a scuotere la testa e si chinò a baciarlo con dolcezza. Non fu un bacio profondo o appassionato, ma fu uno dei migliori baci che si fossero mai scambiati.

«Vai. Lascia che Pipe e Cora si prendano cura di te. Sarò qui quando tornerai.»

«Ti amo. Sono così felice che tu stia bene.»

«Ti amo... e anch'io lo sono.»

Si alzò e si diresse verso la porta insieme alla sua migliore amica che stava sorridendo come una stupida.

Pipe le seguì, e poco prima di arrivare alla soglia, si voltò. «Dirò all'infermiera che sei sveglio.»

Owl annuì, e prima che l'amico uscisse, lo fermò: «Pipe?»

«Sì?»

«Mi servono due cose.»

«Dimmi pure.»

«Ho bisogno che tu trovi Stone. E parla con Tex. So

che può farci avere in fretta le pratiche... quando riporterai qui Lara, voglio sposarla.»

Lui annuì. «Sto facendo del mio meglio per la prima cosa, e mi assicurerò che sia fatta anche la seconda.»

«Grazie.»

Pipe lo studiò per un attimo, poi tornò indietro e si avvicinò al letto, mettendogli una mano sulla spalla. «Quasi mi dispiace che quel bastardo sia morto. Lo avrei ucciso lentamente questa volta per quello che ha fatto a te e a Stone. Senza contare ciò che ha fatto a Lara.»

Owl annuì. Avrebbe voluto ucciderlo lui stesso, ma doveva accontentarsi che fosse morto.

«Henley è ansiosa di parlarti. Vuole assicurarsi che tu stia bene. Questa situazione deve averti riportato alla mente dei ricordi non molto belli.»

«A essere sincero ero più preoccupato per Lara. Ero svenuto durante il volo verso l'isola e mi sono ripreso solo poco prima che Grant e Ricky iniziassero la sparatoria. Poi mi sono concentrato a portarla via da lì, e dopo che mi hanno sparato, il dolore mi ha aiutato a focalizzarmi su ciò che dovevo fare. Sto bene, Pipe. Giuro. Ora sono solo preoccupato per Stone.»

«Già.»

«Non c'è nessuna traccia? Niente di niente?» chiese.

«No. È come se fosse scomparso nel nulla.»

Owl strinse le labbra desolato. «Merda.»

«Ma stiamo facendo tutto il possibile per trovarlo. E succederà. Te lo prometto.»

Avrebbe voluto dare una mano, ma da quel letto d'ospedale non poteva fare un bel niente. «Cos'è questa faccenda di Ryan?» chiese.

Il suo amico scosse la testa. «È una storia per un'altra

volta, fratello. Stai per crollare. Ma è una vera chicca. Tiny è con lei, al Rifugio.»

«Ma sta bene?»

«Sì.»

«Ottimo. Grazie per esserti preso cura di Lara e di mio figlio.»

«Non posso credere che tra nove mesi avremo *un altro* bambino al Rifugio» disse, scuotendo la testa e facendo un piccolo sorriso.

«Potresti aggiungerne uno anche tu» gli suggerì.

«Oh, lo farò... ma prima è necessario che si diano tutti una calmata e smettano di avere crisi da gestire.»

Owl ridacchiò. «Amen.»

Pipe gli strinse la spalla. «Sono contento che tu stia bene. Hai corso un bel rischio a far pilotare quell'elicottero a Lara. Mi hai detto più di una volta che è difficilissimo.»

«È così, ma non le ho mentito. Sapevo che poteva farlo. L'ho osservata al simulatore. È brava. Inoltre...non avevamo scelta. Non c'era *nessun* posto dove nascondersi su quell'isola. Non pensavo che avremmo avuto il tempo di trovare una barca e non avevo un'arma con me. È stato un colpo di fortuna che Grant e Ricky fossero due teste calde e che si siano rivoltati l'uno contro l'altro.»

«E abbiamo ottenuto un elicottero gratis» scherzò Pipe.

Owl annuì. «Dobbiamo solo trovare Stone per poter-celo godere.»

«Lo faremo. Contatto Tex così si occuperà dei documenti per il matrimonio. Domani tornerò con tutti e con un officiante.»

«Grazie.»

«Non serve ringraziare. Il fatto che tu sia qui è un ringraziamento sufficiente. Ci vediamo.»

«A domani.»

Pipe se ne andò e Owl si ricordò a malapena dell'infermiera che venne a controllarlo e ad assicurarsi che i suoi parametri vitali fossero a posto. Si addormentò, e invece di avere incubi su serial killer e incidenti in elicottero, sognò di tenere tra le braccia suo figlio appena nato da una parte e sua moglie dall'altra.

EPILOGO

LARA SI SEDETTE al lodge e sorrise guardando la gente intorno a lei. C'erano stati momenti in cui aveva temuto di non rivederlo più. E ora, non solo era di nuovo lì, ma era anche sposata e incinta. Era difficile da credere.

Le cose erano state folli da quando erano tornati al Rifugio e lei aveva finalmente avuto il tempo di riflettere su tutto quello che era successo. La decina di giorni trascorsi da quando era stata rapita per la seconda volta erano stati pieni di alti e bassi; aveva scoperto di essere incinta, e Owl, nonostante si stesse riprendendo rapidamente, era comunque rimasto ricoverato per quasi cinque giorni, così lei aveva diviso il suo tempo tra soggiornare in albergo – quando lui aveva insistito – e dormire sulla piccola branda accanto al suo letto d'ospedale.

Quando era tornata a trovarlo, il giorno in cui si era risvegliato e l'aveva mandata in hotel, non era rimasta molto sorpresa che avesse fatto in modo di organizzare tutto per sposarla subito. Lei aveva acconsentito, si erano messi in contatto via FaceTime con i suoi genitori, e proprio lì, nella stanza d'ospedale, circondati da alcuni dei loro amici, si erano promessi a vicenda di amarsi e di vivere per sempre insieme.

In realtà, era stata solo una formalità. Lara aveva già giurato a se stessa di amarlo per il resto della vita e che non le interessava il luogo in cui sarebbe avvenuto, che fosse una stanza d'ospedale, una grande cappella o un ufficio di un palazzo governativo. Dopo tutti i matrimoni in pompa magna a cui aveva partecipato con la sua famiglia, e dopo aver visto tutto lo sfarzo e lo stress che comportavano, era più che felice di avere avuto una cerimonia tranquilla con la presenza delle persone a cui voleva più bene. E il fatto che ci fosse Cora era stata la ciliegina sulla torta.

Sì, era una romantica e adorava vedere i grandi matrimoni in televisione e leggerne nei libri... ma in realtà tutto ciò che voleva era amare qualcuno ed essere amata a sua volta. E Owl soddisfaceva quel punto e molti altri.

Tutti i loro amici che erano andati a Seattle erano tornati nel New Mexico una volta rassicurati che lei e Owl non avessero problemi. Brick era rimasto per coordinarsi con le autorità per cercare Stone e per assicurarsi che lei si prendesse cura di sé e non trascurasse la propria salute, mentre trascorreva il maggior tempo possibile al fianco del suo uomo. Aveva anche organizzato tutto per farli tornare nel New Mexico una volta che il suo amico era stato dimesso.

Tornati al Rifugio, lei e Owl erano andati dritti allo chalet e a dormire, senza uscire per due giorni interi. Era stata una sensazione fantastica essere nel loro letto e nella loro casa.

Ora si trovavano al lodge per una festa di bentornato improvvisata. Sembrava un po' strano farlo mentre Stone era ancora disperso, ma come aveva sottolineato Alaska, il loro amico non li avrebbe biasimati per aver festeggiato il fatto di essere tornati a casa vivi, sposati e con un bambino in arrivo.

Robert e Luna avevano preparato un'enorme quantità di cibo per la festa, e tutti stavano socializzando, felici di stare insieme. C'erano anche alcuni ospiti a godersi l'atmosfera festosa, anche se non sapevano bene cosa stessero festeggiando.

Robert si avvicinò, e Lara si alzò e lo abbracciò forte. «Grazie per la scatola di Christmas Tree Cakes che ho trovato nello chalet» gli disse con un sorriso. «Apprezzo che tu abbia condiviso la tua scorta con me.»

«Sono felice che tu sia tornata» mormorò in tono roco.

Qualche minuto più tardi, Lara ringraziò Carly e Jess per essersi assicurate che lo chalet fosse immacolato al loro arrivo.

«Era il minimo che potessimo fare» disse Carly.

«Ma so che probabilmente siete ancora più occupate, ora che... be'... che siete solo voi due a pulire» disse un po' esitante.

«Non c'è problema. Ry dà ancora una mano quando può» la rassicurò Jess.

Lara era un po' triste per l'assenza di Ryan, alias Ryleigh, alla piccola festa, ma immaginava che la donna si sentisse a disagio a stare con loro, dopo aver mentito per un anno. Non era ancora chiaro perché lo avesse fatto, né da cosa o da chi si stesse nascondendo, ma capiva perfettamente perché avesse scelto il Rifugio. Era davvero un posto in cui *rifugiarsi* dalla vita, da tutto ciò che ti turbava.

Non nutriva alcun rancore nei confronti di Ryan, o come dovevano chiamarla adesso. Sperava semplicemente che alla fine trovasse la pace e la felicità che lei stessa aveva trovato.

Henley e Reese si avvicinarono e, prima che se ne rendesse conto, fu avvolta in un abbraccio a tre.

«Non posso credere che tu sia incinta!» esclamò Reese. «Sono così felice per te e Owl... e anche per me! I nostri figli avranno qualcuno con cui giocare.»

«*Io* posso crederci» dichiarò Henley un po' compiaciuta. «Ti ho detto come ti guardava Owl quando partecipava alle nostre sedute.»

«Come la guardava?» chiese Reese.

Le due donne fecero un passo indietro, invitando Jess e Carly a unirsi a loro.

«Non riusciva a toglierle gli occhi di dosso. Sapete, quello sguardo... protettivo, incazzato perché qualcuno aveva osato fare del male alla *sua* donna, e talmente innamorato che riusciva a malapena a stare fermo.»

«Oh, *quello* sguardo» disse Reese con una risatina. «Sì, lo conosco bene.»

Lara si sentì arrossire, anche se cercò nella stanza il soggetto della loro conversazione. Vide Owl seduto dal lato opposto. Stava parlando con Tonka e Pipe e, come se avesse percepito il suo sguardo, sollevò gli occhi e mimò *"Stai bene?"* con la bocca.

Lei annuì e riportò l'attenzione sulle donne quando le sentì ridere. «Che c'è? Cosa mi sono persa?»

«Niente. Siete adorabili» le disse Carly. «Spero di trovare un compagno che mi ami quanto ti ama il tuo uomo.»

«Lo troverai» la rassicurò Jess. «Basta non avere fretta. La pazienza è la chiave. Sei ancora giovane, hai molto tempo.»

Lara annuì d'accordo e sentì aprirsi la porta del lodge. Girò d'istinto la testa per vedere chi fosse entrato, ma non riconobbe l'uomo. Non l'aveva mai visto al Rifugio da quando era tornata, ma era probabile che fosse un ospite.

Brick gli si avvicinò, e sebbene lei non potesse sentire quello che stavano dicendo, si irrigidì quando riconobbe il tono della voce.

Anche se non lo aveva mai incontrato prima, sapeva esattamente chi era.

Non curandosi del fatto che era scortese voltare le spalle alle sue amiche senza alcuna spiegazione, si diresse rapidamente verso lo sconosciuto e Brick.

L'uomo la vide avvicinarsi e sorrise. Era grande e grosso, più di un metro e novanta. Era sulla sessantina, la maglia blu era tesa sulla sua pancia piuttosto grossa e aveva i capelli brizzolati. In qualsiasi altra circostanza, probabilmente sarebbe stata intimidita da lui. Ma senza esitare, gli si avvicinò e lo abbracciò più forte che poté.

«Grazie» mormorò tra le lacrime. «Grazie di cuore.»

«Hai fatto tutto tu, dolcezza» le disse con un accento strascicato.

Servì una mano sulla schiena, una mano che conosceva perfettamente, a darle la forza di allontanarsi da lui. Sì asciugò il viso, cercando di ricomporsi, poi gli tese la mano. «Ciao, sono Lara.»

«Io sono Lucas, è un piacere conoscerti» replicò il nuovo arrivato con un enorme sorriso.

«E io sono Callen Kaufman... Owl. Hai la mia infinita gratitudine. Se dovessi aver bisogno di qualcosa, chiedi e l'avrai.»

Lucas ridacchiò. «Non ho bisogno di molto. Ho una

moglie amorevole, due figli e cinque nipoti... sono a posto.»

Lara lottò per non far scendere altre lacrime. Quell'uomo le aveva letteralmente salvato la vita. A lei e a Owl. Era stato il miracolo che le era servito quando aveva fatto la richiesta di soccorso dall'elicottero. Era stato così calmo e rassicurante. L'aveva aiutata quando aveva avuto più bisogno di qualcuno, e non l'avrebbe mai dimenticato.

«Aspettiamo un bambino» si lasciò sfuggire. «Ed è un maschio. Be'... è troppo presto per saperlo con certezza, ma Owl insiste. E si chiamerà Lucas Jackson.»

Quell'omone la fissò per un attimo a bocca aperta, poi arrossì lievemente e deglutì con forza. «Io... be'... ok, allora. Grazie. Congratulazioni!»

Gli rivolse un sorriso radioso. «Ti va di fare un giro del posto?»

«Mi farebbe piacere.»

«Porto la tua valigia nello chalet» gli disse Brick.

Lara aveva quasi dimenticato che era con loro. Era chiaro che avesse avuto un ruolo importante nel portarlo lì e pensò, ancora una volta, a quanto fosse fortunata ad aver trovato degli amici così straordinari al Rifugio.

«Grazie. Non so come hai fatto a trovare spazio per me, ma lo apprezzo molto» gli disse Lucas stringendogli la mano.

«Sei vuoi portare qui la tua famiglia, fammelo sapere. Di solito siamo pieni con mesi di anticipo, ma di recente abbiamo acquisito un elicottero gratis» disse con un sorriso. «Quindi penso che una parte dei soldi risparmiati sarà destinata alla costruzione di un paio di chalet speciali riservati ad amici e familiari. Dopo quello che hai fatto per Lara e Owl, sei tra quelli che hanno i requisiti giusti.»

Che uomini eccezionali. Alcune persone avrebbero potuto diffidare di un gruppo di ex militari che vivevano in mezzo ai boschi e gestivano una sorta di hotel... ma non lei. Gli uomini e le donne del Rifugio avevano il cuore più grande che avesse mai visto. Si ripromise di andare da Savannah, la commercialista dell'attività, e di fare una consistente donazione per far costruire al più presto quegli chalet per amici e parenti. Forse il Rifugio non aveva bisogno dei suoi soldi, ma lei ne aveva in abbondanza da condividere, e voleva ricambiare quelle persone che le avevano dato *tutto*.

«Hai fame?» chiese Alaska a Lucas, raggiungendoli. «Fidati, Robert e Luna si sono superati stasera.» Poi si rivolse a lei. «Lascialo mangiare, poi potrai presentarlo a tutti.»

Annuì e guardò l'amica condurlo verso il buffet.

«Spero che tu non sia arrabbiata perché l'ho rintracciato e invitato qui» disse Brick.

«Arrabbiata? Stai scherzando? Assolutamente no. Sono entusiasta!»

«Bene.» La abbracciò, strinse la mano a Owl, poi si avvicinò ad Alaska che stava parlando a raffica con Lucas mentre lui si riempiva un piatto.

«Sapevi che sarebbe venuto?» chiese a Owl quando furono soli.

«Sì.»

Lo fissò a occhi socchiusi. «Sei bravo a mantenere i segreti.»

«E immagino che tu non sia per niente brava.»

«Immagini bene.»

«Non c'è problema. Non vedo l'ora di sorprenderti per i prossimi ... cento anni, direi.»

Lara sgranò gli occhi. «Mi rifiuto di vivere fino a centotrentacinque anni.»

«Io no. Accetterò di vivere ogni anno, ogni mese, ogni minuto possibile, se saranno tutti al tuo fianco.»

Gli sorrise. «Adulatore.»

In risposta, lui si chinò e le diede un piccolo bacio. «Bentornata a casa, tesoro.»

Casa. Il Rifugio lo era sicuramente, e anche di più.

«Come va la gamba?» gli chiese con dolcezza.

«Indolenzita. Ma sto bene.»

Lei aggrottò le sopracciglia.

«Giuro, sto bene. Voglio parlare con Lucas. Devo ringraziarlo di nuovo per averti aiutato durante il volo. Non esagererò. Ti farò sapere quando sarò pronto per tornare allo chalet.»

«Ok. Owl?»

«Sì?»

«Ti amo.»

Le sorrise. «Ti amo anch'io.»

Usando il bastone che gli avevano dato provvisoriamente, si diresse verso il tavolo dove erano seduti Alaska, Cora e Lucas. Lara tornò sorridendo dalle altre amiche che aveva lasciato bruscamente. Si sentiva la donna più fortunata del mondo. Aveva vissuto delle esperienze terribili, ma ne era uscita, e non solo aveva trovato un uomo che amava più di ogni altra cosa al mondo, ma si era anche ricongiunta con la sua migliore amica, e aveva un nuovo gruppo di uomini e donne che l'avrebbero sostenuta a prescindere. Era meraviglioso.

———

Più tardi, quella sera, Lara si accoccolò contro Owl sul divano del loro chalet. Era ancora stupita che l'uomo che aveva risposto alla sua richiesta di soccorso avesse viaggiato fino a lì per conoscerli.

Si mise una mano sulla pancia ancora piatta e sospirò quando Owl mise la sua sopra, che era enorme in confronto. Gli sorrise.

«Per cos'è quel sorriso?» le chiese.

«Sono solo tanto felice. Mi sento come se mi fosse stato tolto un peso enorme dalle spalle ora che ho la certezza di essere finalmente libera da Carter e al sicuro... come tutti qui al Rifugio. È sbagliato che mi senta così perché un essere umano è morto?»

«No» rispose senza la minima esitazione. «Ti invidio. Non penso che i miei aguzzini verranno qui negli Stati Uniti a cercarmi, ma è brutto sapere che alcuni di loro sono ancora là fuori, che stanno diffondendo il loro odio, magari facendo del male a qualcun altro. Sono *felice* che Grant sia morto. Avrei solo voluto che fosse per mano mia.»

«Non dirlo nemmeno» mormorò Lara, scuotendo la testa.

Owl le baciò la tempia con riverenza. «Invece sì» insistette. «Ti ha fatto del male. Ti ha spaventata. Ho visto le foto che l'FBI aveva della stanza in quell'isola dove progettava di tenerti.» Rabbrividì. «Ricky Norman era un bastardo, ma ci ha fatto un favore.»

Lara annuì distrattamente. Tutta la faccenda era stata terribile, ma la verità era che se non fosse andata esattamente in quel modo... ora le cose sarebbero state completamente diverse.

«Ti ho già detto quanto sono entusiasta che tu sia la

signora Kaufman e che il piccolo Lucas stia crescendo dentro di te?» le chiese, mentre faceva scendere la mano lungo la sua pancia e la infilava sotto l'elastico dei leggings.

«Sì» rispose, trattenendo il fiato quando le sfiorò il clitoride con un dito.

«Non credo di averlo fatto.» Lara percepì il sorriso nella sua voce.

Gli afferrò il polso e lui si fermò, ma non tolse la mano da sotto gli indumenti.

«Non possiamo. Il medico non ti ha autorizzato a... questo.»

«*Io* non posso, ma tu sì» replicò. «Ora sdraiati e rilassati. Ti prego, lasciamelo fare. Ne ho bisogno.»

Come poteva resistere quando la metteva in quel modo? Gli lasciò il polso e si sdraiò, posando la testa sulle sue ginocchia e facendo attenzione a non fare pressione sulla gamba ferita. Alzò lo sguardo su di lui. «Toccami, Owl.»

«Con piacere.»

Non ci volle molto. Lara non si era resa conto di quanto fosse stata tesa. Anche se erano al sicuro, era stata comunque una settimana estremamente stressante. Le sue dita la portarono sapientemente all'orgasmo. Ma non si fermò. La stuzzicò, la toccò e l'accarezzò fino a quando lei non tremò e si dimenò ancora una volta persa nell'estasi.

Quando cominciò a riprendersi, lo vide leccarsi le dita che erano state dentro di lei. Poi la aiutò a rimettersi seduta e ad accoccolarsi contro di lui. Notò che il suo cazzo era duro sotto i pantaloni della tuta e fece una smorfia.

«Non è un problema» le disse, vedendo la sua reazione. «Potrai rimediare quando starò meglio.»

«Lo farò» promise. «Verrai così intensamente che poi non sarai in grado di camminare.»

Ridacchiò, stringendo il braccio intorno a lei.

«Owl?»

«Sì, tesoro?»

«Voglio continuare a usare il simulatore. Un giorno mi piacerebbe prendere il brevetto di pilota. Non voglio più sentirmi così impotente come quando eri svenuto. Non sto dicendo che desidero portare in giro i turisti o altro, ma di essere in grado di decollare e atterrare senza temere di schiantarmi.»

«D'accordo.»

«E voglio continuare a lavorare con i bambini qui al Rifugio. Con i figli degli ospiti, ed eventualmente con quelli dei nostri amici... se loro lo vorranno.»

«Lo vorranno.»

«Pensi...» Si interruppe, cercando di trovare le parole per ciò che voleva chiedergli, senza turbarlo.

«Penso, cosa? Puoi parlarmi di tutto. Niente è vietato tra noi. Niente. Vuoi sapere qualcosa di più sul periodo in cui sono stato prigioniero di guerra? Chiedi pure. Se vuoi chiedermi di costruirti una casa enorme qui nel bosco, lo farò senza nemmeno fare una pausa. Qualsiasi cosa tu voglia, l'avrai.»

«Non voglio una casa enorme. Cioè, se avremo i cinque figli che hai previsto, dovremo aggiungere un paio di stanze, ma amo questo chalet. Non riesco a immaginare di vivere da nessun'altra parte.»

«Nemmeno a Washington? Avevi un buon lavoro, la tua famiglia è lì. Gli amici.»

Lara si girò un po' tra le sue braccia per poter incontrare il suo sguardo. «I miei genitori mi vogliono bene, ma non mi capiscono affatto. E non avevo amici, solo Cora. E lei è qui. E sì, amavo il mio lavoro e i miei alunni, ma ci sono bambini ovunque. Inoltre... tu sei qui. Perché dovrei voler andare altrove?»

«Ti amo» disse Owl. «Non sai quanto.»

«Lo so, perché ti amo allo stesso modo.»

Si sorrisero.

«Cosa stavi per dire o chiedere?»

«Solo che... non hai dormito bene in ospedale. Ti sei svegliato nel cuore della notte un paio di volte e non sei riuscito a riaddormentarti. So che da quando sei tornato a casa non hai avuto quel problema, ma magari è perché hai preso degli antidolorifici. Pensi che ti sia tornata l'insonnia?» Si era preoccupata di quell'eventualità. Stava andando così bene... e odiava pensare che potesse tornare a soffrire per la mancanza di sonno.

Con sua grande sorpresa, Owl le sorrise.

«Che c'è? Non è divertente.»

«Lara, ero in un *ospedale*. C'era qualcuno che veniva praticamente ogni ora per controllare i miei parametri vitali, o per chiedermi come mi sentivo, o per sostituire la flebo. Ovvio che non abbia dormito molto bene.»

«Oh. Non li ho mai sentiti.»

«Lo so» le disse con un sorrisetto. «Dormi come un sasso.»

«Non mi piace quando non riposi.»

«So anche questo. E sono sicuro che a volte l'insonnia tornerà. Il mio cervello fa fatica a spegnersi. Quando penso a quanto sono stato vicino a perderti...» si interruppe.

«Non è successo» replicò con dolcezza.

«No. E ne sono estremamente grato. Ma...»

«Ma Stone è là fuori da qualche parte» concluse per lui.

«Già» sussurrò. «Ci siamo promessi che ci saremmo sempre stati l'uno per l'altro. E l'ho abbandonato.»

«No, non l'hai fatto» ribatté Lara, alzandosi a sedere e aggrottando le sopracciglia. «Eri incosciente, Owl. E anche lui.»

«Lo so. Ma non riesco a smettere di pensare a quello che potrebbe star subendo in questo momento. Non sappiamo chi l'ha preso e perché, né dove sia o se è ancora vivo.»

«Lo è» sostenne Lara con convinzione.

«Amo il tuo ottimismo, ma non puoi saperlo» disse con tristezza.

«Sì invece. Ho sentito cos'ha detto quel tizio mentre lo trascinava via: che il suo capo voleva solo uno di voi. Lo voleva per *qualcosa*... non per ucciderlo, visto che sarebbe piuttosto stupido. Avrebbe potuto benissimo farlo in quell'hangar. È vivo. E lo troveremo. Ry lo troverà.»

«Non posso credere che sia stata lei a rintracciare Jasna e Reese.» Scosse la testa.

Era ovvio che stesse cercando di cambiare argomento e lei non lo spinse a parlare ancora del suo amico. Non aveva alcun dubbio che avrebbero trovato Stone... ciò che la preoccupava erano le condizioni in cui sarebbe stato quando fosse successo. Ma avrebbe avuto il sostegno di tutti i suoi amici e non c'era posto migliore del Rifugio per guarire.

«Infatti! A quanto pare è un hacker di livello superiore, qualunque cosa voglia dire. Ho sentito Brick parlare di lei a Pipe, e ha detto che persino il famoso Tex è rimasto impressionato dalle sue capacità.»

«Il che la dice lunga.»

«Tiny non è felice» rifletté Lara.

«No.»

«Se la odia così tanto, perché ha insistito affinché si trasferisse nel suo chalet?»

«Credo sia perché non si fida del fatto che lei non scompaia all'improvviso. Vuole essere sicuro che rimanga nei paraggi per trovare Stone.»

«Non credo lo farebbe. Andarsene, intendo. Vuole trovarlo proprio come tutti noi. Credo che si senta in colpa per non essere riuscita ad avvisarci prima che accadesse tutto. Il che è stupido, perché non poteva sapere che Ricky stava lavorando con Carter.»

«Tu lo sai e io lo so, ma lei no. E dubito che Tiny la odi. Infatti, credo che quello sia parte del suo problema in questo momento.»

«Oh! Non ci avevo nemmeno pensato.»

«Ok. Sei pronta per andare a letto?»

Lei sbatté le palpebre per l'ennesimo brusco cambio di argomento. «Sei stanco?» gli chiese.

«Esausto.»

A quel punto Lara si alzò di colpo. «Perché non l'hai detto prima? Vieni, ti aiuto ad alzarti. Ti fa male la gamba? Hai bisogno di un'altra pillola? Ti porto dell'acqua.»

«Tranquilla, tesoro. Sto bene. Sono solo stanco.»

«Giusto. Scusa.»

«Non scusarti per esserti preoccupata per me. Verrà il momento in cui i ruoli si invertiranno, tu avrai il pancione con il mio bambino e sarai irritabile, e io ne amerò ogni secondo, ti massaggerò i piedi, ti porterò qualsiasi cosa desideri e ti vizierò da morire.»

«Non mi piace che mi si tocchino i piedi. È disgustoso.»

Owl ridacchiò. «Ok. Me ne ricorderò.» Si alzò e le si avvicinò. «Ti amo, moglie.»

«Moglie... mi piace come suona. E anch'io ti amo, marito.»

«Portami a letto» le ordinò con un sorriso.

«Con piacere.»

———

Un'ora più tardi, Owl era sdraiato a letto con sua moglie che russava contro di lui. Ma non riusciva a dormire. Era per lo più soddisfatto. Era sposato e aveva un bambino in arrivo. Lara era finalmente al sicuro ed era tutto ciò che lui aveva sempre desiderato nella sua vita e che pensava non avrebbe mai avuto.

Ma... nonostante tutte le cose belle che stavano accadendo, anche dopo aver trascorso la serata con i suoi amici, si sentiva in colpa. Era più felice che mai, ma Stone era ancora introvabile. Trattenuto contro la sua volontà, forse morto. Faceva male. Molto male. L'unico motivo per cui Owl aveva superato il periodo di prigionia era perché c'era stato lui al suo fianco.

E adesso, chissà dov'era. Probabilmente stava soffrendo. Forse era spaventato. E solo. Era insopportabile. Non riusciva a immaginare di essere al Rifugio, di pilotare quel dannato elicottero, senza di lui.

Strinse i denti e provò un senso di determinazione. Avrebbe fatto qualsiasi cosa per trovarlo. Lo avrebbero riportato a casa. Non c'erano alternative.

Resisti, fratello. Non smetteremo di cercare finché non ti avremo trovato.

In qualche modo, il solo pensare a quelle parole lo fece

sentire meglio. Stone sapeva che i suoi amici stavano facendo tutto il possibile per trovarlo. Avrebbe tenuto duro finché non fosse successo. L'alternativa era impensabile. Aveva bisogno del suo amico. Gli sembrava di avere un buco nel cuore senza di lui.

Lara si mosse e Owl strinse le braccia intorno a lei, mentre sentiva le palpebre farsi pesanti. Si era abituato a dormire tutta la notte da quando aveva iniziato ad averla nel suo letto, e non farlo lo aveva stancato più di quanto avrebbe mai ammesso

Sua moglie.

Era quasi incredibile che lui, un ex prigioniero di guerra distrutto, avesse trovato ciò che aveva sempre desiderato senza nemmeno provarci. Gli faceva sperare che alla fine tutto sarebbe andato per il verso giusto. Che Stone sarebbe tornato e tutti avrebbero vissuto felici la loro vita.

Si addormentò con un piccolo sorriso sulle labbra, pensando che sua moglie lo aveva contagiato con il suo cuore romantico. Ma non se ne vergognava; lei era la cosa migliore che gli fosse mai capitata.

———

Ryan era seduta al tavolo di Tiny cercando di ignorare le "coltellate" sulla schiena che percepiva, causate dal suo sguardo. Aveva insistito che si trasferisse nel suo chalet perché non si fidava di lei... temeva che se ne andasse nel cuore della notte.

Ma non se ne sarebbe andata. Non prima di aver fatto tutto il possibile per trovare Stone. Si sentiva responsabile. No, non lo aveva rapito lei, non aveva nulla a che fare con quello che era successo a Seattle, ma non poteva fare a meno di pensare che se avesse agito in base a quel brutto presentimento che aveva avuto, avrebbe potuto scoprire prima che Carter Grant aveva hackerato il programma di posta elettronica di Brick scoprendo tutto sull'acquisto dell'elicottero e sui loro piani.

Ma non l'aveva fatto... finché non era stato quasi troppo tardi.

E non era servito a nulla vuotare il sacco sulla sua vera identità e su tutto ciò che aveva fatto per i suoi nuovi amici al Rifugio. Quando tutti erano andati a Seattle, Lara aveva già salvato Owl da sola e Stone era sparito.

Digrignando i denti, Ry si concentrò sullo schermo di fronte a lei. I suoi giorni nel New Mexico erano contati. Era solo questione di tempo prima che suo padre la trovasse. Aveva usato il portatile non protetto di Brick per entrare nel microfono del cellulare di Owl, sapendo che ci sarebbe stato il rischio di venire scoperta.

Suo padre le aveva insegnato tutto quello che sapeva, e sebbene lei fosse molto brava, lui lo era ancora di più. E aveva trenta milioni di motivi per volerla rintracciare.

Quindi doveva trovare Stone e poi allontanarsi dal Rifugio prima che suo padre facesse ciò che gli riusciva meglio: rovinare tutto ciò che toccava.

«Allora... Ryleigh... sto morendo dalla voglia di chiederti una cosa...» iniziò Tiny.

Si irrigidì. Dopo aver appreso che il suo nome non era Ryan – un nome che aveva ammesso non gli era mai piaciuto – aveva deciso di chiamarla Ryleigh. Non Ry... quello che aveva chiesto a tutti di usare. Era come se la stesse stuzzicando di proposito. Che cercasse di infastidirla. E stava funzionando.

Le veniva da piangere. Le piaceva Tiny. Non si fidava molto, era paranoico e un po' brusco nei modi, ma era leale. *Estremamente* leale. E capiva che la rabbia nei suoi confronti derivava dalla sensazione di essere stato tradito e dalla preoccupazione per il suo amico.

Stone non era stato rapito a causa sua, ma lei era un bersaglio comodo per la frustrazione e la preoccupazione di Tiny, e si sentiva abbastanza in colpa da subire il suo atteggiamento.

Inoltre... era abituata che gli altri sfogassero la loro rabbia e le loro emozioni su di lei senza una buona ragione.

Le ultime due settimane erano state estremamente tese al Rifugio. L'atmosfera rilassata che amava tanto era stata rovinata, a causa di tutto ciò che Owl e Lara avevano affrontato, perché Stone era ancora disperso... e per il suo tradimento.

Sapeva che avrebbe potuto sgattaiolare via quando Tiny non era in casa, che avrebbe potuto aiutare a trovare Stone da qualsiasi posto, ma non riusciva ad andarsene finché non fosse stato assolutamente necessario. Gli uomini e le donne del Rifugio... erano la sua famiglia. Almeno, era ciò che provava nei loro confronti. E anche se non passava più del tempo con loro, non se ne sarebbe andata finché non avesse trovato Stone.

Il senso di colpa per non esserci *ancora* riuscita la stava mangiando viva. Aveva passato le ultime due settimane a cercare freneticamente nel dark web e a usare tutti i contatti che aveva per trovare una traccia che potesse condurla all'uomo che lo aveva portato fuori da quell'-hangar a Seattle.

«Mi stai ascoltando?»

Ry allontanò il portatile con un sospiro e lo chiuse. Si

voltò verso l'uomo che la confondeva, la spaventava e le faceva venire voglia di rannicchiarsi tra le sue braccia e pregarlo di stringerla più forte che poteva.

«Niente?» le chiese in tono più pacato, lanciando un'occhiata al computer.

«Non ancora. Ma lo troverò» rispose con fermezza. «Chiunque lo abbia rapito farà un errore prima o poi. Devo solo seguire le tracce di Ricky Norman. Deve aver comunicato con chi lo ha preso. Scoprirò in che modo e questo ci condurrà a quella persona.» Fece una pausa, chiudendo brevemente gli occhi mentre si massaggiava la spalla rigida. «Volevi chiedermi qualcosa?» domandò, riaprendoli stancamente, desiderosa di concludere quell'ultimo interrogatorio per cercare di dormire un po'.

«Mi chiedo cosa ti spaventa a tal punto da dare a una sconosciuta un sacco di soldi solo per poter prendere il suo posto qui al Rifugio. Da cosa, o da chi, ti stai nascondendo?»

Le spalle di Ry si irrigidirono ulteriormente. La sua domanda era incredibilmente perspicace. Non aveva mai confessato che si stava nascondendo; aveva detto a lui e agli altri uomini che *pensava* che quello fosse un buon posto per rifugiarsi. La maggior parte delle persone avrebbe potuto pensare che avesse fatto qualcosa di brutto. O che magari avesse preso di mira il Rifugio per rubare o truffare in qualche modo. Ma non Tiny. Lui aveva intuito che era in fuga.

«Non ho paura» disse un po' troppo tardi.

A quella bugia, vide un lampo di delusione passargli sul viso.

Ry *odiava* mentirgli. Ma non poteva dirgli la verità. Avrebbe voluto aiutarla. Anche se la odiava, non avrebbe permesso che qualcuno le facesse del male. Se lo sentiva. Ma lui non poteva aiutarla. Nessuno poteva farlo.

Non appena avesse trovato Stone, se ne sarebbe andata. Doveva mentire per il suo bene. Per il bene di *tutti*.

«Certo» replicò lui, con aria arrabbiata. «Non hai mangiato stasera.»

Scosse la testa, nonostante fosse contenta del cambio d'argomento. «Non ho fame.»

«Non puoi trovare Stone se non mangi» le disse, prima di alzarsi e andare in cucina. Ry lo guardò mentre preparava un panino al prosciutto e formaggio con l'aggiunta di salsa ranch, per poi portarlo al tavolo dove era rimasta seduta. Per un attimo le sembrò di vedere preoccupazione nei suoi occhi. Ma capì che doveva essersi sbagliata quando praticamente le gettò davanti il piatto e ringhiò: «Mangia, Ryleigh!»

Non era una prigioniera, ma c'erano momenti, come quello, in cui le sembrava di esserlo.

Tiny tornò alla sua poltrona e riprese a fissarla. Ry cercò di ignorare il fatto di sentirsi ferita. Avrebbe trovato Stone e si sarebbe tolta dai piedi.

Più si fosse allontanata dal Rifugio, più sarebbero stati tutti al sicuro.

———

Dieci giorni prima

Stone gemette mentre rotolava contro qualcosa di duro. Gli pulsava la testa e non sapeva perché. Era steso sul fianco, in posizione fetale, circondato dal buio. Sbatté le palpebre per cercare di vedere qualcosa, qualsiasi cosa, e all'improvviso ricordò cos'era successo.

Be', non tutto. Si trovavano in un hangar pronti a firmare i documenti per diventare proprietari del nuovo elicottero per il Rifugio, quando tutto si era fatto buio.

Si portò una mano alla testa, e sentì qualcosa di appiccicoso tra i capelli. Sangue.

Provò a voltarsi sulla schiena nel piccolo spazio, e si rese conto di trovarsi in una specie di cassa.

No... quello che pensava fosse il rumore di un ventilatore proveniva in realtà da sotto di lui. Una strada. Il vento.

Era nel bagagliaio di una cazzo di macchina.

Il suo cuore accelerò, e improvvisamente non riuscì più a respirare. Gli era quasi troppo difficile da credere, ma l'avevano fatto prigioniero... di nuovo. Non era stata sufficiente una volta?

Perché gli stava succedendo? Dov'era Owl? Lara stava bene? Era colpa di Carter Grant?

La sua mente vorticava di domande mentre il panico aumentava. Non riusciva a trattenerlo. Nel giro di pochi secondi andò in iperventilazione.

Cercò freneticamente di uscire dal bagagliaio, senza fortuna. Non poteva usare i piedi per battere efficacemente contro il portello perché lo spazio era troppo angusto. Era bloccato.

Anche mentre cercava di respirare, si rese conto di essere fottuto. Non poteva sopportare di ritrovarsi di nuovo prigioniero. Non ce l'avrebbe fatta! Non sarebbe riuscito a sopportare il tipo di torture che aveva subito in passato. Non aveva idea di chi lo avesse preso o perché, ma non aveva molta importanza.

Il suo corpo tremava, la testa gli pulsava e l'attacco di panico lo stava consumando.

La sua mente si spense completamente, il suo cervello era troppo occupato a cercare di gestire ciò che stava accadendo al suo corpo. A cercare di incanalare l'ossigeno nelle cellule del sangue per far funzionare i polmoni.

In quel momento, per affrontare il trauma di essere stato nuovamente catturato, il suo cervello bloccò tutto, tranne le necessità più elementari per vivere.

Fortunatamente, svenne, e quando si svegliò, i ricordi dell'ex soldato che tutti conoscevano come *Stone* erano stati spinti nei recessi più remoti della sua mente... sostituiti solo dai ricordi del civile noto come Jack Wickett.

———

Povero Stone... è stato rapito e non ha la minima idea che un intero gruppo di amici è preoccupato per lui e lo sta cercando senza sosta.

Andate a scoprire cosa succederà in *Meritare Maisy*

Trovare Carly
Trovare Ashlyn
Trovare Jodelle

Delta Duo
La forza di Gillian
La forza di Kinley
La forza di Aspen
La forza di Jayme
La forza di Riley
La forza di Devyn
La forza di Ember
La forza di Sierra

Armi & Amori: verso il futuro
Soccorrere Caite
Soccorrere Brenae
Soccorrere Sidney
Soccorrere Piper
Soccorrere Zoey
Soccorrere Avery
Soccorrere Kalee
Soccorrere Jane

Mercenari di Montagna
Difendere Allye
Difendere Chloe
Difendere Morgan
Difendere Harlow
Difendere Everly
Difendere Zara
Difendere Raven

<u>Delta Force Heroes</u>

Salvare Rayne
Salvare Emily
Salvare Harley
Il Matrimonio di Emily
Salvare Kassie
Salvare Bryn
Salvare Casey
Salvare Sadie
Salvare Wendy
Salvare Mary
Salvare Macie
Salvare Annie

<u>Armi e Amori</u>

Proteggere Caroline
Proteggere Alabama
Proteggere Fiona
Il Matrimonio di Caroline
Proteggere Summer
Proteggere Cheyenne
Proteggere Jessyka
Proteggere Julie
Proteggere Melody
Proteggere il Futuro
Proteggere Kiera
Proteggere i figli di Alabama
Proteggere Dakota

<u>Ace Security</u>

Il riscatto di Grace
Il riscatto di Alexis

Il riscatto di Bailey
Il riscatto di Felicity
Il riscatto di Sarah

<u>Una raccolta di storie brevi</u>

Un momento nel tempo

BIOGRAFIA

L'autrice

Susan Stoker è annoverata da *New York Times*, *USA Today* e *Wall Street Journal* quale scrittrice di successo, le cui collane di libri includono Badge of Honor: Texas Heroes, SEAL of Protection e Delta Force Heroes. Sposata con un sottufficiale dell'esercito in pensione, Stoker ha vissuto in ogni dove negli Stati Uniti - dal Missouri alla California e al Colorado - e attualmente vive sotto i grandi cieli del Texas. Quale vera sostenitrice del "vissero felici e contenti", Stoker ama scrivere romanzi in cui una relazione romantica si trasforma in amore.

Per ulteriori informazioni sull'autrice e il suo lavoro, visita il sito web www.stokeraces.com

www.ingramcontent.com/pod-product-compliance
Lightning Source LLC
Chambersburg PA
CBHW060319100726

47907CB00002B/461